花信

中国人的浪漫季

中国第一本诗意阐释
传统花信文化的散文

任崇喜 著

河南大学出版社
HENAN UNIVERSITY PRESS
·郑州·

图书在版编目（CIP）数据

花信：中国人的浪漫季/任崇喜著.—郑州：河南大学出版社，2015.4
ISBN 978-7-5649-1947-4

Ⅰ.①花… Ⅱ.①任… Ⅲ.①散文集—中国—当代 Ⅳ.①I267

中国版本图书馆CIP数据核字（2015）第071256号

责任编辑	申小娜
责任校对	王　阳
封面设计	郭　灿
插　　图	王　珂

出　　版	河南大学出版社
	地址：郑州市郑东新区商务外环中华大厦2401号
	邮编：450046
	电话：0371-86059701（营销部）
	0371-86059750（编辑部）
	网址：www.hupress.com
排　　版	郑州市今日文教印制有限公司
印　　刷	郑州瑞光印务有限公司
版　　次	2016年1月第1版
印　　次	2016年1月第1次印刷
开　　本	889mm×1194mm　1/32
印　　张	9.25
字　　数	192千字
定　　价	37.00元

（本书如有印装质量问题，请与河南大学出版社营销部联系调换）

逝去的水声（代序）

"似此星辰非昨夜，为谁风露立中宵？"

不知怎的，想要写这篇前言时，竟然先想起了清代诗人黄景仁《绮怀》里的句子。黄景仁年轻时曾同自己的表妹两情相悦，但故事却同陆游与唐婉一样，仅有一个温馨的开始和无言的结局。明月相伴，才子佳人本该花下吹箫，诗人却独立中庭，望月良久，一任夜晚的冷露打湿衣衫，打湿自己的心灵。

他是在等待，等待的尽头却只能是一片虚无。我也是在等待，等待预知的果实来临。虽然结果不同，但等待的心情应该是相同的。当这两本散文集即将付梓之际，我说不出是怎样的一种感觉，是欣喜，是窘迫，还是忐忑？这两本散文集对于我来说，是一个新的开始，也是一个暂时的总结。多年来，在沉重的工作之余，在繁杂的日常生活之余，我乐此不疲地在那方田园耕耘着。在那方田园里，我可以不理会我在这个城市落荒而逃般穿梭的模样，我不再设想在远离尘嚣的荷塘之畔定居，聆听天籁。只有我自己知道，那是在寻找某一处故乡，一种精神的家园，一种打湿骨头以及生命的浸润。

　　这些文字就是我收获的麦子或者稻粒。无论它们饱满或者干瘪，在我的心中都有着异乎寻常的重量。

　　有一个长久的话题：为什么要写作？历来是仁者见仁智者见智，各执一端。正如每个人的生活目标不同一样，这个问题不会也不可能有统一的答案。我写文字，倘若要说绝非出于功利之心，连我自己也不相信。毛姆认为，作者应该从写作的乐趣中，从郁积在他心头的思想发泄中取得写书的报酬。我当然有这样的心理，但并非这么简单。一位哲学家说："人的一生都是在怀旧。"写作就是我的赏心乐事之一，也应该是我的如歌旧梦。人类之所以怀旧，就是留恋生命中那些最繁华、最神秘、最动情、最本质的东西。"踏雪鸿踪，留作指爪"，情真意切，方能感动人心。

　　在第二届"中国报人散文奖"颁奖典礼上，著名作家贾平凹曾说过这样一段话，他说自己特别喜欢散文这种文学形式，什么都能写，并建议新闻人多写体现民俗的散文。因为在报社工作，接触基层比较多，应该能写出更好的作品，"在我看来，报人散文就是文学类的'硬菜'"。

　　白驹过隙，时光匆匆如飞。从2009年开始，作为新闻人的我便尝试着写二十四节气和二十四花信风文化系列文章。我采取的是散文的手法。在这些篇什中，我试图从民俗的视角出发，采用线性结构和平面叙述的手法，力图真实展现中原民俗文化浓郁的乡土情结、风情画面；力求散文语言的质感与语感，在追求语言结构的营造上做了些尝试。现在，这四十八篇文章整齐排列在我的面前,从立春到夏至,从立秋再到大寒,从梅花到桃花,从蔷薇到楝花,它们呈现给我的是季节细微的变化和岁月舒缓的更番,是我的心路历程。这段经历让我一直思考一个问题:还有多少东西在记忆的深处蛰伏着,期待着文字和声音来唤醒?

也正因此,我才把书命名为《节气——中国人的光阴书》、《花信——中国人的浪漫季》。光阴如金是人们所珍惜的,那些花儿呢?好花不常在,特别是这些从严寒里走出来的花儿更让我有了敬畏与感激。此外,花儿是流行于甘肃、青海、宁夏等广大地区的一种山歌,内容丰富多彩,形式自由活泼,语言生动形象,曲调高昂优美,具有浓郁的生活气息和乡土特色。节气和花信风何尝不是与大地和泥土最亲近的奇葩呢?因为这样的亲缘,我才想起了一个词:诗意栖居。"人诗意地栖居",是德国古典诗人荷尔德林的诗句,他把"人、天、地"与"神"组合成了四重的世界,并且说"只有当诗发生和出场,栖居才会发生"。我所做到的不是写作诗歌,而是创造一个诗歌的气场,让我们回归,然后栖居。真正的诗意,我们不敢奢求;但相对的诗意,我们可以渴望。

诗人叶芝说过:"我站在公路上,或在灰色的人行道上,在内心深处听到那水声。"这些文章所讲述的是逝去的水声,是久违了的生活要素,是记忆中的景象。它们好或歹,自有读者来评判,好在它们被顺利完成了。这一点就比早逝的苇岸幸运得多。"有眼福,我已经不奢求什么了",

这是一位不相识的博友对这一系列文章的评价。作为作者，我享受着，欣慰着。

"淡看世事去如烟，铭记恩情存如血。"值此拙作出版之际，让我怀着一腔对文字的热爱和一腔真诚的感恩之心，谨向所有关爱我、帮助我的领导、亲人、老师、朋友们致以最衷心的感谢！

任崇喜

2015年2月

目 录

001　逝去的水声（代序）

小寒

003　雪里常插梅花醉
014　山茶花开春未归
024　得水能仙天与奇

大寒

037　新年更添花中瑞
048　千古幽贞是兰花
059　馨香山矾绽白蕊

立春

073　带雪冲寒迎春来
084　一树樱桃带雨红
095　木笔生花吐珠玉

雨水

109　陌上菜花缓缓开
120　杏花春雨自多情
131　莺唱李枝花弄晴

惊蛰

145　桃花灼灼笑春风
156　芳菲一枝棠棣花
167　满架蔷薇一院香

春分

181　海棠花开传雅韵
192　梨花新折东风软
203　花中丽人玉堂春

清明

217　桐花朵朵开向阳

228　月明清香麦花雪
239　风吹柳花一路香

谷雨

253　唯有牡丹真国色
264　开到酴醾花事了
275　年年春后楝花风
286　参考书目

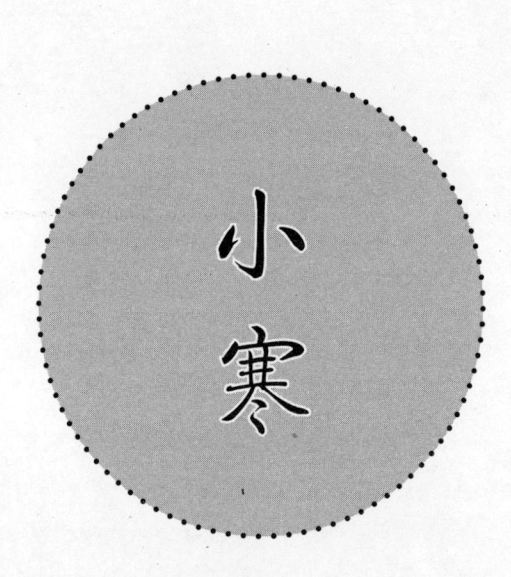

雪里常插梅花醉

已是小寒。草木落尽叶子，田野呈现出巨大的宁静与安详，天空的态度仍不明朗。在一层薄薄雾霾的后面，太阳如同白月亮一样会不时地露个脸，在试探着寒冷的深度、冬天的深度。

等一场雪来，虽然在心里念叨过许多次，但面对大地的空旷与阳光的软弱，期盼的人们心里便多少有了一些遗憾。没有雪来的北方冬天，便少了些许诗意与浪漫。没有雪来，就听见冷风正旁若无人地掠过地面，带起凉森森的寒意，微微有些许莫名的香气。

当然是花香。二十四番花信风，就是从小寒开始的。二十四番花信风，又称"二十四风"，因是应花期而来的风，故称作花信。花信风，旧时指的是从小寒到谷雨之间的四个月中，有八个节气，每个节气分作三候，每五日为一候，计二十四候，每候选择一种花作为象征。

"墙角数枝梅，凌寒独自开。遥知不是雪，为有暗香来。"在二十四番花信风中，梅花居先，楝花殿后。这个没有雪的冬天，有可以想象空间的是梅花。

在北方，如果说有什么花儿能让人想起冬日，那就是梅。冬季白茫茫的一片，不习惯孤寂的心情无以依托，没有姹紫嫣红的满园春色，在寒风中傲立霜雪的梅就显得弥足珍贵。想起梅花，就仿佛看到似蝶翼般蹁跹的飞雪中，一株株红梅开得热烈奔放，披锦带绣，芬芳四溢，像漫天的红霞落满枝头，让人心醉。红梅点点，似少年怀春示爱的明眸，火热而纯洁；似少女情窦初开的心灵，神圣而腼腆；红梅点点，似智者超然物外的深沉和温煦，似仁者远离红尘的宁静和恬淡。

"万木冻欲折，孤根暖独回。前村深雪里，昨夜一枝开。风递幽香去，禽窥素艳来。明年如应律，先发映春台。"梅花卓尔不群，点染先春，绝不媚俗争艳，在万物萧瑟、寒风刺骨时，芬芳随风而至，花香袭人而来，优美、清明地面对纷乱复杂的世界。想象一下，视线落在一片白茫茫的旷野上，一株红梅突兀崛起。这景象该是上苍挥动如椽大笔，饱蘸浓墨画出来的。它就那么随意地立着，恰似月下随意吟就的一首晚唐诗篇。看一丛这样的梅，你就会感到心中没有春天的单薄与媚艳，没有夏天的浮躁与焦炙，没有冬天的单调和冷酷，只有秋日的厚重与丰硕。

梅的品性是坚韧的。偏偏是明艳的红色，偏偏有宜人的香气，但生得大方，不轻佻。这稀疏的花儿，只开在寒冷的冬日，有着生命的顽强与倔强。不是为了装点本已极佳的景致，而是因为有了它，冬日才有生动的成分。

很欣赏一句话：梅是静止的雪，雪是舞动的梅。深雪盖地，夜中奇寒，万花沉寂，而梅花一枝独丽，让人既稀罕其早放之奇，又惊叹其傲然之骨。在北方的冬日，雪和梅往往是联系在一起的，好像少了谁都不圆满。要不卢梅坡怎会这样说："有梅无雪不精神，有雪无梅俗了人。日暮诗成天又雪，与梅并作十分香。"雪和梅在伯仲之间，清香与洁白是绝好的佳配。当天空降下瑞雪时，梅用它的身躯勇敢地承接住雪；雪在梅上留下痕迹时，哪是雪花哪是梅花还真不容易分出。"梅须逊雪三分白，雪却输梅一段香"，"梅雪争春未肯降，骚人搁笔费评章"，是很自然的事情。

"千红万紫，终让梅花为魁。"从古至今，文人骚客们就没少吟咏梅。人们或写梅品质，或咏梅风姿，或绘梅神韵，或歌梅情怀，但大多借傲霜斗雪、不畏严寒的梅花以抒情言志。在冰天雪地的季节，读这些风格有异、气象万千的梅花诗，真是感觉点点暗香浮动，令人陶醉！

"万花敢向雪中出，一树独先天下春。"寒冬腊月，朔风凛冽，一枝寒梅傲立雪中，凌寒怒放。"疏枝横玉瘦，小萼点珠光。一朵忽先变，百花皆后香。欲传春消息，不怕雪埋藏。玉笛休三弄，东君正主张。"梅花在冰中育蕾，在雪中开花，清香馥郁、芬芳扑鼻。"烟姿玉骨，淡淡东风色。勾引春光一半出，犹带几分羞涩。陇头倚雪眠霜，寒肌密抱疏香。待得罗浮梦破，美人打点新妆。"它赶在东风之前向人们传递着春的消息，被誉为"东风第一枝"。

梅花一向为人们所倾倒，"朔风吹倒人，古木硬如铁。一花天下春，江山万里雪"。人们把松、竹、梅称作"岁寒三友"，尊梅、兰、竹、菊为"四君子"，梅花与迎春、水仙、灵芝合称"雪中四友"，与竹、松、水仙、灵芝合称"五清"。

梅花和梅子，最初是作为馈赠和祭祀礼品的。春秋时，越国的使节诸发出使梁国。在晋见梁王时，他手执一枝梅花作为见面礼赠给梁王。据南朝刘宋盛弘之的《荆州记》记载，北魏的陆凯与刘宋的范晔相善。虽然两国当时处于敌对状态，但两人时常通信，交流思想及对时世的看法。在春回大地早梅初开之际，陆凯自荆州摘下一枝梅花，托邮驿专门赠给远在长安的范晔，并附短诗："折梅逢驿使，寄予陇头人。江南无所有，聊赠一枝春。""一枝春"就带了浓浓的友情，后人不但以"一枝春"作为梅花的代称，也常用作咏梅和别后相思的典故，并成为词牌名。"凤城远，楚梅香嫩，先寄一枝春。青门外，只凭芳草，寻访郎君。"先寄一枝芳春，待到春草再次变绿，定会寻找友人的踪迹，这样的情意比炉火更温暖。

梅在南北朝时，"始以花闻天下"。南朝宋武帝刘裕的女儿寿阳公主，一日卧于含章殿下，梅花落在她的额上，留下五瓣的花形，拂之不去，逐号"梅花妆"，其形状是在额上画一圆点或多瓣梅花状。梅花不是四季都有的，人们就用很薄的金箔剪成花瓣形，贴在额上或者面颊上。南宋汪藻坐船路过开封，看见水中画舫里映帘而观的美人额妆，于是写下《醉花魄》："小舟帘隙。佳人半露梅妆额，绿云低映花如刻。恰似秋宵，一半银蟾白。结儿梢朵香红劫，钿蝉隐隐摇金碧。春山秋水浑无迹。不露墙头,些子真消息。"

让我弄不懂的是寿阳公主怎的"梅花落于额上"就"拂之不去"?这样"人皆效之"的"梅花妆"想来如徐昭佩的"半面妆"(半面梳妆,半面未梳妆),只是一种别出心裁的美容方法。徐昭佩作"半面妆"自有其原因,是为嘲笑梁元帝萧绎是独眼龙。据《南史卷八·梁本纪下第八》记载:"(萧绎)初生患眼,医疗必增,武帝以下意疗之,遂盲一目。乃忆先梦,弥加慰爱。及长好学,博极群书。"寿阳公主的命运与人生,是否真能如梅花一样芬芳?史载不多,只有这朵小小的梅花,将她的名字留在浮动暗香里。至于能不能勾人心魄,能不能留住人心,则当另论。"清晨帘幕卷轻霜,呵手试梅妆。都缘自有离恨,故画作远山长。思往事,惜流芳。易成伤。拟歌先敛,欲笑还颦,最断人肠。"是谁为着内心缠结的离恨,特意将双眉画成远山般弯曲细长吗?她在期待什么?

武则天的贴身女官上官婉儿,与武则天的男宠张昌宗有私情,不想被武则天撞见。武则天勃然大怒,当即拔取金刀,砍到上官婉儿的前髻,伤及左额。上官婉儿为遮掩伤疤,刺了一朵红色的梅花,谁知这令其更加娇媚。有宫女偷偷效仿,以胭脂在前额点红,渐渐地宫中便有了"红梅妆"。只是从此后,上官婉儿整日素衣打扮,再不梳妆照镜。她是心灰意冷,还是期待"在沉默中爆发"?

同样是在南北朝,何逊任职洛阳时,由于思念昔日扬州官舍前的一株梅树,竟然向上司请求再去扬州做官。回到扬州时，花正盛开，他高兴得在花前整整徘徊一天，并写了一首《扬州法曹梅花盛开》："兔园标物序，惊时最是梅。衔霜当路发，映雪拟寒开。枝横却月观，花绕凌风台。朝洒长门泣，夕驻临邛杯。应知早飘落，故逐上春来。"这真是爱梅成癖。

后来，何逊和寿阳公主分别被封为梅花的男女花神。

《诗经》时代，在梅子成熟时，男女青年相聚，姑娘把梅子掷给小伙子表示求爱。"梅"与"媒"两字音同，古人把"梅"视为"媒合之果"。据说，李清照逃难到苏州桃花坞后，看到大雪中的一株红梅，想起自己的身世，不禁流下泪来。她用梅花瓣粘出"独梅隆冬遗孀户"半联对子，人们不解其意。后来，一个读书人在二月杏花盛开时，用杏花贴出"杏林春暖第一家"的下联。两位知心人相见，情投意合，终成佳侣。这实在是厚诬古人，想来，李清照这"见有人来，袜刬金钗溜。和羞走，却把青梅嗅"的大家闺秀，再怎么落魄也不会到如此境地。何况在那战乱的年代，谁还有心情为征婚而谈诗弄文呢？

"梅以韵胜，以格高。"七个字高度概括出梅的风姿。梅花浓而不艳、冷而不淡，疏影横斜的风韵，清雅宜人的幽香，其他花卉难敌。

古人认为"梅以形势为第一"。梅有个特点，愈老愈显得苍劲挺秀、生机盎然，历来有"老梅花、少牡丹"之说。梅相当容易入画，在雪地里尤其夺人眼目。梅贵曲，忌直，直则无意。因此，梅在画家的笔下，脱不开"横、斜、疏、瘦"四个字，龙干虬枝，曲折无高，粗犷苍然，尽显梅的风骨。这样的梅花被龚自珍骂为"病梅"。他自购三百盆"病梅"，大哭三日，《病梅馆记》成为脍炙人口的名篇。

元代画梅成癖的王冕却反其道而行之。他隐居于九里山，植梅千株，自题居所为"梅花屋"。他画的墨梅花密枝繁，行笔刚健。他有时用胭脂作没骨梅图，别具风格。"我家洗砚池头树，朵朵花开淡墨痕。不要人夸好颜色，只留清气满乾坤。"这是诗人的自励，一语双关，启人心智。

南宋宋伯仁，生平喜爱梅花。为了画梅，他种植许多梅树。他自称，"每至花放时，徘徊竹篱茅屋间，满腹清霜，两肩寒月，谛玩梅之低昂俯仰，分合卷舒，自甲坼以至就实，图形百种，各肖其形"。他的梅花诗，《蓓蕾四枝》、《就实六枝》、《大蕊八枝》、《欲开八枝》、《大开一十四枝》、《小蕊一十六枝》、《欲谢一十六枝》、《烂漫二十八枝》等等，这些题目分明就是他的功课图，可谓用心良苦、别出心裁。他的《梅花喜神谱》，"写梅百品"，每品多一枝一蕊"各其所肖"，为我国第一部专门描绘梅花情态的木刻画谱。吴昌硕深得其益，曾说自己"家传一本宋朝梅"。

好花须得人赏。雪中赏梅，自是好事一桩；若瓶插一枝，暗香浮动，满室飘幽；若再邀友人相聚，当然更是快事。说到梅，必会想到酒和茶。酒和茶都是文人的清物。杯小乾坤大，酒不醉人人自醉；茶宜清心，叶片漂浮不定，一如无法揣摩的人生。古人最爱在雪中的小亭中"煮酒"、

"焙茗"。此时,酒香与茶香交融,齿际含香之余,又有梅香与寒冷隐隐过隙,再来吟风弄月,不是很风雅诗意的事情吗?"诗写梅花雪,茶煎谷雨春",这副对联描述当时诗意的情景最为贴切。在饮酒品茗之际,与二三友人坐而论道岂不快哉?

古人赏梅讲究"四贵",即贵稀不贵繁、贵老不贵嫩、贵瘦不贵肥、贵含不贵开。在漫长而寒冷的冬季里,梅绽开花苞,去撩拨自然的真性情,并未因其在这个季节的独树一帜而过分张扬,也并未因自己的冷艳而孤芳自赏,只是兀然地开出那么一两枝,瘦瘦的,带着一种凄楚的孤傲,刺破冬的阴翳。它不像昙花那般敝帚自珍,来抬高自我的身价。它独自凛然静放着,流溢着暗香。其实,把它的格调定为孤傲、超凡脱俗,把它看作是与严寒作斗争的楷模,这只是人们的一厢情愿。梅就是梅,说它孤傲也好,说它狂放不羁也罢,它只是自然而然地在冰雪中立着,自在地散发着沁人心脾的幽幽芳香。

古人赏梅有二十六宜之说:淡阴、晓日、薄寒、细雨、轻烟、佳月、夕阳、微雪、晚霞、珍禽、孤鹤、清溪、小桥、竹边、松下、明窗、疏篱、苍崖、绿苔、铜瓶、纸帐、林间吹笛、膝上横琴、石枰下棋、扫雪煎茶、美人淡妆簪戴。这样繁多而诗意的名堂,让我怎么也想不出来。

梅有风骨,有意趣,更有景趣,岂能不令人爱?何况"彼此欣赏,便是最佳姿态",不独对人。因此,看似平常的小花小草也入眼,小虫小鸟鸣叫声也入耳。有了这样的境界，就可以安静地思考，让思想像野草般生长。"有了思想，我们可以在清醒的状态下，欣喜若狂"，这是梭罗的名言。

行走在梅花的暗香之间，在淡墨里洞察雾里梅花的幽香，会满心羡慕起古人来。有些先贤不喜迎合权贵，不愿与世俗为伍，就以梅借代高风傲骨、坚持信念的高尚品格。"于我命中无大事，关心雪后有梅花。"这样的同道中人似乎不少。

最著名的似乎应该算是林逋。他生于盛世，却淡泊名利，终生不曾做官，隐居孤山，植梅放鹤，以梅为妻，以鹤为子。北宋真宗皇帝闻其名，诏示官吏每年过节都要去慰问。林逋去世后，真宗皇帝赐其谥号为"和靖"。他的山园里遍植梅花，他倾情于梅花，梅花同时成就了他。"疏影横斜水清浅，暗香浮动月黄昏"，最为浪漫写意。月色当然是清辉，一派淡烟轻雾，迷蒙中有江南烟雨的诗情画意。这样的月光下，梅才愈发亭亭玉立、万种风情。

梅花香气被月色浸润，清馨可人。月色中的梅，静若处子，并不顾盼流目，浑身透出一个"纯"字；"一枝密密一枝枯，一树亭亭一树疏。月是毛锥烟是纸，为予写下百梅图"，富有雅致情韵，充满想象力；"年年雪里，常插梅花醉。挼尽梅花无好意，赢得满衣清泪"的情思又感染了谁？好想上前折几枝带回室内，插在床头，好做一个清芬的梦。在经历凄美爱情之后，陆游感叹"零落成泥碾作尘，只有香如故"，是否在感怀自身呢？大概没人像毛泽东那样可以将梅写得大气华贵，潇洒浪漫。"俏也不争春，只把春来报。待到山花烂漫时，它在丛中笑"，最是梅花品格的写实。

"君自故乡来，应知故乡事。来日绮窗前，寒梅著花未？"故乡是灵魂的朝向和锚地。看似家常话却显得风趣盎然，抒发了诗人的思乡之情。"明朝望乡处，应见陇头梅。"这是宋之问流放钦州途经大庾岭时作的诗句。大庾岭上多生梅花，又名梅岭。诗人家不可归，希望能寄一枝梅安慰家乡的亲人，自是情理之中。"独有宦游人，偏惊物候新。云霞出海曙，梅柳渡江春。淑气催黄鸟，晴光转绿萍。忽闻歌古调，归思欲沾巾。"走过千山万水，阅历无数的人和事，旧尘往事宛如云烟，远游四方以求仕宦之途的人，才会被时令节物触动吧？

据说梅开五福：一曰寿，二曰富，三曰康宁，四曰修好德，五曰考终命。梅花五朵简单的花瓣，尽现生命里的安稳与尘世的善意。

梅冒着风霜而争妍，与白雪相映生辉，只可远观而不可近亵。冬日里，在雪的怀抱里做梦，也会梦见自己在漫天雪色中飞翔。梦里梦外，闻到的是梅花沉着潇洒的气息，听到的是春天即将豪迈回归大地的声音。没有雪来，就在这花香里沉醉吧。

雪里常插梅花醉　　013

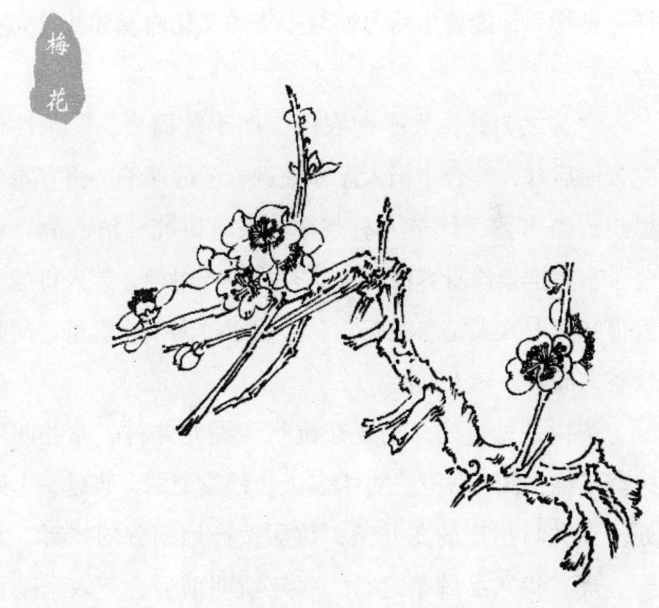

山茶花开春未归

原以为,茶花与茶树是同类。甚至一度认为茶叶是茶花的叶子。

"茶者,南方之嘉木也。"一壶茶在旁,便恍惚与嘉木为伍。茶,是人们的喜爱之物,也是高雅之物。很少有这样一种物品,能将生活习惯与中华的文化内涵和礼仪完美结合。

"茶之为饮,发乎神农氏,闻于鲁周公。"茶性俭,先苦而后甘,契合中国人温和谦逊、宁静淡泊、恪守本分的思想。茶有德,饮茶人有茶德。茶道讲究"清、静、和、美",人推崇修身养性。"品茗,一人得神,二人得趣,三人得味,七八人是名施茶。"人们通过沏茶、赏茶、闻茶、饮茶、品茶,知人见性。

茶树是见过的,初夏在杭州西湖龙井村。龙井四周,碧嶂千绕,怪石林立,古木参天,松篁交翠,自是一个好去处。龙井村出产的龙井茶,位居按产地划分的"狮、龙、云、虎、梅"品牌茶之首。每年清明前后,茶农采茶、炒茶,游客们会慕名来"龙井问茶",访茶尝新。特别是清明节前，采茶人整个白天要抓紧时间，在山上采摘最后的"明前"龙井茶。

相传乾隆皇帝下江南时，曾到龙井村胡公庙品尝龙井茶。他饮后赞不绝口，将庙前十八棵茶树封为"御茶"。在我看来，龙井村的茶树虽郁郁葱葱，但似乎没有奇特之处，倒是附着其身上的文化外衣，让人多了浮想联翩的空间。那时候就想，这样的树开起花来一定别有一番绰约风姿。

孰料，这是不可能的。茶树属于山茶目，山茶属于杜鹃花目。两者最大的区别在于，茶树用于采摘其嫩叶或嫩芽制作成茶叶，而山茶只是用来观赏的。茶树以灌木为主，少见的是小乔木和乔木。不然，在高高的乔木上，系着花布兜和套袖的采茶女，怎能训练有素地朝前迅疾地采摘尖尖的嫩芽呢？采茶时间不同，味道大异。茶树在秋冬季开花，花为白色，香气宜人。茶树花落结出茶果，茶果可以榨油。如今，茶树花一直"隐名埋姓"，是因为花芽生长发育时要从茶树中吸取养分，影响茶叶的产量和质量。茶农视其为茶树的"克星"，将它"消灭"了。这不知是茶树的幸与不幸？

山茶为何与茶有关呢？

据《本草纲目》记载，"山茶，其叶类茗，又可作饮，故得茶名"，"山茶产南方，树生，高者丈许，枝干交加，叶颇似茶叶，而浓硬有棱，中阔头尖，面绿背淡，深冬开花，红瓣黄蕊"。这样说来，山茶叶似乎是可以做茶的，但从来没有见过。

说到山茶，觉得是远离中原的风物，应该在彩云之南的春日古滇之地。"冷艳争春喜烂然，山茶按谱甲于滇。树头万朵齐吞火，残雪烧红半个天。"山茶是云南春天的灵魂，是云南春天的象征。这似乎也是受杨朔先生《茶花赋》的影响。虽然陆放翁有言"雪里开花到春晓，世间耐久孰如君"，但在杨朔先生的笔下，云南的山茶更应春景。

杨朔曾于二月游历云南昆明，在花事最盛的西山华庭寺，不到寺门直渗进人的心肺一股细细的清香的，是梅、白玉兰、迎春等花儿。"究其实这还不是最深的春色。且请看那一树，齐着华庭寺的廊檐一般高，油光碧绿的树叶中间托出千百朵重瓣的大花，那样红艳，每朵花都像一团烧得正旺的火焰。这就是有名的茶花。不见茶花，你是不容易懂得'春深似海'这句诗的妙处的。"能成为春深似海的云南春日主角，对于茶花来说也的确应当。

山茶的印象，似乎还来自于金庸的《天龙八部》。在金庸的笔下，云南大理是一个开满茶花的美丽世界，名品遍布。"大理有一种茶花，叫做'十八学士'，那是天下的极品。一株上共开十八朵，朵朵颜色不同，红的就是全红，紫的便是全紫，绝无半分混杂。而且十八朵花形状朵朵不同，各有各的妙处，开时齐开，谢时齐谢……"这是段誉向王夫人介绍的茶花。

"云南山茶甲天下，大理茶花冠云南。"在"家家流水、户户养花"的大理，山茶确实是寻常之物。早在南诏国和大理国时期，王公大臣们就把茶花作为国花，种养在御花园中。南诏时称茶花为"瑞花"。"正月滇南春色早，山茶树树齐开了。艳李夭桃都压倒，装点好，园林处处红云岛。"隆冬时节，在滇池之滨、洱海之畔，山茶盈盈盛开。花开之际，百朵千朵茶花竞放，红红硕硕开满枝头。

但金庸提到的"十八学士"，"朵朵颜色不同"纯属虚构。"十八学士"是茶花中的一个珍品，树型优美，花朵结构奇特，由一百个左右的花瓣组成六角塔形花冠，层次分明，排列有序，十分美观。相邻两花瓣排列多为十八轮，常见的有粉"十八学士"、红"十八学士"、白"十八学士"，全是单色系。此外，还有一说，山茶与梅、桃、虎刺、吉庆、枸杞、杜鹃花、翠柏、木瓜、腊梅、天竺、罗汉松、西府海棠、凤尾竹、紫薇、石榴、六月雪、栀子组成花中"十八学士"。这些不同时序的花儿在一起，难道是要组成"百艳图"不成？

这样绝妙的花儿，在大理山茶花中只是寻常。"山茶谱有二十八品，最名贵者有花瓣如菊、层出无穷之童子面，生高不盈尺之恨天高，花色紫而黑之紫袍，艳如牡丹之牡丹茶，红白相间之大花玛瑙，九心十八瓣之狮子头。恨天高以开于红梅之先、凋谢于桃李之后而甲天下。"此外，还有"满月"、"眼儿媚"、"抓破美人脸'、"倚栏娇"等，这些富有胭脂气息的名字，听起来就让人怦然心动。当时茶花花会盛况空前："山茶花在会城者，以沐氏西园为最。西园有楼名簇锦，茶花四面簇之，凡数十树，树可三丈，花簇其上，数以万计，紫者、朱者、红者、红白兼者，映日如锦，落英铺地，如坐锦茵，此一奇也。仆尝以花时登簇锦赏之,有'十丈锦屏开绿野,两行红粉拥朱楼'之句。及登太华,则山茶数十树罗殿前,树愈高,花愈繁,色色可念,不数西园矣。"

明时邓直曾作《茶花百韵》,赞山茶有"十绝":艳而不妖;寿经三四百年尚如新植;枝干高竦四五丈,大可合抱;肤纹苍润,黯若古云气樽罍;枝条黝纠,状如尘尾龙形;蟠根轮囷离奇,可凭而几,可藉而枕;丰叶森沉如幄;性耐霜雪,四季常青;次第开放,历二三月;水养瓶中,历十余日颜色不变。难怪,人们将山茶称作"十绝美人"或者"十德花"。我喜欢的是前一种称呼。这些"十绝美人"在气候温润的春日大理,想必享尽大自然的恩泽,才让段氏子弟一个个风流倜傥、韵事不断。

山茶冬季开花,所以又称"耐冬"。"似共东风解相识,一枝先已破春寒。"冬春交接之际,北国大雪纷飞,雪野茫茫,江南春意浅浅,依旧寒风萧瑟。山茶花此时盛情怒放,灿烂的花瓣恰似朵朵彤云,傲立在风雨之中,独占春色。它鲜红的花朵像一团团火焰,给寒冬大地带来勃勃生机,给生命带来无限希望。

花儿让人想到一切的美好。它们赋予人们生活的乐趣,慰藉着滚滚红尘中的心灵。

早在一千多年前,山茶就成为名贵观赏花木。尽管山茶花始开于初冬,常开于南方温润之地,为少见之物,人们仍然夸它,"腊月冒寒开,楚梅犹不奈。曾非中土有,流落思江处","老叶经寒壮岁华,猩红点点雪中葩","景物诗人见即夸,岂怜高韵说红茶。牡丹枉用三春力,开得方知不是花"……张籍爱山茶花成痴,不惜以爱姬柳叶换取一株山茶花,史称"花痴"。

山茶的花期很长,曾巩的"山茶花开春未归,春归正值花盛时",将山茶花跨春而开的特点生动地揭示出来。山茶花树冠优美,株型优美,体态多姿,有直立、开张、丛生、垂枝葡萄型等多种形态,叶色亮绿,花正逢元旦、春节开花。盆栽山茶点缀客室、书房和阳台,呈现典雅豪华的气氛;在庭院中配植,与花墙、亭前山石相伴,景色宜人。

李渔在《闲情偶寄》里说:"花之最能持久,愈开愈盛者,山茶、石榴是也。然石榴之久,犹不及山茶;榴叶经霜即脱,山茶戴雪而荣。"单就花期长短来看,山茶可以傲然称雄于诸花。李渔赞它"具松柏之骨,挟桃李之姿,历春夏如一日",算得上一语中的。

山茶花别名有"玉茗"、"曼陀罗树"、"山椿"等。

玉茗是一种白山茶,也称"白雪塔",叶片为长椭圆形,花为完全重瓣型,覆瓦状排列,花蕊黄色,萼绿。黄庭坚曾在为之写的赋中说,"丽紫妖红,争春而取宠,然后知白山茶之韵胜","盖将与日月争光,何苦与洛阳争价"。"钗头玉茗妙天下,琼花一树真虚名。"在陆游看来,琼花不过是徒有虚名,比不上玉茗妙绝天下。写过"愿我如星君如月,夜夜流光相皎洁"的范成大,这样歌颂玉茗的高洁:"折得瑶华付与谁?人间铅粉弄妆迟。直须远寄骖鸾客,鬓角飘飘可一枝!"席慕蓉在《白色茶花》中写道:"我每次走过一棵开花的树,都不得不惊讶与屏息于生命的美丽。"

《天龙八部》里,王夫人的庄园叫曼陀山庄,这个"曼陀"似乎应该指曼陀罗树而不是曼陀罗花。"古来花事推南滇,曼陀罗树尤奇妍。拔地孤根耸十丈,威仪特整东风前。玛瑙攒成亿万朵,宝花烂漫烘晴天。"明代李东阳颂扬云南山茶的高大挺拔,富有顽强生命力的气势。在佛教中,红山茶被称为曼陀罗树。红山茶是古老的珍稀品种,花大色红,花蕊发达,金黄色,又名"大红金心",一朵花能开十余天,一个花期可延续几个月。曼陀罗是梵语的音译,其意为"悦意"。佛教界视曼陀罗为祥瑞之花,有"佛说是诸菩萨摩诃得大法利时,于虚空中雨曼陀罗华花","昼夜六时,天雨曼陀罗花"之类的记载。"曼陀罗雨","花雨",成了佛法传播和佛光普照的象征。

曼陀罗花又叫"洋金花"、"大喇叭花"、"山茄子"等,多野生在田间道边,花均为白色或微带淡黄绿色,单瓣。曼陀罗花全株有毒,以种子最毒。香港作家亦舒似乎写过同名小说,这一点或许是金庸先生的笔误。

山椿的名字是因为山茶的模样如椿树吗?山茶为四季常绿阔叶小乔木,树皮光滑,为灰褐色;椿树为落叶乔木,树皮平滑而有直纹,有点类似。

中国是山茶的原产地,全球有二百多个野生品种,其中一百八十多个在中国。七世纪时,山茶花首传日本。自十八世纪起,山茶花多次传往欧美,成为世界名花。这山茶不知是何时传入法国的,在法国小仲马的名著《茶花女》中,玛格丽特生性偏爱茶花。每天晚上，她都在剧场里或舞会上度过。她随身总带着三件东西：一副望远镜、一袋蜜饯和一束茶花，而且总是放在底层包厢的前栏上。一个月里，玛格丽特二十五天带白茶花，另外几天她带红茶花。除了茶花外，她从未带过别的花。一场舞会一场误会，这个巴黎的名妓，被并不富裕的阿尔芒诚挚的爱情所征服，坠入情网。正当他们憧憬未来的美好生活时，阿尔芒的父亲却暗中迫使玛格丽特离开……"没有什么能治愈我了，除了他能回来；见到他，我就可以死去了。"这样的浪漫与诀别场景，爱的甜美与折磨，人世复杂的情感，一切的滋味，只在她去世前的一瞥笑意中。

在中国，山茶又称"胜利之花"，象征着勇敢、正派和善于斗争。这个传说与吴三桂有关。对于这个置民族大义而不顾、"冲冠一怒为红颜"的枭雄，人们有微词也是应当的。早在隋唐时代，山茶就已进入宫廷和百姓庭院，被人们广泛观赏，又何必要牵扯上这个历史上的蹩脚角色呢？这个传说如武则天与牡丹的故事一样，只能当做笑谈吧，增加些许谈资。

"山茶相对阿谁栽？细雨无人我独来。说似与君君不见，烂红如火雪中开。"与山茶相连的贤人达士不少。在有"神仙之宅，灵异之府"之称的青岛崂山太清宫前，张三丰曾植下一株山茶。小说中的他武功高强、超凡脱俗，神龙见首不见尾。人们分析他可能是来寻找仙山的，也可能是到此隐居的。

这株山茶，是崂山稀有茶花品种，移自黄海深处的长门岩岛（也称耐冬之岛）。有传说称张三丰年轻时在崂山与一位红衣女子相恋，多年后回来寻找时，发现女子已去长门岩岛。张三丰到长门岩岛上寻找，没有寻找到红衣女子，却见到满岛的耐冬开得正艳，便将耐冬带回崂山。每到隆冬时节，山茶千花怒放，只是不知是何品种。《崂山记》里有描绘它的文字："三殿内皆有耐冬，自十月开至来年三月。遇雪压花，夫见白者雪也，黄者花之心，绿者花之叶也。真乃一径一花色，无处不鸟音。"

蒲松龄数次来崂山，见山茶开花，花朵尽数伸到绿叶之上，像落了层厚厚的红雪。在《聊斋志异》中，这株山茶被蒲松龄描绘成"茶仙"绛雪。

在小说《香玉》里，耐冬绛雪幻化为一位艳而不妖的红裳女子，与白牡丹仙子香玉邂逅黄生。"香玉是诗句邀来，绛雪是眼泪哭来。"在香玉沦为花鬼期间，黄生"恨极"，作哭花诗五十首，日日临穴涕清。这种生死不渝的深情，改变了绛雪"年少书生，什九薄幸"的看法，随即现身相伴。但绛雪一直不肯越雷池一步，正如她对黄生坦言的那样，"妾与君交，以情不以淫"，"相见之欢，何必在此"，"妾不能如香玉之热，但可稍慰君寂寞耳"。在她的帮助下，黄生与香玉生死相许，得以跨越阴阳之隔而再续前缘。黄生由此而深深地感叹："香玉吾爱妻，绛雪吾良友也！"

"君子成人之美，不成人之恶。"在这世上，有如此成人之美情怀的又有几何？又有谁能如茶花女这样说"你是我在烦乱的孤寂生活中所呼唤的一个人"?在香玉魂销香断之后,绛雪为黄生写了一首诗:"联袂人何处?孤灯照晚窗。空山人一个,对影自成双。"读之令人怅然若失。

蒲松龄在文中以异史氏的口吻发出了这样的评论:"情之至者,鬼神可通。花以鬼从,而人以魂寄,非其结于情者深耶?一去而两殉之,即非坚贞,亦为情死矣。"世界上难以挣脱的是情网,两情相悦也好,王八看绿豆对眼也罢,只要情之所至,纵然是阴阳殊途,依然是人鬼情未了。如此,得到与失去,又有什么不同呢?

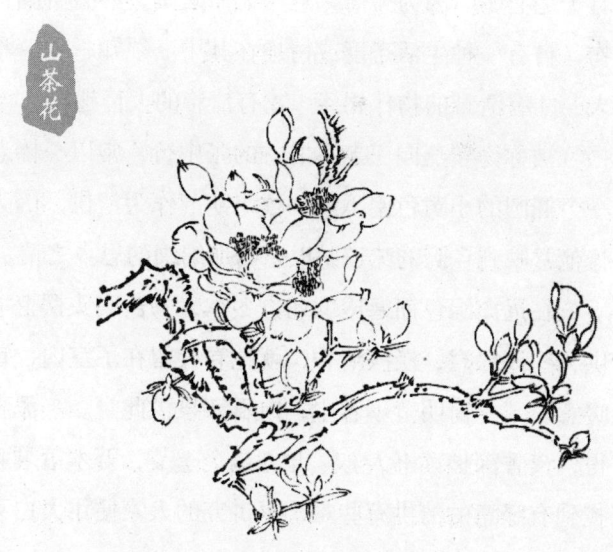

山茶花

得水能仙天与奇

忽然想起"清供"这个词。

这是个令人爽心的词。旧时文人,喜欢在书斋摆点盆景,称之为"案头清供"。"残红尚有三千树,不及初开一朵鲜。"这清供不在乎是否名贵,一般是就地取材,有文房四宝,有插花、奇石、古玩摆件等。有道是"案头清供是君子之心"。因为无需刻意,无需破费,心有所属,寄托于物,自有一种生活态度或情趣在其中。须知,有清雅情调的人,才有清雅的物什相伴,才有清雅的大情趣在。

被称为"燕园三老"之一的张中行,常以一棒老玉米、一个椭圆的小黄色南瓜或一枚小葫芦作为清供。因为这可以让他常嗅到乡野的味道,以慰藉那绵绵的思乡之情。

在远离绿色而寒冷的北方冬季,书斋案头摆上一两盆清供,些许绿意,淡淡清香,就把春天留在了室内,让人顿生暖意。"夕窗明莹不容尘,白石寒泉供此身。一派青阳消未得,夜香深护读书人。"北方这个季节,万木萧瑟寂寥,要找到有绿意的清供有些难,不讲究的人家便用大白菜和蒜头来代替了。

"冰雪为肌玉炼颜,亭亭玉立藐姑山。群花只在轩窗外,那得移来几案间?"这是康熙皇帝赞美水仙的诗。虽然这位据说作诗最多的人,诗作质量一般,倒也一语中的。北方冬日里的清供,水仙花确实是再好不过的。

水仙"前接腊梅,后迎江梅",与松、竹、梅等为伴,同为"岁寒友"。在古代的花历著录中,水仙被列为"殿岁花"之一,为"岁朝清供"的年宵花卉,为我国"十二花神"中的"十二月月令花"。中国人的官位意识比较强,讲究名分尊卑,对花儿也不例外。明人张丑按照官爵的等级,在《瓶花谱》中将水仙定为最高的品级——"一品九命"(九命为周代官爵的九个等级中的最高级等),与兰花、牡丹、梅花等同列,可谓推崇备至。

"借水开花自一奇,水沉为骨玉为肌。暗香已压酴醿倒,只此寒梅无好枝。"水仙玉洁冰清的神韵,馥郁芬芳的清香,令人赏心悦目。水仙对生活的要求简单朴素,适宜的阳光和温度,一盆清贫的水,就能滋养它的一生。

"此花得水则新鲜,失水则枯萎。"它和水结下了不解之缘。"韵绝香仍绝,花清月未清。天仙不行地,且借水为名。开处谁为伴?萧然不可亲。雪宫孤弄影,水殿四无人。"很多人推测过它名字的由来:"因花性好水,故名水仙","水仙宜卑湿处,不可缺水,故名水仙","水仙宜置瓶中,其物得水则不枯,故曰水仙,称其名矣"……有人甚至这样推论:"此花初名水鲜,谐音为水仙。"真是奇思妙想。是水因花而鲜呢,还是花因水而鲜呢?

在中国，水仙花有很多优美的名字，如"天葱"、"俪兰"、"女星"、"女史花"、"姚女花"、"雪中花"、"雅蒜"、"玉玲珑"、"金银盏台"、"雅客"等等。

天葱之名，是因为它的叶似葱。"水仙花，外白中黄，茎干虚通如葱，本生武当山谷间，土人谓之天葱。"这个名字极其巧妙，但若说它"本生武当山谷间"，会有很多人提出异议的。目前，我国水仙主要分布在福建、浙江、台湾等沿海地区，江苏、四川、湖南、湖北等地也有栽培。水仙花的故乡究竟在哪里？"生武当"一说主要依据是黄庭坚的诗："得水能仙天与奇，寒香寂寞动冰肌。仙风道骨今谁有？淡扫蛾眉篸一枝。"有人认为这个"篸"字应为"簪"字，水仙的仙风道骨也许只有淡妆女子头上的簪堪可相比。其实不然，武当山是巴山的北脉，在古荆州之域。武当山中央有一峰，名参岭，又名篸上。古人在咏水仙的诗词中，常常把水仙和湘、楚、荆州联系在一起。

水仙的花，像春兰一样典雅清秀，但要较春兰妩媚些；花香如春兰般幽远，但更浓烈些，所以叫它"俪兰"。这个俪字着实巧妙，有佳人的特质，浪漫、妩媚、精美、典雅，将水仙的精致、雅趣体现得淋漓尽致。难怪人们把事业上成就可相匹敌的夫妇雅称为"伉俪"，连两人的身影也称为"俪影"。

女史是中国古代星官名，属三垣之中紫微垣的左垣，指掌管王后礼仪等事的女官，也指主铜壶漏刻和时间的女官。初看到这个名字时，我曾经一度纳闷，这花儿与星座或女官有什么关系呢？的确有关系。据说，在一个寒冷的冬夜里，一个姓姚的老妇人梦见天上的女史星落地，化作一丛水仙。她取而食之，醒来后生下一个女儿，聪慧过人，能诗善文。这就是"女星"、"姚女花"、"女史花"等名字的由来。

因水仙在严寒大雪中尤能开花吐艳，浓香四溢，故名为"雪中花"。这"雪中花"让人想到"腊梅坼。茗花发。水仙负冰。梅香绽。山茶灼。雪花六出"。我认为"雪中花"这个名字不如"负冰花"好。农历正月"鱼陟负冰"，水底鱼虫游近冰面，以示天气回暖、百虫解蛰。"水仙负冰"不是呼唤春天还是在呼唤什么呢？

水仙的鳞茎肥大，似蒜头而大些，青翠的叶似蒜叶而厚些，亭亭玉立的花葶很像蒜薹。因这般的模样，有人称水仙为"雅蒜"。蒜本为家常之物，多了一个"雅"字，品位提升。实际上它和蒜并非亲戚，水仙隶属石蒜科，蒜却属于百合科。

水仙在《花史》中为风雅之客，被人们推崇为"雅客"。何等风雅？朱熹在《赋水仙花》诗中，把水仙和梅花作比，认为梅花太过孤芳自赏，"纷敷翠羽帔，温艳白玉相。黄冠表独立，淡然水仙装"则让人亲近。描绘水仙花的美色后，他便觉"嗟彼世俗人，欲火焚衷肠。徒知慕佳冶，讵识怀贞刚？凄凉柏舟誓，恻怆终风章。卓哉有遗烈，千载不可忘"。

我们常见的水仙有两种：重瓣水仙，因为花瓣皱卷，下部淡黄而上部淡白，无杯状副冠，又称"玉玲珑"；单瓣水仙，茎头具数花，六裂而色白，中有黄色副冠，状如浅杯，白冠黄心相映成趣，故称"金盏银台"。

在文人眼里，重瓣水仙像"善于沉默的女子，半低着头，眼睛向下看的。悲也默默，喜也默默"，单瓣水仙"看去一目了然，确有男子干脆简单的热情。特别是酒盏形的花蕊，使人想到死后还不忘饮酒的男人的豪情"。相传，水仙是由一对夫妻化身而来的，水仙花散发的香味是夫妻和谐的芬芳。在春节时候，水仙作为喜庆节日的点缀，为浓墨重彩的生活又添上一笔。

这些花儿的别名，有美化其形态的，有寄寓深意的，有出自某种典故的，但不论是哪种，都对水仙花寄予美好情愫。

寒冬时节，百花凋零，水仙花却叶花俱在，细茎嫩绿，花朵如雪，清香宜人……这清水中的小女子优雅如一阕宋词，把寒冷里的诗意，吟唱得清丽可人。这样的花儿到哪里寻觅？这样的冬天还有什么可寂寞的呢？

在寒冷的季节里，守着一盆水仙花成长，等候一朵水仙花开，让人觉得幸福。难怪寒冬腊月，人们喜欢从市场买回水仙，置于窗台、几案之上。清水一盆，白石数粒，简单清楚，一尘不染。

春节前后，水仙清姿绽露，叶片翠绿欲滴，花葶亭亭玉立，银白色的花朵，淡黄的花蕊，时时散发出醉人的芳香，清奇俏雅，自有飘逸凌波之致。

这应了水仙的另一个名字：凌波仙子。凌波是什么样子？就是于水波之上缓缓行走。庄忌在感叹屈原生不逢时，空怀难酬壮志的《哀时命》中说："势不能凌波以径度兮，又无羽翼而高翔。"世称小仙翁的东晋葛洪在《抱朴子》中说："骋逸策迅者，虽遗景而不劳；因风凌波者，虽济危而不倾。"

凌波微步，语出曹子建《洛神赋》。"洛神"轻躯鹤立，将飞而未翔时，招引众仙女齐集，然后"体迅飞凫，飘忽若神，凌波微步，罗袜生尘"。在金庸先生《天龙八部》中，凌波微步是一种上乘武功，等人练成北冥神功后，自身内力深厚后方可练，它以动功修习内功，有"猝遇强敌，以此保身，更积内力，再取敌命"之效。"动无常则，若危若安。进止难期，若往若还"，是《洛神赋》中的句子，也是其要诀。这令人难以想象，也难怪世上没有此等功夫。

"凌波舞"倒是有的，唐玄宗时，歌舞名妓谢阿蛮擅长此舞。此舞由李隆基作曲，表现凌波池中护驾的宫女，在波涛起伏的水面上翩翩起舞的情景。据说，谢阿蛮虽名在乐籍中，却在内侍省列册，享受正五品俸酬。她在表演此舞时，要由杨贵妃弹琵琶，宁王李宪吹玉笛，李龟年吹筚篥伴奏。这样的风采想来不比"回眸一笑百媚生"的杨贵妃逊色。难怪杨贵妃要赐给她珍贵的表演臂环，称她为"红粟玉臂友"。"安史之乱"后，重新回宫表演此舞的她，还会记起在马嵬驿香消玉殒于乱军中的杨玉环吗？

据《花史》记载，唐玄宗曾赐虢国夫人十二盘红水仙，盘为金玉七宝所造。当时的他有"凌波舞"，怎么没想起用凌波仙子来形容水仙呢？唐代所栽培的水仙是从国外传入的。据段成式的《酉阳杂俎》记载，"柰只出拂林国，根大如鸡卵，叶长三四尺，似蒜，中心抽条，茎端开花，六出红白色，花心黄赤，不结子，冬生夏死"。这个柰，不是我们俗称为"花红"的果子，而更接近水仙的特征。拂林国即东罗马拜占庭帝国，曾五次遣使访问长安，水仙很可能是在这期间输入中土的。难怪那时既没有中国水仙，也没有一首赞美水仙的诗。

使水仙与凌波仙子画上等号的是黄庭坚的诗："凌波仙子生尘袜，水上轻盈步微月。是谁招此断肠魂，种作寒花奇愁绝。含香体素欲倾城，山矾是弟梅是兄。坐对真成被花恼，出门一笑大江横。"在宋代著名诗人中，酷爱水仙的是黄庭坚，杨万里曾戏称黄庭坚为水仙的"本家"。

黄庭坚五十六岁去世那年，竟写了八首咏水仙诗。其中一首是："淤泥解作白莲藕，粪壤能开黄玉花。可惜国香天不管，随缘流落小民家。"此诗后来引出一段典故："国香，荆渚田氏侍儿名也。黄太史自南溪召为吏部副郎，留荆州，乞守当涂待报，所居即此女子邻也。太史偶见之，以为幽闲姝美，目所未睹。后其家以嫁下俚贫民，因赋《水仙花》诗以寓意。"这位名叫国香的女子能得到黄庭坚如此赞美，想来必是姿色不凡。只是，"后数年，山谷卒于岭表，当时宾客云散"，"此女既生二子"，"掩抑困悴，无复故态"，不免让人喟叹白云苍狗、世事变幻无常。"宜州遗恨君能详，瘴云万里空悲凉。无限风流等闲别，几人鉴赏得真香。"假若不是黄庭坚，谁还记得这个叫国香的女子呢？

"偶向残冬遇洛神，孤情只道立先春"，"江妃方欲凌波去，汉女初从解珮归"，"风流谁是陈思客，想象当年洛水人"……在古代咏水仙的诗中，常提到"洛神"、"江妃"、"洛水人"。这并不是说水仙出自洛水，而是把水仙花喻为神话中的宓妃。相传，宓妃是伏羲氏之女，因不能与自己所爱的人结为百年之好而溺于洛水成仙。宋人杨仲囦"致水仙一二百本，极盛"，养在古铜洗中，喜爱至极，便模仿曹植的《洛神赋》写了一篇《水仙花赋》。

这样看来，把"转眄流精，光润玉颜。含辞未吐，气若幽兰。华容婀娜，令我忘餐"的洛河女神喻为冰肌玉骨的水仙花，足可见其神韵的。她身着翡翠衣，头戴黄金冠，在那一泓清水之上轻歌曼舞，宛如凌波而至的下凡仙女。

"湘君遗恨付云来，虽堕尘埃不染埃。疑是汉家涵德殿，金芝相伴玉芝开。"据说，我国最早的咏水仙花诗，作者为五代入宋的道士陈抟。陈抟早年曾在武当山的九室岩隐居，这是武当山与水仙有不解之缘的又一个证据。这位号"白云先生"、"希夷先生"的老祖，是中国太极文化的创始人、宋代理学的奠基人之一。他将五代十国的统一寄希望于赵匡胤。赵匡胤登基后，他闻讯大笑坠驴曰："天下这回定叠也！"只是不知道这水仙曾给他几多灵感？

在一个月夜看到水仙花后，宋代旅行家刘光庄醉心不已："岁华摇落物萧然，一种清风绝可怜。不许淤泥侵皓素，全凭风露发幽妍。骚魂洒落沉湘客，玉色依稀捉月仙。

却笑涪翁太脂粉,误将文雅匹婵娟。"诗人用轻盈皎洁的月来比水仙之美,是一诗家妙手。

"淡墨轻和玉露香,水中仙子素衣裳。风鬟雾鬓无缠束,不是人间富贵妆。"李东阳赞美其形象朴实无华,不饰浓妆,却有过人之香、高雅之气。

秋瑾流连于水仙花前,心旌荡漾,便作《水仙花》:"洛浦凌波女,临风倦眼开。瓣疑呈玉盏,根是谪仙台。嫩白应欺雪,清香不让梅。余生有花癖,对此日徘徊。"她将水仙花比喻成临风而立、胜雪赛梅的女子,隐隐透出一股豪气,不负"鉴湖女侠"的名头。

李渔嗜水仙如命。他在《笠翁偶集》中说:"水仙一花,予之命也。予有四命,各司一时:春以水仙、兰花为命;夏以莲为命;秋以海棠为命;冬以腊梅为命。无此四花,是无命也。一季夺予一花,是夺予一季之命也。"每到冬季,李渔都要家人购回许多水仙花。有一年冬天,他穷得衣服都拿去典当了。为买水仙花,李渔对家人说:"我宁愿少一年的寿数,也不愿意一年看不到水仙花。"最后,无奈的家人只得把耳环典当后让他买了水仙花。

李渔爱水仙,在《闲情偶寄》里专门有水仙一章。"予之钟爱此花,非痂癖也。其色其香,其茎其叶,无一不异群葩。"他说,妇人有面若桃花的,有腰肢如柳的,有体态丰满如牡丹、芍药的,甚至有瘦比秋菊、海棠的,但没有像水仙的。他眼中像水仙的女人,不但是"淡而多姿,不动不摇,而能作态者",而且要"善媚"。

或许，世上真的少水仙这样的女人。

据说，水仙是尧帝的女儿娥皇、女英的化身。娥皇、女英同时嫁给舜为妻，舜在南巡时驾崩，娥皇与女英双双殉情于湘江。上天怜惜她们，将她们的魂魄化为江边水仙，她们逐成为腊月水仙的花神。

在唐传奇小说集《集异记》里，兰与水仙为"夫妇花"。河东人薛蘩幼时于窗棂内曾见一女素服珠履，独步中庭，叹曰："良人游学，难于会面，对此风景，能无怅然。"她从袖中拿出兰花图，"对之微笑，复泪下吟诗，其音细亮"，听到有人的声音，她随即隐身于水仙花下。不多久，在兰花中出现一男子，吟道："良子久离，必应相念，阻于跬步，不啻万里。"吟毕，这名男子隐入兰花丛中。如此多情女子，世间罕见。

"水仙欲上鲤鱼去，一夜芙蓉红泪多。"诗人把离去的情人比喻成水仙，写出了水仙的神秘。虽然有人说这里的"水仙"不是指水仙花，而是暗用《列仙传》中琴高乘鲤的典故。琴高为赵国人，本名叫高，因为弹琴技艺高超，人们称他为琴高。琴高曾经做过宋康王的门客，为宋康王操琴。宋康王死后，他到全国各地漫游，传授长生不老之术。他的坐骑是一条赤色鲤鱼。一天清晨，琴高乘着赤色鲤鱼，飞入涿水，从而得道成仙。以物喻人、借花抒情是诗家的惯用伎俩，也不奇怪。经历情感之变的李商隐，在渴望自己的一次羽化吗？他真的希望自己的情人，"画楼芳酒，红泪清歌，顿成轻别"，只为经年后，"杳杳音尘多绝。欲知方寸，共有几许清愁"？如此，在巴山聆听夜雨的他，又如何"问归期未有期"呢？

如水仙这样的男人，有吗？当然有。在希腊神话里，水仙花是美少年纳西塞斯的化身。这天下第一美男子爱上了湖水中自己的影子，日日为爱折磨，死后化成水仙花。记得少年时读《希腊神话集》，水仙花的故事曾让我很困惑，世界上怎么会有如此自恋的人？但成年以后，看到希腊神话关于水仙花的三种说法，我倒更相信一句诗："他燃起爱情，又被爱情焚烧。"

结果很重要，过程也是种美丽。这恰如我们望到春天的时候，那些在冬日里的坚守，曾经让我们燃起多少希望之花？有希望在，一切的坚冰都能融化。

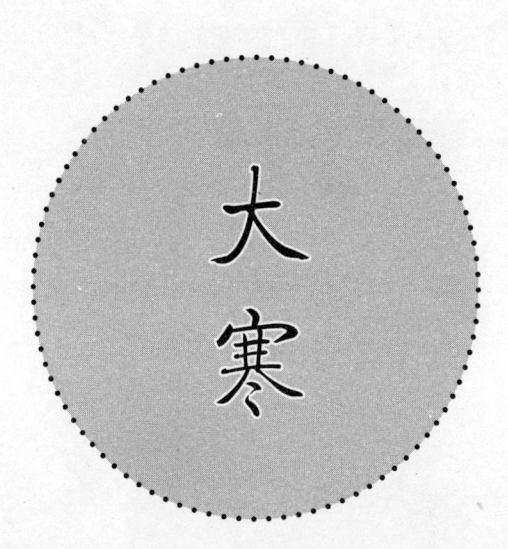

大寒

新年更添花中瑞

"真是花中瑞,本朝名始闻。江南一梦后,天下仰清芬。"瑞香的名字据说来自一场奇异的梦,而且与北宋的一个僧人有关。

地点在以雄、奇、险、秀闻名于世素有"奇秀甲天下"之誉的庐山。宋朝冬日的一天,一个喜欢云游的僧人,在饱赏重峦叠嶂、云雾缭绕的庐山美景后,感觉困意袭来,便在石凳上入定。梦中,他被浓郁的花香陶醉。他一觉醒来后四处寻觅,在深谷草莽之中发现一株绿叶笼罩、芳香袭人的小树。他将这株小树移植盆中,供于佛前,为其命名"睡香"。后来,僧人将庐山所遇告诉他人。人们一传十、十传百,纷纷登上庐山观赏此花。此花开时正值新春佳节,芳香袭人,人们认为此为花中祥瑞,将"睡香"更名为瑞香。

这个故事记载在北宋人陶穀的《清异录》里。陶穀"自五代至国初,文翰为一时之冠。然其为人,倾险狠媚"。宋太祖曾批评他只会玩弄文字:"颇闻翰林草制,皆检前人旧本,改换词语,此乃俗所谓依样画葫芦耳,何宣力之有?"没想到他很不服气,竟然作诗自嘲说:"官职须由生处有,才能不管用时无。堪笑翰林陶学士，年年依样画葫芦。"

瑞香这个故事虽然很有趣，但却有些以讹传讹。"瑞锦窠应对锦郎，谁将灵种到幽坊？山深月冷梅花尽，压尽群英是此香。"从瑞香的花期来看就经不起推敲。这个季节的庐山，虽然地处江南，却是一片北国风光。庐山"春如梦，夏如滴，秋如醉，冬如玉"。一个"玉"字可见庐山冬雪之大。庐山冬季时间较长，据记载，每年十一月至翌年三月是庐山的冬季。庐山一般在农历十一月中旬开始落雪，为期近五个月的冬季有"山中甲子无春夏，四月才开二月花"之说。明代诗人王世懋赴任福建途经九江，正是秋末冬初时节，上山后巧遇大雪，诗兴大发，吟出一首五绝："朝日照积雪，庐山如白云。始知灵境杳，不与众山群。树色空中断，泉声天半闻。千崖冰玉里，何处着匡君。"如此晶莹剔透的冰雪世界，何来僧人在石凳上入定之理？

瑞香古称"露甲"，在屈原的《楚辞·九章》中曾有"露甲辛夷，死林薄兮"的句子，自然不会有宋代僧人发现瑞香之理。"露甲"这个词让人感觉莫名其妙，是把盔甲露出来吗？看瑞香的花瓣，与盔甲有很远的距离。

陶毂说"为花中祥瑞，遂名瑞香"，也是不准确的，瑞香的名字在唐代就已经存在。"大历十才子"之首的钱起曾写过《瑞香花》诗："得地移根远，交柯绕指柔。露香浓结桂，池影斗蟠虬。黛叶轻筠绿，金花笑菊秋。何如南海外，雨露隔炎洲。"此诗也有题作《赋得池上双丁香树》的，众说纷纭，难有定论。

南宋陈子高也写过瑞香诗:"宣和殿里春风早,红锦熏笼二月时。流落人间真善事,九秋霜露却相宜。"因为这位本名陈克的这首诗,瑞香有了"锦熏笼"的雅名。这位号赤城居士的南宋诗人,诗"文采陆离,烂焉如锦",词则"清绮婉约","风韵极高",称两浙第一。抗金被俘后,他被"积薪焚死",临死时仍"骂不绝口,声如雷震",时人称"国士"。只是陈子高这个名字,倒让我想起一位本名韩蛮子的男人。他家本微贱,以做鞋为生。因为"容貌艳丽,纤妍洁白,如美妇人。螓首膏发,自然娥眉,见者靡不啧啧",让南朝陈文帝陈蒨一见倾心,赠诗于他:"昔闻周小史,今歌明下僮。玉尘手不别,羊车市若空。谁愁两雄并,金貂应让侬。"并为他取名陈子高。陈子高"性恭谨,勤于侍奉,恒执备身刀及传酒炙",很能领会性情急躁的陈蒨的意旨。"及长,稍习骑射,颇有胆决,愿为将帅。及平杜龛,配以士卒。文帝甚宠爱之,未尝离于左右。"谁能料到这样的骁将,三十岁时竟被赐死。不但如此,他还成为人们眼中的"男后"、"男宠"。陈蒨曾对他说:"人言吾有帝王相,审尔,当册汝为后,但恐同姓致嫌耳。"陈子高在无奈的人生游戏中,怎样看待如花一样的生命?

虽然《清异录》里记载的故事来历有些令人怀疑,但瑞香在宋代颇受欢迎却是事实,是文人中很流行的一种花。

在《瑞香花新开》中,杨万里描摹过它的神韵和奇香:"外著明霞绮,中裁淡玉纱。森森千万笴,旋旋两三花。小霁迎风喜,轻寒索幕遮。香中真上瑞,花麝敢名家。"

朱淑真的瑞香诗，脍炙人口："玲珑巧蹙紫罗裳，令得东君着意妆。带露欲开宜暖日，临风微困怯春霜。发挥名字来雕辇，弹压芳菲入醉乡。最是午窗初睡醒，熏笼赢得梦魂香。"既突出了"睡香"的由来，也道出了异香无比的神奇。熏炉是旧时用来取暖和熏香的器具，锦熏笼则是其上所罩的华美盖子，与陈克的诗同样极具生活趣味。

朱敦儒说得更夸张："紫岥红襟艳争浓。光彩烁疏栊。香为小字，瑞为高姓，道骨仙风。此花合向瑶池种，可惜未遭逢。阿环见了，羞回眼尾，愁聚眉丛。"让杨玉环见了心生妒意、百媚顿失的花儿，你可以想象其光彩熠熠了。

宋元祐六年三月，在杭州真觉院，苏轼与友人聚饮，赏瑞香花，写下《西江月·真觉赏瑞香二首》："公子眼花乱发，老夫鼻观先通。领巾飘下瑞香风。惊起谪仙春梦。后土祠中玉蕊，蓬莱殿后鞓红。此花清绝更纤秾。把酒何人心动。"瑞香花艳香浓，可以染贵妃巾、惊谪仙梦，苏轼的想象力大胆；清绝与纤秾的瑞香，比起扬州琼花、洛阳牡丹更能使人动情，比拟确切。

夜半时分，月下的幽深小院，清风徐徐吹来，城楼上的画鼓响了三通，灯油即将燃尽，文友饮兴尚浓。在有人吟唱《西江月·真觉赏瑞香二首》后，苏轼乘兴又作《西江月·坐客见和复次韵》："小院朱阑几曲，重城画鼓三通。更看微月转光风。归去香云入梦。翠袖争浮大白，皂罗半插斜红。灯花零落酒花秾，妙语一时飞动。"一首小词，把当时的情景写得活灵活现、情趣盎然。苏轼是坦荡直率的人，在他的情词中少有缠绵之态。即使有"景之秀，妓之妙"，也不过是"尊酒相逢，乐事回头一笑空"。把瑞香花插在黑头巾上，歌女们争抢酒杯畅饮，这首词描写的情景算是例外了。

苏轼对瑞香可谓是一往情深。在曹子方说瑞香为紫丁香时，他不但为之正名，还专门填词取笑友人："怪此花枝怨泣，托君诗句名通。凭将草木记吴风。继取相如云梦。点笔袖沾醉墨，谤花面有惭红。知君却是为情秾。怕见此花撩动。"

对瑞香比苏轼更一往情深的是明宣宗朱瞻基。这位皇帝，因文有"三杨"（杨士奇、杨荣、杨溥）、蹇义、夏原吉，武有英国公张辅，地方上有于谦、周忱这样的巡抚，政治清明，百姓安居乐业，与其父亲在皇位仅仅十一年，却被史学家们称为"功绩堪比文景"，史称"仁宣之治"。《明史》这样赞誉他："即位以后，吏称其职，政得其平，纲纪修明，仓庾充羡，闾阎乐业。岁不能灾……帝之英姿睿略，庶几克绳祖武者欤。"他的《瑞香花》诗，细致入微、不厌其详，可谓独具一格："瑞香花，叶如织。其叶非一状，花开亦殊色。或如玛瑙之殷红，或如玉雪之姿容。或含浅绛或深紫，细蕊叠萼芬玲珑。腊后春前花未放，先春独占梅花上。绕枝芳意露琶琶，万卉千葩总相让。曈昽旭日照阶墀，淡荡香风拂面时。初疑沉檀爇宝鼎，亦似兰麝熏人衣。瑞香花，树高三尺强。山桃野杏动逾丈，得以幽丛约馥香。"只是他的"蟋蟀皇帝"的别号，有损他的政声与文名。

瑞香属常绿小灌木，叶子和桂花、冬青近似而略细小。如果把瑞香放在春天的百花园里，实在貌不惊人，但在近乎万花凋零的冬日，它便显得卓尔不群。尤其是瑞香盆景，姿态婆娑，伸屈自然，若散置于岩石间则韵致倍增，更有一番潇洒。

瑞香又名"麝囊"、"风流树"、"瑞兰"、"蓬莱紫"、"千里香"、"雪花皮"、"山棉皮"等。

看到"麝囊"，自然想起麝香。麝香由麝的雄性腺囊中的分泌物干燥而成，不仅芳香宜人，而且香味持久。以"麝囊"为之命名，自然是指瑞香的奇香。"不但酴醾芍药，此花亦殿余春。麝囊初破酒初醺。恰有这般风韵。烂坏真成绝倒，半开犹带轻颦。不知抵死笑何人。待与折来细问。"当年的郭应祥一定不知道瑞香的名字，不然怎会把此花叫做紫笑花。笑，难道还有颜色之分吗？

"风流树"，似乎是杏树的专利。"种杏不实者，以处子常系之裙系树上，便结子累累。"这是李渔眼中的杏树。这样的风流好似与瑞香不搭界，让人找不到合理的解释理由。因此，瑞香的风流该是指风度、仪表吧。"摇落深知宋玉悲，风流儒雅亦吾师"，人有卓然风姿，树也有不同凡响之处。

瑞香花密生成簇，分白、红、紫、黄等色。

"蓬莱紫"应该与瑞香的花色有关。"中开素粉笑浓霜，外带凝脂妒夕阳。纵有寒梅只一色，暗香不似扑人香。"紫色瑞香，恣意怒放，花开满枝，一团团，一簇簇，光艳夺目。花被筒状,上端裂成四瓣,乳白色,夹带一点紫,形若丁香。苏轼赞它"幽香结浅紫,来自孤云岑。骨香不自知,色浅意殊深"。

"雪花皮"、"山棉皮"自然指的是白花瑞香。但"落尽琼花天不惜,封他梅蕊玉无香"的雪花,何时有过外衣呢?要用雪花比喻瑞香花之洁白,倒不如直接叫雪花的好。清代屈大均就是这么做的:"乳源多白瑞香,冬月盛开如雪,名雪花。刘以为薪,杂山兰川芎之属烧之,比屋皆香。其种以孪枝为上,有紫色者尤香烈。"让人想不通的是如此香艳的花儿,当地人为何如此不珍惜,要"刘以为薪"呢?

"千里香"值得琢磨。印象中有一种蔷薇叫"十里香",桂花被称为"百里香",但与瑞香霸气十足的香气相比,则是小巫见大巫。陈淳有《题瑞香花》诗:"浓香拆麝脐,细蕊秀鹤顶。东风故飘荡,熏人醉不醒。"

"早春万卉未吐,以此花为梅之先驱。"在春寒料峭、梅兰凋落之时,寒冬的残雪还没有抖掉,刺骨的寒风还没有穿越,春天的微笑尚很矜持,瑞香凌寒而开。"瑞香枝干婆娑,叶深绿而边有白色,繁花成簇,香似蒼卜(栀子花),极能透远。"瑞香含苞待放之时,花团掩映在枝叶之间,每个花团都有数束纤细的花蕾。瑞香花香浓烈,几乎可称为桀骜不驯。花香出奇,寺庙中常用瑞香花供佛。"曾向庐山睡里闻,香风占断梦里春。窈花莫扑枝头蝶,惊觉南柯半梦人。"瑞香花香袭人,在幽室中坐禅的佛僧也会心慌意乱。

十九世纪,瑞香传入西方后得到青睐。在维多利亚时代，瑞香被女性们作为胸花佩在胸前。在西方情人节，男子会将一枝半开的红玫瑰作为送给女孩的最佳礼物。我曾经想，把红玫瑰改为花香浓郁的瑞香该多好。情人节里，女士芳香袭人，男士意乱情迷是难免的。在英国，由于气候原因，瑞香成活率不高且生长缓慢。一旦看到谁家庭园中瑞香长势良好，英国人就会夸赞园子的主人是称职和辛勤的园丁。最受英国人欢迎的非巴尔干瑞香莫属。它的枝干向四周延伸，能像触须一样在地面生长。它的花香浓烈，花色奇妙，英国人说见到它会联想到香草冰淇淋。中国有一个词：秀色可餐。看来无论东西方人，情感都是相同的，算不上匪夷所思。

让人想不到的是，如此芳香的花儿竟然有个很粗俗的别名——"花贼"，说它偷得百花之香集于一身，要不然它怎么能花香袭人、香飘千里呢？李渔甚至把瑞香贬为"花之小人"，其理由是"能损花"，"他花闻香辄萎死"。李渔还庆幸地说，所幸瑞香开在冬春之交，"群花摇落，诸卉未荣"之时，能够与瑞香相遇的，仅有梅花、水仙二种，"故罹其毒也亦不深，此造物之善用小人"。瑞香"杂众花中，众花往往无香，皆为所夺"的真实情况是，瑞香的肉质根部有甜味且能散发香气，容易引致虫害毁根。云无心以出岫，能够开成自己的风景，自有一番周折和不易，又何必在意他人的眼光？做花如此，为人也是此理。

瑞香主要分布于长江流域以南各省区。"海棠花西府为上，瑞香花金边最良"，最妙的是瑞香的变种金边瑞香，因叶的边缘为美丽鲜亮的金黄色而得名，素有"牡丹花国色天香，瑞香花金边最良"之说。金边瑞香，花蕾红色，花色紫红鲜艳，每朵花由数十个小花组成，由外向内开放，香味浓郁。金边瑞香是我国传统名花，不论古时的《花镜》、《御定广群芳谱》，还是现在的《花经》，都称它为瑞香之珍。

瑞香还有其他的变种。原籍河南祥符（今开封）的周亮工说，据《墨庄漫录》记载，襄阳唐氏有一株瑞香，"面阔一丈二三尺，婆娑如盖，下可坐胡床"。他还听李居仁说，"舒州山中深岩间，附石生瑞香一株，高二三丈，下可坐十余人"。这样的瑞香哪里是灌木，分明是乔木了。可惜的是，他没有描述这两株瑞香的花朵有这么高大的身躯，想来花朵"当惊世界殊"。

瑞香，以色、香、姿、韵"四绝"著称于世，色泽艳丽，花香浓郁，树态婆娑，姿容秀逸。张孝祥在《浣溪沙·瑞香》里认为，"梅花枯淡水仙寒"，"翠云裘著紫霞冠"的瑞香，"宝香元（原）不是人间"，在群芳中的地位堪比茶中的"小龙团"，只能推为第一仙品。"小龙团"为宋代茶叶精品，以模压成龙形，由大书法家蔡襄创制，后为贡品，被皇帝作为贵重的礼品赠给大臣。在近代园艺史上，瑞香与长春君子兰、日本五针松一起被推崇为园艺三宝。

"一丛三百朵，细细拆浓檀。帘幕护花气，不知窗外窗。"每当立春前后、欢度新春之际，茎枝柔软、碧叶常青的瑞香，花开满枝，繁花似锦，清香浓郁。瑞香在室，满屋飘香，洋溢起盎然的春意，平添了几分赏心悦目的美妙，为新春增添祥瑞之兆。

人们喜欢喜庆的字眼,比如祥瑞。祥瑞又称"符瑞",被认为是表达天意的、对人有益的自然现象,如彩云出现、禾生双穗、地出甘泉、奇禽异兽出现等等。

古代祥瑞,大体可分为五种:嘉瑞、大瑞、上瑞、中瑞、下瑞。据《新唐书·百官志》记载:"礼部郎中员外郎掌图书、祥瑞,凡景星、庆云为大瑞,其名物六十四;白狼、赤兔为上瑞,其名物二十有八;苍乌、赤雁为中瑞,其名物三十二;嘉禾、芝草、木连理为下瑞,其名物十四。"

"麟凤五灵,王者之嘉瑞也。""五灵"分别为麒麟、凤凰、龟、龙、白虎。在最高等级的瑞兆中,令我奇怪的是其中三种是传说中的东西:"状麋身牛尾,圆顶一角"的神兽麒麟,"非练实不食,非礼泉不饮"的瑞鸟凤凰,"头似驼、角似鹿、眼似虾、颈似蛇、腹似蚕、麟似鱼、爪似鹰、掌似虎、耳似牛"的龙。仅仅从想象力这一点来看,现代人比老祖宗要逊色得多。

瑞香契合了人们"瑞气盈门"、"花开富贵"的美好愿望,因此被视为吉祥之花、富贵之花,深受人们推崇。

新年来到,瑞气临门,吉祥如意。"一株当三春",看到瑞香的花朵,嗅到浓郁的香气,人们心知肚明,又一个春天的大门就要打开了。

千古幽贞是兰花

从55岁到68岁,孔子带着若干亲近弟子在外周游十多年,寻找时机推行儒家政治主张。虽然"有圣德,好学不倦","弟子满天下,国君无不敬慕其名","而为权贵当事所忌",始终没有得到重用。他自卫返鲁,隐谷之中见芗兰茂盛,却不得不与众草为伍,不禁触景生情、喟然长叹,应了他在黄河边的感慨:"美哉!水洋洋乎,丘之不济,命也夫!"

这一声无意之叹使"王者香"成为兰的代名词。

这不是他第一次提到兰花。此前,楚昭王想聘用孔子,孔子前往拜访答礼,路过陈国和蔡国边境。陈国和蔡国的大夫们认为,孔子所讥讽的都是诸侯的病根,如果他被楚国任用,陈国和蔡国一定有危险,就派兵阻拦孔子。"孔子不得行,绝粮七日,外无所通,藜羹不充,从者皆病",十分狼狈。但他更加慷慨,讲学、奏乐、唱歌忙个不停。当弟子子路询问他时,他回答了这样一段话:"芝兰生于深林,不以无人而不芳;君子修道立德,不为穷困而改节。为之者人也,生死者命也。"

兰花长在深谷，尚不动摇志向。作为一代圣贤，他更不会轻易改变信念。

他眼中的兰花的确能担得起这个分量。

"幽兰叶秀乔木下，仍是盘根众草傍。纵使无人见欣赏，依然得地自含芳。"兰花在杂草中卓然而立，兰花的茎叶紧而有序，枝叶虽繁而不乱，叶质滋润，柔中有刚，花葶飘逸舒展，清丽脱俗。兰花芳而不孤，不仅与众花为伴，而且与众草为邻。明末复社名士冯京第在《兰易十二翼》曾对兰花的习性如此概括："一喜日而畏暑，二喜风而畏寒，三喜雨而畏涝，四喜润而畏湿，五喜干而畏燥，六喜土而畏厚，七喜肥而畏浊，八喜树阴而畏尘，九喜暖气而畏烟，十喜人而畏虫，十一喜聚簇而畏离母，十二喜培植而畏骄纵。"

兰花"具四清"，即"气清、色清、神清、韵清"。所谓"气清"，是指兰的香气，清而不浊；所谓"色清"，是指兰的颜色，色泽淡雅，以嫩绿、黄绿居多，以素心者为贵；所谓"神清"，是指兰的花与叶的神态，以花姿端庄挺秀、雍容华贵、富于变化、姿态优美者为佳；所谓"韵清"，是指兰的神韵，讲究其内在美。

因为"四清"，空灵与恬静的兰花，给人以高洁、清雅的优美形象。紫茎绿叶、四季常青的兰花被尊为"花中君子"，成为超凡脱俗的象征。古今对它评价极高，喻为"花中君子"，仿佛加上"兰"字就有了异样的分量。古代文人，常把诗文之美喻为"兰章"、"兰藻"，友谊之真为"兰交"，良友为"兰客",志同道合者为"兰友",挚友称"兰襟",异姓结成兄弟或姐妹叫"兰谱"、"金兰",雅洁的厅堂称"兰堂"、"兰殿",宽阔的台阶、前程称"兰阶"、"兰途",女子的卧室叫"兰室"、"兰房"……如此等等,不胜枚举。成语里也比比皆是,如芝兰之室、金兰契友、兰芳石坚、兰薰桂馥等等。

中国兰花主要分春兰、蕙兰、建兰、寒兰、墨兰五大类。

"春兰如美人,不采羞自献。时闻风露香,蓬艾深不见。丹青写真色,欲补离骚传。对之如灵均,冠佩不敢燕。"春兰多产于温带。其植株一般较小,花多单朵或两朵,花色以绿色、淡褐黄色居多,香味浓郁纯正。"兰叶春葳蕤,桂华秋皎洁。欣欣此生意,自尔为佳节。谁知林栖者,闻风坐相悦。草木有本心,何求美人折?"这是张九龄遭到陷害被罢相遭贬之后所作。当时正值开元末年,唐玄宗沉溺声色,怠于政事。张九龄虽有从容超脱的襟怀,但也不免有忧谗惧祸之心。"以意逆志,知人论世",他在尽洁身自好的正人之德之本分,并非以求富贵利达。"众情累外物,恕己忘内修。感叹长如此,使我心悠悠。"高雅清香的春兰秋桂,不慕求虚荣,不阿谀权贵;芳香出于自然,洁身自好,坚贞清高。

"兰亭旧种越王兰,碧浪红香天下传。"绍兴一向被人们认为是春兰的发祥地。越王勾践为恢复越国,在渚山种兰花,呈给吴王以表"忠诚"。勾践卧薪尝胆,发愤图强,励精图治，终于灭吴称霸。后人把渚山改名为兰渚山，把兰渚山下的集市命为花街，把兰渚山下的驿亭命名为兰亭。

兰亭被崇山峻岭环抱，林木繁茂，竹篁幽密。清澈湍急的溪流如同腰带映衬左右。东晋永和九年三月上巳日，王羲之和孙绰、谢安、释支遁等名士，"群贤毕至，少长咸集"，在会稽郡山阴县的兰亭集会，举行禊饮之事。他们引溪水为曲水流觞，列坐其侧，饮酒赋诗，畅叙胸怀。由此曲水流觞成为千古佳话，兰亭成为文人学士的雅聚之所。

春兰又名朵兰、扑地兰、幽兰、朵朵香、草兰、双飞燕。这个幽字颇让人产生联想。"夫幽兰之生空谷，非历遐绝景者，莫得而采之，而幽兰不以无采而减其臭；和璞之蕴玄岩，非独鉴冥搜者，谁得而宝之，而和璞不以无识而掩其光……"当你在深山幽谷，一株兀自开放的幽兰能让你刹那间产生深深的敬意。当年的孔夫子是不是也有同感呢？"幽兰生前庭，含薰待清风。清风脱然至，见别萧艾中。"陶渊明的诗韵味深长，脍炙人口，一如其南山之菊。"为草当作兰，为木当作松。兰秋香风远，松寒不改容。" 李白则抚琴长歌，"仰天大笑出门去，我辈岂是蓬蒿人"，从容不迫、舍我其谁的雍容气度，令人为之一振。

"挺挺花卉中，竹有节而啬花，梅有花而啬叶，松有叶而啬香，唯兰独具兼而有之。"恬淡、素雅、清心似水的兰花，被世间视为淡泊、傲骨的象征。

蔡邕被诬流放，至会稽一带避难，著有《琴操》，解说各个琴曲标题。其中有孔子所作的《猗兰操》，又名《幽兰操》。在芗兰茂盛的隐谷前，孔子"止车援琴鼓之云：习习谷风，以阴以雨；之子于归，远送于野。何彼苍天，不得其所。逍遥九州，无所定处。世人暗蔽，不知贤者。年纪逝迈，一身将老"。这是孔子自伤不逢时，托词于芗兰云。琴曲如泣如诉，如怨如愤，幽怨悱恻，在兰花的身上寄托全部的思想感情。韩愈曾为之唱和："兰之猗猗，扬扬其香。不采而佩，于兰何伤。今天之旋，其曷为然。我行四方，以日以年。雪霜贸贸，荠麦之茂。子如不伤，我不尔觏。荠麦之茂，荠麦有之。君子之伤，君子之守。"

蕙兰又名佩兰，多年生草本植物，叶丛生，狭长而尖，初夏开淡黄绿色花，气味很香。古时将兰与蕙并称为兰蕙，今天的人索性兰蕙不分，统称为兰。其实，兰与蕙是不同的。黄庭坚对此有明确的区别之法："一干一华而香有余者兰，一干五七华而香不足者蕙。"

蕙与兰搭配在一起成了绝妙的佳配。"蕙质兰心"是蕙兰的本质，蕙还比喻女子内心纯美。"东都妙姬，南国丽人，蕙质兰心，玉貌绛唇"，心地善良、品质高尚的女子，令人不仅仅是怦然心动吧？

屈原是古代写兰花最多的诗人之一，在《离骚》中曾七次写兰、六次写蕙。他长期被流放于沅湘一带，将一腔念君思国之志、匡时济世之情，通过多种香花异草来加以表达。他寄情于兰，以兰为友，以蕙为伴，并一直将兰作为佩物结在身上，表示自己洁身自好的情操。屈原爱兰、颂兰，以兰寄情托意，明志自勉。"秋兰兮麋芜，罗生兮堂下。绿叶兮素华，芳菲菲兮袭予"，"秋兰兮青青，绿叶兮紫茎。满堂兮美人，忽独与余兮目成"，他把兰的绰约风姿写得生机勃勃、芳馨郁郁。

建兰，俗称雄兰、骏河兰、剑蕙等，也称秋兰。初看到建兰的名字时，我以为是个错误，认为应该是剑兰。的确，它的叶片宽厚，直立如剑。其实，我们所称的剑兰，学名为唐菖蒲，并非兰花。剑兰品种繁多，花色艳丽，花期长，花姿极富装饰性。它与玫瑰、康乃馨和扶郎花被誉为"世界四大切花"。

"绿壳周身挂绿筋，绿筋透顶细分明。真青霞晕如烟护，确是真传定素心。"人们所欣赏的建兰，以乳白泛绿色的素心花为贵，而且"绿筋忌亮，须要有沙晕，必如烟霞，筋宜透顶小蕊，在仰朵时，日光照之如水晶者，素；昏暗者非是"。"秋兰映玉池，池水清且芬。"盛夏金秋，赤日炎炎，有建兰舒缓烦闷，人自是神清气爽。

寒兰自然与季节有关。它凌霜冒寒吐芳，因而有此名。"泣露光偏乱，含风影自斜。俗人那解此，看叶胜看花。"它常生于山地林下溪边，也见于常绿阔叶林或混交林下草丛中。其株型修长健美，叶形独特，叶姿优雅俊秀；花序直立，花朵较多，可达二十朵左右。花色丰富，有黄绿、紫红、深紫等色，艳丽多变，香气浓郁，清醇久远。有人甚至这样评价寒兰："集诸种兰花之美于一身，聚万物之灵气于一体。"

墨兰又名中国兰、报岁兰、拜岁兰、丰岁兰。这与它的开放时间有关。春节左右，兰花与梅花、迎春花相互映衬，竞相开放，成为春天最早到的客人。梅、兰、竹、菊合称"花中四君子"，兰、菊、水仙、菖蒲合称"花草四雄"，兰、银杏、牡丹合称中国"园林三宝"。

"碧叶青青心素雅，身自娉婷韵自佳。千古诗文神难画，空谷佳人香天下。"哲人以兰修身，画家以兰达意，诗人以兰抒情，代代相传，佳作如林，美不胜收。

"深林不语抱幽贞，赖有微风递远馨。开处何妨依藓砌，折来未肯恋金瓶。孤高可挹供诗卷，素淡堪移入画屏。莫笑门无佳子弟，数枝濯濯映阶庭。"兰花缘幽林而生，食清泉净土而养，沐自然风雨而开，其香幽静而不扬。这是刘克庄在以兰花自喻。

"猗猗紫兰花，素秉岩穴趣。移栽碧盆中，似为香所误。吐舌终不言，畏此尘垢污。岂无高节士，幽深共情素。俯首若有思，清风飒庭户。"诗人岑安卿刚正不阿，不贪图富贵，不阿谀奉承，为的就是"气如兰兮常不改，心如兰兮终不移"的高雅。他"独隐居乐道，以名节高天下"，"穷阨以终"，难怪《四库总目》评其诗"戛戛孤往，如其为人"。

张学良一生嗜兰，"第一爱夫人，第二爱兰花"。在幽禁期间，《明史》、《圣经》、兰花成为他日常生活中的三大寄托。他除读书外就是莳养兰花。他曾写过一首咏兰诗："芳名誉四海，落户到万家。叶立含正气，芳妍不浮华。常绿斗严寒，含笑度盛夏。花中真君子，风姿寄高雅。"对兰花的赞美可谓到了无以复加的地步。

咏兰、爱兰的人不计其数，一语则道破兰之根本的当属宋代黄庭坚："士之才德盖一国者，曰国士；女之色盖一国者，则曰国色；兰之香盖一国者，则曰国香。自古人知贵兰，不待楚之逐臣而后贵之也。兰甚似乎君子：生于深山薄丛之中，不为无人而不芳；雪霜凌厉而见杀，来岁不改其性也。是所谓遁世无闷，不见是而无闷者也。兰虽含香体洁，平居与萧艾不殊。清风过之，其香蔼然，在室满室，在堂满堂，所谓含章以时发者也。"因有蕙兰之清香、春兰之浓香、建兰之木樨香、报岁兰之檀香，兰花被人们誉为"香祖"、"王者香"、"空谷佳人"、"天下第一香"。孔子赞美兰花"其香可育人善化"。

"绿叶淡花自芬芳，深山庭院抱幽香。蕙质不堪逐流水，露华何妨润愁肠。何人轻步踏小径，几杯残酒倾三江。怜花还需解花语，花魂诗魄传潇湘。"人们把兰花视为高洁、典雅、爱国和坚贞不屈的象征。

"翰墨熏人醉，竹梅俱有痴。六旬方觉悟，兰是画中诗。"对于画家来说，兰是他们寄情或寓意的载体。往往是五叶三花，笔简意赅，形态毕现，意境深邃，情趣盎然。赵孟坚的《墨兰》柔美舒放，清雅俊爽；文征明的《兰竹图》潇洒清新，生动有姿；徐渭的《兰花图》大笔挥洒，显其高致；石涛的《兰花图》轻松明快，充满生意；李方膺的《兰石图》运笔如飞，纵横豪致；吴昌硕的《兰石图》纵横恣肆，气势雄强……

"宁可枝头抱香死,何曾吹落北风中。"宋末元初的郑思肖,以画墨兰著名,在其所画的长卷《墨兰图》上自题"纯是君子,绝无小人"。他生活虽清苦,但作画"不妄与人",更无售画之心。据说一位县吏曾经以加重赋税为要挟,让郑思肖为他画兰花。郑思肖毫不畏惧,严词拒绝道:"手可断,兰不可得也。"

郑思肖的后半生是四十年凄楚的遗民生活。南宋灭亡三十年后,在灯火辉煌的元宵节,年近古稀的郑思肖画下《墨兰图》。画中的兰花无土无根,飘在空中。署名所南翁,画的题款为"向来俯首问羲皇,汝是何人到此方。未有画前开鼻孔,满天浮动古馨香"。"人问之,曰:'土为番人夺,忍着耶?'"他画兰不画根与土,以示"国土"沦陷,但矢志复归;他把自己的画室叫"本穴世界","本穴"就是"大宋"的隐意,将"本"字的"十"移到"穴"字的下方就变成"大宋"。死前,他仍嘱人书写牌位"大宋不忠不孝郑思肖",说自己"不忠可诛,不孝可斩",至死不忘忠于宋朝。

兰花不是文人雅士的专有之物,也是寻常百姓的平常心。"我从山中来,带着兰花草。种在小园中,希望花开早……期待春花开,能将夙愿偿。满庭花簇簇,添得许多香",由胡适填词的《兰花草》经歌坛一代巨星刘文正演唱后,曾经打动多少人的心?

据说,让胡适魂牵梦绕数十年念念不忘的,是故居厢房上的十块兰花图雕版,雕笔流畅,镂刻精到,栩栩如生。在绩溪县上庄村的胡适故居，进门左侧的小厢房曾是胡适的书房。他7岁至14岁在此就课启蒙。"兰为王者香，不与众草伍"，"珍重韶花惜寸阴，入山仔细为君寻。兰花岂肯依人媚，何幸今朝遇赏音"，在兰花图雕版上有这样叙述兰花品格的题词、题诗。获得36个博士学位的胡适，其学术成就大概也是在这里奠基的吧。

雅室芝兰给人宁静致远的幽雅情怀。"观花一时，终年赏叶。"兰叶细长纤秀，容貌窈窕，置于窗台之上恰如临风起舞的少女，惹人怜爱。案几之上，一盆雅兰青绿如韭，花小而色黄，清秀而淡绿，却有一股幽香，如幽如缕，一室而生香，袭远而持久。人说兰花没有香味，就像美丽的女人没有灵魂。"懊恨幽兰强主张，花开不与我商量。鼻端触着成消受，着意寻香又不香。"人默默地观赏兰花，兰花亦看人，两情相悦，一切皆在无语中。

"近兰者雅。"养兰是一种修身养性之道。"与善人居，如入芝兰之室，久而不闻其香，即与之化矣。"据说金代有个非常喜欢兰花的禅师，种了许多名贵品种的兰花，讲经说法之余总是悉心照顾，爱之如命。一天，禅师因事外出交代弟子好好照顾兰花。但是，有一个弟子不小心把兰花架绊倒了，许多名贵兰花跌在地上，支离破碎。禅师回来后，徒弟跪在师父面前请求原谅、责罚。禅师不但不生气，反而心平气和地安慰弟子道："我种兰花是为了修身养性，同时也为美化寺院环境，并不是为了生气来种兰花的。"

"不是为了生气来种兰花的"，这句话禅机高妙。"兰生不当户,别是闲庭草。"禅师把兰的品格领略得如此通透,可谓能自由出世入世了。

"猗猗兰蔼,植彼中原。绿叶幽茂,丽藻丰繁。馥馥蕙芳,顺风而宣。将御椒房,吐薰龙轩。瞻彼秋草,怅矣惟骞。"若心存美好,便日日与兰同馨。

兰花

馨香山矾绽白蕊

山矾，名字有些怪怪的，听起来不像一种花儿。

这个矾字，让人想起某些金属硫酸盐的含水结晶，最常见的是明矾。宋代士大夫夏天宴请宾客，堆明矾于盘中、置席上以像冰雪，称为矾山；溶明矾的水称为矾水，明矾净水是过去民间经常采用的方法；脱胶的明矾粉末叫矾粉；用明矾水写的保密书信叫矾书……这些与早春的花儿有什么相干？

但它偏偏是一种花儿，这种花儿在中原早已经隐去影子。得到它的信息，还是要依靠古人的文字和现代的工具。

据《花镜》记载，山矾"多生江浙诸山，叶如冬青，生不对节，凌冬不凋，三月开花，细小而繁，不甚可观，而香馥最远"。

据《本草纲目》记载，"山矾生江、淮、湖、蜀山野中，树高大者高丈许。叶似栀子，光泽坚强，略有齿，凌冬不凋。三月开花，繁白如雪，六出黄蕊，甚芬香"。

这样的文字依旧让人有盲人摸象之感。

看它们的图片，树姿优美。其叶薄革质，亮绿有光泽；

叶片卵状披针形，叶顶尾状渐尖，边缘有浅锯齿。吸引人眼球的是那一蓬蓬白色的花儿，冬雪般洁白，白得清新盈动。花儿小而繁，每朵都是五瓣，花蕊亮丽，一朵朵挨挨挤挤在一起，仿佛碎玉满树，又如繁星密布。

在历史上，山矾名字的变化较大，六朝以前叫什么如今已不可考。山矾这个名字是黄庭坚命名的，他发现的时候，这种野生树木叫做郑花。黄庭坚在《戏咏题高节亭边山矾花二首》序中说："江南野中，有一小白花，木高数尺，春开极香，野人谓之郑花。王荆公尝欲求此花栽，欲作诗而陋其名，予请名曰山矾。野人采郑花叶以染黄，不借矾而成色，故名山矾。"

为什么要叫做郑花呢？是因为它生长在郑地吗？显然不是。历史上的郑地在中原，最早在陕西泾河以西一带，后来迁至陕西华县，河南荥阳、新郑溱洧间，东濒溱水，南临颍淮，西靠隗山，北依黄河，而不是江南。连王安石也不知道它的名字，可见当时它是乡野之物，多不为人重视。山野农夫用它的叶子来染色，道出了它当时的用途。

从现有文献史料看，山矾在宋代有六种用途：一是用于酿酒；二是用于入药；三是用于代茗；四是用于收豆腐；五是用于点缀园林；六是用于染布帛和纸。

怎样用山矾酿酒，至今已不可考。想来山矾酒的质量不如酴醾酒好，以致失传。

山矾入药流传至今，以其根、花、叶入药，清热利湿，理气化痰，主治黄疸、咳嗽、关节炎，外用治急性扁桃体炎、鹅口疮。

山矾的叶子，"可作茶，有甜味"。另有一说其叶味涩，想来品种有异。据说，把树叶摘下，洗净晒干，抽出一把用茶壶煮沸片刻，即可备饮，想来无炒茶之繁杂工序。山矾茶，淡黄绿色，晶莹如宝石，细细品尝，有如兰如麝的幽雅清香，颇为脱俗爽神。

收豆腐，想来不是用它的叶子做成豆腐类食品。在江南，有一种"柴叶豆腐"，用的是柴叶汁液加适量的稻草或毛柴灰制作的碱水，凝结成青绿色的"果冻"，晶莹剔透，如璞如玉。说是"豆腐"，其实与豆并无瓜葛，只因其形似，故以此命名。这个"收"字该有聚集、合拢的意思，山矾的作用，或许与点豆腐的卤水接近。

点缀园林是植物的本色。山矾对大气中的有毒气体如氯气、氟化氢及二氧化硫有较强的抗性，是优良的庭院风景树种。其多用于庭院孤植或列植作篱，可在春末进行修剪，使树冠呈圆形，置于客厅或用以装饰会场。

山矾最大的用途或许在于染布帛和纸。矾类在我国古代的金石类本草、外丹黄白术及染色业中都占重要地位，至少在战国时代已开始利用矾染色，在"制糖饯及染画纸红纸时"也离不开它。古代用山矾参与染色得到的色彩可能有很多，而现在可知的只有黄色和黝色。在中国古代染色史上，山矾作为染色原材料被广泛利用只出现在宋代。这一点令人感觉奇怪。

在宋代，黄色是普通色彩，黝色是始终盛行不衰的流行色。宋代流行的黝色比较特殊，不同于六朝以前的黝色，应该称为黝紫或者黑紫，色调特别深厚，近乎深黑而发红光。

在宋代，黝色的最初流行地域大概只限于江南两路。"仁宗时，有染工自南方来，以山矾叶烧灰，染紫以为黝。"因为其色调庄重优美，先是被一些王公贵臣和宦官所推崇，"无不爱之，乃用为朝袍。乍见者皆骇观。士大夫虽慕之，不敢为也。而妇女有以为衫襆者，言者亟论之，以为奇衺之服，寝不可长"。甚至"诏严为之禁，犯者罪之"。然而，后来却时风大转，用于各种日常衣着，随后推广到社会的各个阶层成为一种服装流行色。正如沈括所言，"皇亲与内臣所衣紫，进而色深成黝色。士庶浸相效仿，言者以为'奇邪'之服，然屡禁不止"，"由贵近之家，仿效宫禁，以致流传民间"。宋代以后，此色少见，或许与中国服饰颜色禁忌有关，颜色的崇尚往往与时代的发展有关。据说，中国历代服饰"夏尚黑，商尚白，周尚赤，秦复夏制尚黑，汉复周制尚赤，到了唐代服色尚黄、旗帜尚黑，宋沿袭，元尚黄，明改制取法周、汉，用唐宋旗色而服色尚赤，清又复典"。

"一家眷属神仙样，兄是梅花姊水仙"，"含香体素欲倾城，山矾是弟梅是兄"，"可惜不当梅蕊放，幽香合在兄弟间"……把山矾与梅花、水仙并称的不在少数，除了开放时间之外，它们的品性该有些相近吧。

"玉花小朵是山矾，香杀行人只欲颠。"山矾的香气浓郁，是毫无疑问的。山矾花香从何而来？"水仙委蛇江梅老，架上酴醾雪未翻。千斛妙香留不用，一时分付与山矾。"滕岑说，山矾花盛开，水仙凋谢，江梅衰老，架上的酴醾尚未绽放，于是，水仙的幽香、江梅的暗香、酴醾的清香合成"千斛妙香"给了山矾花，以成全山矾花之香。

梅花历来受文人的推崇。宋人张至龙却要从"家籍"中"省"去梅花，这是为何？读罢他的《山矾》便会释然。诗曰："漫山白蕊殿春华，多贮清香野老家。频向风前招蝶使，密通家籍省梅花。"

黄庭坚独爱山矾的幽香，到了北岭山上乐不思归："北岭山矾取意开，清风正用此时来。平生习气难料理，爱著幽香未拟回。"对于这样的野生树木，他可谓独具慧眼、不同流俗。

山矾凌冬不凋，在大寒里孕育花蕾。春风未来，四野寂寂，一丛丛山矾花突然冒出来，繁白如雪，让人眼前一亮。"本是玉场天上种，几时还驻云轺？檀心粉颊两盈盈。香迷双嫩蝶，熏恼一林莺。手折一枝相借问，何如蟾阙秋清？东君着意更殷勤，朦胧烟月暖，骀宕柳风轻。"道尽山矾花的娇妍妩媚情态。

山矾花又名玉蕊花、芸香、七里香。

洪迈在《容斋随笔》里说，"物以希见为珍，不必异种也。长安唐昌观玉蕊，乃今玚花，又名米囊，黄鲁直易山矾者"。玉蕊花究竟长什么样子？"晴空素艳照霞新，香洒天风不到尘。持赠昔闻将白雪，蕊珠宫上玉花春"，"琪树芊芊玉蕊新，洞宫长闭彩霞春。日暮落英铺地雪，献花应过九天人"……这是唐朝诗人的描绘,从诗句中我们很难描摹其形象。唐朝没有玉蕊花形态的详细描述,到了宋代时,对于玉蕊花是什么花仍是众说纷纭、无一定论。还有一种说法,唐末战乱之后,玉蕊花绝迹。

人们熟悉的是玉蕊花与一位仙子的传说。

"唐昌观玉蕊,鹤林寺杜鹃,二花在唐时为盛,名闻天下。"长安唐昌观,因唐玄宗之女唐昌公主而得名。唐昌观中有玉蕊花,据说是唐昌公主亲手栽种的。玉蕊盛开时若琼林瑶树。唐元和年间,"玉女来看玉蕊花,异香先引七香车"。一位妙美无比的女子乘七香车,带着女仆来到唐昌观赏花,异香袅袅,芬馥出奇。女子攀花枝左顾右看,裙衫与翠蔓齐艳,容颜与玉蕊共色。她正兴致勃勃之时已经日落西山,不禁"惊怪人间日易斜",叫女仆折了几枝玉蕊花。人们以为她们是从皇宫中来的,无人敢靠近,等她们带花随风而去,方知是仙女下凡观花,余香经月不散。

依据这一传说,唐代诗人纷纷描述玉蕊花之美。

"一树玲珑玉刻成,飘廊点点色青青。女冠应觅香来处,唯见阶前碎月明。"清澈月光下,一树雪一样白的繁花,娇艳妩媚无比,玲珑剔透,犹如美玉刻成的。绰约月影铺在白花上更让人觉得贞静幽雅,就连落在地上的花的碎影显现出一片清淡的颜色,好像破碎的明月,都带了幽幽的情味。花犹在,女仙何在?诗人徘徊于花前月下,陷于迷惘之中。

"千枝花里玉尘飞,阿母宫中见亦稀。应共诸仙斗百草，独来偷得一枝归。九色云中紫凤车，寻仙来到洞仙家。飞轮回处无踪迹，唯有斑斑满地花。"玉蕊花千枝竞放，洁白的花如琼屑玉尘，漫天飞舞。这般美丽而神奇的花不开在王母娘娘的宫苑，偏在人间与凡花俗草为伴。当玉蕊花的美名传到天上，引来女仙下凡偷折一枝带回天庭。张籍写了许多揭露社会矛盾、哀叹民生疾苦的诗歌。诗人想到的岂止是花，而是古往今来多少人才被埋没，不免满腹惆怅。

尽管有这样奇幻的色彩，但人们目前命名的玉蕊花，"花苞初甚微，经月渐大，暮春方八出，须如冰丝，上缀金粟。花心复有碧筒，状类胆瓶，其中别抽一英出众须上，散为十余蕊，犹刻玉然"，与山矾花的形象截然不同。

玉蕊花夏日叶腋开花，花白色，内瓣深紫或淡紫色。因蕊长能转动，故名转心莲。因"瓣为莲而蕊为菊，以莲始而以菊终"，又名"西番菊"。玉蕊花的果实，形状像鸡蛋，且果汁像蛋黄一样澄黄，人们叫它鸡蛋果。据说，鸡蛋果有石榴、菠萝、香蕉、酸梅、草莓等几十种水果的香味。

芸香呢？芸香又名芸草、香草、诸葛草、香茅筋骨草等。

读书人多知道，"古人藏书辟蠹用芸"。蠹，也叫书鱼、银鱼、书虫，黄白色，形状像条小鱼，嗜好蛀书。"谁看青简一编书，不遣花虫粉空蠹。"蠹鱼是损坏书籍最大的元凶，"蠹册"、"蠹编"、"蠹籍"皆指被蠹鱼蛀毁的书册。芸即芸香。因芸草散发出的香味能杀死书虫，读书人就把芸草夹在书中。著名的天一阁藏书楼，图书号称"无蛀书"，据说就是因每本书夹有芸草之故。因为天一阁芸草藏书之谜,还曾经发生过悲剧。

钱绣芸为宁波知府丘铁卿的内侄女,酷爱诗书,"凡闻世有奇异之书,多方购之"。听说天一阁藏书甚富,多罕见版本,三百年来书不生蠹,钱绣芸顿生仰慕之情。其父母甚爱自己的女儿,揣其情,不忍拂其意,由丘铁卿做媒,钱绣芸嫁给范茂才(另有版本说范天顺或范邦柱)。结婚后,绣芸以为可登阁看书看芸草。哪知范氏家族有规矩,严禁妇女登天一阁。绣芸听后抑郁而终。临死前,她哭着对范茂才说:"我之所以来汝家者,为芸草也。芸草既不见,生亦何为?君如怜妾,死葬阁之左近,妾瞑目矣!"这个故事凄婉得让人惊心,更显示芸香草的神奇。但假如"海内藏书家,唯此岿然独存",则失去了藏书的原本大义。不让人读书,徒有书在又有何益?

因为和美妙高雅的书有关,形成许多"芸"的专用词语:书籍称"芸编","天随手不去朱黄,辟蠹芸编细细香","秋灯明翠幕,夜案览芸编。今来古往,其间故事几多般",读书人的乐趣自在其中;读书仕进者谓之"芸人","未尝见芸人,勇抛冠冕去",抛冠冕如此淡泊名利之举,非常人可为之;校书郎称为"芸香吏",白居易曾做过这个官,"前年题名处,今日看花来。一作芸香吏,三见牡丹开",初出茅庐,志得意满,英姿飒爽;专司典籍的秘书省叫做"芸香阁"、"芸台"、"芸省"或"芸署",虽然"野人性僻穷深僻,芸署官闲不似官",但"凤阁鸾台做了栋梁材,芸省兰室做了辞赋魁,也有玉堂金马转天街,也有做阆帅琴堂宰",依然如坐春风;藏书处称"芸扃","芸扃觌奥,见天下之图;石柱闻琴,知君子之化",秀才不出门,便知天下事;书斋别称"芸窗"或"芸馆",尽管有"芸窗尽日无人到,坐着玄云吐翠微"的洒脱,"却对芸窗勤苦处,举头全是锦为衣",十年寒窗苦,为的就是金榜题名时;书签则称"芸签","因忆侯在东莱静治堂,装卷初就,芸签缥带,束十卷作一帙",李清照的最后光阴更多的是哀怨和缱绻……

芸香有同名异物现象,并且较为混乱。除了夹在书中的芸草,还有一种为禾本科多年生草本植物,山野丛生,花繁香怡,喜欢生长在温暖的环境中。有人将它称为"诸葛草",可治伤暑、霍乱、疟疾、腹泻、风寒感冒等。孔明南征孟获时,瘴气弥漫,不少蜀兵染上瘟疫。诸葛亮寻得诸葛草,令每人口含一叶,果然不染瘴疫之气,遂擒孟获。

芸香花一般为白色,小小的,一簇一簇地聚在一起,宁静朴实,淡淡幽幽,只要微风稍稍一吹,花瓣雪飘似的洒满一地,优雅的香味便纷飞开来。"条风布暖,霏雾弄晴,池塘遍满春色。正是夜堂无月,沉沉暗寒食。梁间燕,前社客,似笑我、闭门愁寂。乱花过、隔院芸香,满地狼藉。"周邦彦在寒食节曾经看到过它乱花纷飞的模样。

芸香"叶类豌豆,生山野作小丛。三月开小白花而繁,香馥甚远。秋间叶间微白如粉,江南极多",与山矾花的形象截然不同。

那么七里香呢?同样有同名异物现象。很多种花儿也叫七里香，比如芸香，比如桂花，比如木香，比如月橘、石松、满山香、四时橘、四季橘、海桐等等。这简直要把人弄糊涂了，叫一个名字的植物竟然不是一种花，究竟哪一种是山矾的真身尊容？

有人甚至断言植物学意义上的七里香是木香，别名"木香藤"。木香是传统的优良攀缘植物，花香浓郁，为蔷薇科蔷薇属半常绿攀缘灌木，树皮红褐色。但这没有获得共识。人们共识的是七里香，茂密灌木或小乔木，花朵细小，花数繁多，花瓣洁白，花香四溢，香气浓郁，花朵盛开时，奇香随风而走，相距七八华里仍可闻其香味。这一点比较符合山矾的特征。

或许因为这个诗意的名字，七里香一直被人们歌颂着。"那饱满的稻穗幸福了这个季节，而你的脸颊像田里熟透的番茄，你突然对我说七里香的名字很美，我此刻却只想亲吻你倔强的嘴"，青春季爱情的浓香带着飞雨，沸腾着热烈的季节，单纯而新鲜；"而沧桑的二十年后，我们的魂魄却夜夜归来。微风拂过时，便化作满园的郁香"，田园牧歌般的恬美如这久远的花儿，弥漫着浓烈的激情和动人的成熟，谁还在乎七里香是哪一种花儿呢？

"七里香风远，山矾满岭开。野生人所贱，移动却难栽。"这里的七里香就是山矾。"梨花颓丧，李花寡淡，只有山矾花开繁密，坐拥千斛妙香。"山矾不是最出众的野花，生于山野，虽生机勃勃，却被人轻贱。纵使无人欣赏，每年春风拂过山野，山矾仍义无反顾地在山林里欢笑，把淡雅怡人之香留在山中。

这一点有点像黄庭坚的命运。"青衫乌帽芦花鞭,送君归去明主前。若问旧时黄庭坚,谪在人间今八年。"据说这是黄庭坚八岁时的作品。黄庭坚幼时便有鸿鹄之志。科举时,主考官李洵的批语是:"此人不唯文理冠场,异日当以诗名擅四海。"然而,他一生却少有诗意,受尽贬谪之苦,沉沦下僚不得志。虽然如此,他仍视富贵荣禄如过眼云烟,泰然处之。到什么山上唱什么歌,随波逐流,坐怀不乱,这是野性不泯呢,还是坚守的一种情操呢?

不用回答。就如山矾一样,不愿做温室里娇媚的花,就让它植根于山野美化故土吧!

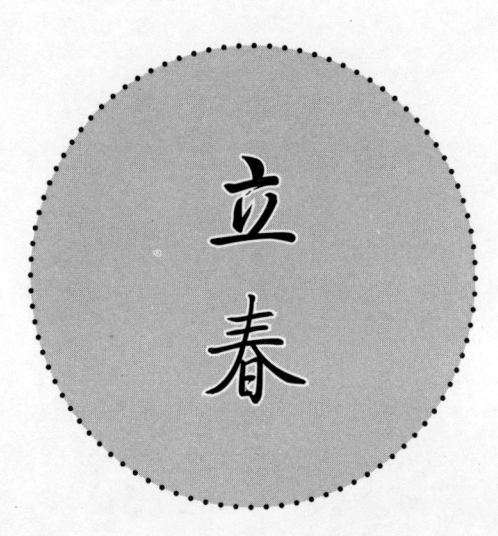

立春

带雪冲寒迎春来

春天是从迎春花开始的。看看它的名字,就可知道:"迎春花,春首开花,故名。"

春寒料峭,悄悄地,迎春花以繁星满枝的形象来拥抱春天。田野的寒气如刀如剑,迎春花却开得倔强而坚贞。地上有片片残雪,干黄的小草犹在寒风中摇摆,蛰伏一冬的枝条显得有些枯槁。但迎春褐中透绿的枝条上自有一股蓬勃向上的朝气在升腾。在不知不觉中,迎春悄悄蓄蕾、打苞,开出生命的欢愉。

"破寒乘暖迓东皇,簇定刚条烂熳黄。野艳飘摇金誉嫩,露丛勾引蜜蜂狂。万千花事从头起,九十韶光有底忙。岁岁阳和先占取,等闲排日趱群芳。"在逐渐温暖的阳光梳理下,在渐渐强势的东风吹拂下,没来得及萌出浅绿的叶片,迎春就绽放出金黄色的花朵。

迎春"丛生,高数尺,有一丈者。方茎,厚叶如初生小椒叶。春前有花,如瑞香,黄色,不结实,叶黄。"那些并不婀娜柔润的枝条顺着风的力度披散下来,其上稀疏点缀着的是一些不起眼的小黄花儿和小花蕾儿。它们围绕着春天,许多情感繁衍而出，是对春天的由衷喜悦。

迎春花瓣呈椭圆形，像枣核状，金灿灿的，外形很像一朵朵油菜花。它的花瓣有六片至八片，中间的花蕊是一排排短的软刺，黄而发白。仅这几片花瓣就组成一朵小巧玲珑的花儿。渐渐地，它会热烈绽出小花朵，嫩黄嫩黄的，一串又一串串，密缀在碧绿舒展的枝条上，近观如翠玉镶金，远望黄澄澄一片，花枝招展。花朵虽小却开得异常专注，铺陈成这个季节赏心悦目的色彩。

"枝横碧玉天然瘦，蕾破黄金分外香。反笑素黄浑淡抹，欲嫌红艳太浓妆。"这虽然是耶律楚材赞美腊梅的诗句，但假若移开标题，说赞美迎春花也会得到多数人首肯的。此时的田野依然乍暖还寒，看似万籁俱寂。这些点点金黄的迎春花婆娑于纤枝之上，如燎原星火，让人们在严寒中探得春天回归的信息。若心细的人会发现，每一朵迎春花各有各自的韵味，走马观花的游赏方式是领略不了的。

古今中外，关于迎春花的传说很多，精彩纷呈，令人回味无穷。

其中一说，冬末春初之时，北风呼啸，冰雪未融。花神召集百花商议谁到人间预告春的消息。众花默不作声，唯有穿着鹅黄色裙子的小姑娘毅然请命，虽娇羞而自信。花神深为感动，同意了她的请求，并送给她一个美丽的名字——迎春。就这样，迎春花来到人间，预告春的消息，将希望和美好祝愿播撒到人间。

这一点，有点符合迎春花"僭客"的称呼。僭的本意是超越本分，古时指地位在下的人冒用地位在上的人的名义或礼仪、器物。它这样早早地开放到底冒犯了谁的名讳呢？是梅吗？不错，"春光九十花如海。冠群芳，梅为帅"。但尽管梅有"百卉前头第一芳"的美誉，人们为何仍毫不吝惜地将"迎春"的名头，赠送给这并不起眼的花儿呢？

想来，一定指它本属春花，却要"品列番风外，偏迎得，春来赛"，带雪冲寒开放。按道理而言，这样的"越轨"之举、不守"本分"，只能赢得掌声不断、叫好声连连才是，怎么会得到批评呢？

人分三六九等，花分上中下品。文人们曾封它为六品四命或七品三命，不知有什么根据。对此分类，古人一直未予解释，不知道这是褒还是贬。或许，这只是文人的一种自然情趣吧。

迎春花虽名"黄素馨"，属于草花，在有人看来难入名品之列，但也有人奉之为宝贝。明代王世懋在《学圃杂疏·花疏》中说："迎春花虽草木，最先点缀春色，亦不可废。余得一盆景，结屈老干天然。得之嘉定唐少谷，人以为宝。"

迎春，与梅、水仙和山茶，统称为"雪中四友"。迎春，没有梅花"已是悬崖百丈冰，犹有花枝俏"的风姿，却能向人们展示它因与严寒搏斗所挂的"英雄彩"，那是含苞待放时花冠顶端杂染的柿红色斑晕；花色近似腊梅的它，没有腊梅的素雅馨香，没有腊梅的横斜疏影，但它弯曲下垂的细长株茎，却苍劲古朴，有一种朝气蓬勃的气韵；它的叶片没有山茶浓绿厚实，素洁淡雅的花朵没有山茶的红艳灼目，但它耐旱、耐碱、耐寒,生命力很强,无论是在悬崖峭壁还是石缝瓦砾之间,不论在贫瘠的田边地角还是肥沃的土壤,到处都有它茂密的身影。

迎春花,又名迎春、金梅、串串金、小黄花、迎春柳等。还有一个雅致的名字:金腰带。"未有花时春易买,笑还占、中央色在。谁与赐嘉名,争说道、金腰带",赞的就是迎春。

相传越王勾践占领吴国后,西施与范蠡回归民间过上了自由自在的生活。西施随范蠡春游太湖,恰巧迎春花盛开。范蠡摘下一条长枝围在西施腰间,西施高兴地喊道:"真像条金腰带啊!"从此,迎春花有了"金腰带"的雅称。

这个传说让人觉得极其不真实。西施,虽能歌善舞、风华绝代,但一个柔弱的女子就如迎春花一样无从选择,残酷的世界也不允许她任意选择。她在吴国的十七年里,在爱人与仇人之间、祖国与敌国之间,忍辱负重,强颜欢笑,任凭万剑穿心、肝肠寸断,为的是光复祖国大业的"春消息"。"家国兴亡自有时,吴人何苦咎西施。西施若解倾吴国,越国亡来又是谁?"吴国灭亡自然与勾践卧薪尝胆及全国军民合理抗敌有关,与小女子何干?金腰带是古代官职的标志,她为的是这浅薄的黄金色腰带吗?

深情相依,厮守终生,直至地老天荒。这是人们对美好爱情的期盼与祝福。归隐江湖后,范蠡与西施"同泛五湖",浪迹天涯,做了神仙眷侣。富可敌国的范蠡,最后老死在陶地,世人相传叫他陶朱公。尽管有这样的传说,但我更相信另一种传说：拥有"沉鱼"之美的西施，被勾践夫人"负以大石"沉入江中，原因是"此亡国之物，留之何为"。这一结果让人欷歔不已、沉思良久。多少人曾把亡国之罪归于"红颜祸水"，这些弱不禁风、柔弱无骨的女子担得起家国大任吗？当她们不得不自辱其身时，那些男儿在哪里呢？

还是说迎春花吧。"纤浓娇小，也解争春早。占得中央颜色好，装点枝枝新巧。东皇初到江城，殷勤先去迎春。乞与黄金腰带，压持红紫纷纷。"赵师侠的《清平乐》，将迎春花写得威风八面、扬眉吐气。枝条墨绿细长、叶小滴翠的迎春花，因"春前有花"而得名。潇洒自然、秀气典雅的迎春花，黄灿灿地密缀枝头，花形如金钟，经月不凋，的确是早春的一大美景。迎春花看似纤弱，实乃坚韧，吐出团团金黄，盛情装扮大地，如期传递春讯，不愧是赤诚的报春使者。

这让人想起迎春花的另一个传说。在德国，迎春花被称为"钥匙花"。德国少女莉斯培斯为安慰久病的母亲，决心采摘一束世上最美的花朵送给母亲。可是城门紧闭，她无可奈何，只能不停地祈祷。此事感动花的精灵，送给她一束迎春花，并告诉她只要把这束花插进城门的钥匙孔里，就能把城门打开，来到花的精灵的住处。莉斯培斯经过千难万险，终于找到花的精灵。花的精灵给了她许多宝物以及治病的药方，让她带给她的母亲。很快，她母亲的病得以痊愈。

这个传说有童话的良善。这个"钥匙花"的名字，极其别致，焉知它不是打开春天的钥匙呢？这么坦荡而艳丽的植物,依偎在春天的起点,招呼众草木快快发芽、长叶,催促百花赶紧怒放,文人骚客们当然不会放弃讴歌的机会。

白居易曾为迎春花吟咏道:"金英翠萼带春寒,黄色花中有几般。凭君语向游人道,莫作蔓菁花眼看。"古代蔓菁种植非常普及,无论大江南北都有种植。"三春已暮桃李伤,棠梨花白蔓菁黄。村中女儿争摘将,插刺头鬟相夸张。"村中女孩争着插戴蔓菁花,嬉笑打闹,独领一份春光的幽雅。只是"黄黄芜菁花,桃李事已退",蔓菁花在桃李之后才开放,当然不能与迎春花相提并论。

"幸与松筠相近栽,不随桃李一时开。杏园岂敢妨君去,未有花时且看来。"白居易这哪里是代花招友,分明是夫子风趣地自道:要与松竹为邻,不与世俗的桃李争媚,独自开在"未有花时"的风雪寒天。

"覆阑纤弱绿条长,带雪冲寒折嫩黄。迎得春来非自足,百花千卉共芬芳。"韩琦曾镇守西陲,威名颇盛,与范仲淹有"军中有一韩,西贼闻之心胆寒;军中有一范,西贼闻之惊破胆"的盛名,他的诗气势不凡。韩琦认为不应只为自己能享有春天而止步,而应让芸芸众生生活得更好,在万紫千红中竞风流。

《本草》说迎春花"人家处处栽种之",《群芳谱》亦云"人家园圃多种之"。好像迎春花仅仅在园圃栽种,难得入盆,少有人观赏。其实不然。自古而今,迎春便是园林中的花草布置之一。迎春植株铺散,枝条鲜绿,不论强光及背阴处都能成长。与腊梅、山茶、水仙同植一处,构成新春佳境；与银芽柳、山桃同植，早报春光；种植于碧绿萦回的柳树水畔，能增添波光倒影，为山水生色。

皇家宫苑中也常见到她的芳姿。"沉沉华省锁红尘，忽地花枝觉岁新。为问名园最深处，不知迎得几多春？"藏书阁位于中书省内，作为翰林侍读学士，被欧阳修称为"自六经百氏古今传记，下至天文、地理、卜医、数术、浮图、老庄之说，无所不通；其为文章尤敏赡"的刘敞陪伴宋英宗赵曙读书，经常出入皇宫禁地，禁中种植的迎春花，他熟视无睹。但新春的热情，驻留在迎春花的枝头，仍在诗人心中怡然释放。不知因何，刘敞对迎春花的赞美一直不遗余力。他下放扬州知府时，也曾借迎春抒怀："秾李繁桃刮眼明，东风先入九重城。黄花翠蔓无人愿，浪得迎春世上名。"这里的他，似贬实扬，符合并称"北宋二刘"的他们弟兄言语行事的一贯风格。

王安石思路敏捷，常常穿凿附会，当时很多文人对他颇多微词。一次，王安石与刘敞的弟弟刘攽一起吃饭。席间，王安石问刘攽："孔子说的'不撤姜食。不多食'，应该如何解释？"刘攽和王安石开了一个玩笑："《本草》中讲，多食生姜会损害人的头脑。孔子是在谴责世俗社会不明道理，拼着命吃姜，使人类越来越不明白道理。"王安石不知刘攽是在嘲弄他，还到处向人宣传不宜食姜。不久，王安石认真查阅古籍时才发现自己被刘攽戏弄了。

这位博学之士，在长安为官时结识妓女茶娇。刘攽被召还朝，对茶娇仍恋恋不舍。茶娇十里长亭送别时，刘攽赠诗一首："画堂银烛彻宵明，白玉佳人唱渭城。唱尽一杯须起舞，关河风月不胜情。"回到京城后，迎接他的欧阳修问他迟到的原因。刘敞说："自长安来，亲识留饮病酒，故起迟。"一听这话，心知肚明的欧阳修笑着说："非独酒能病人，茶亦能病人也。"这哪里有酒气？全是红袖添的茶香。

好一个"浪得迎春世上名"。曾经一度纳闷，高雅的迎春花到了曹雪芹的笔下，不知为何成了俗物。《红楼梦》中多以花喻人，一个无才无德且薄命的女子却偏偏以迎春为名。她为贾赦的小妾所生，幼年丧母，由大太太邢夫人教养，王夫人是她的婶母。迎春老实无能，懦弱怕事，有"二木头"的诨名。她的奶妈敢偷她的金钗子去赌博，被贾母发现受罚后还让她去说情，威胁说不然不还金钗。因为还不了孙绍祖的五千两银子，贾赦把迎春嫁给他。孙绍祖曾得到过贾府的好处，后来在京袭了职，又于兵部候缺提升，便胡作非为，得意忘形，虐待迎春。一年后，在孙绍祖的拳打脚踢折磨之下，迎春一命呜呼。"子系中山狼，得志便猖狂。金闺花柳质，一载赴黄粱"，可怜也可叹。

眼中花非花，心中景为情。如此看来，不难理解曹公的良苦用心。毕竟，他笔下的迎春与自然的花儿无关。

在最为传统的传说中，迎春花与大禹有关。远古时代，洪水淹没大地。大禹治水时，在涂山遇到一位姑娘。他们彼此相爱，结拜成亲。后来，大禹因治水需要离开。临别时，他把束腰的荆藤解下来递给妻子作为纪念。妻子说会一直等他，等到荆藤开花、洪水停流、人们安居乐业。几年后，大禹返回家园，发现妻子早已变成石像，手里还握着那条荆藤。大禹上前呼唤心爱的妻子，泪水落在石像之上，霎时间，荆藤竟开出一朵朵金黄的小花儿。荆藤开花，洪水停流，百姓安居乐业。大禹为纪念心中的爱人，就给这荆藤花起名叫"迎春花"。

这个传说，让人想起大禹与涂山氏女娇的传说。只不过在那个传说中，化为石头的是女娇。在给大禹送饭时，她看见化身为熊的大禹，感到十分羞惭，遂化身为石头。大禹向石头索要儿子，石头裂开，启诞生。让我没有想到的是，就是这个女娇竟然唱出了有史可稽的中国第一首情诗：候人兮，猗！

那时，人与人的情意，质朴得令人羡慕。"女曰鸡鸣，士曰昧旦"，"子兴视夜，明星有烂"，"将翱将翔，弋凫与雁"……夫妻对话如此简洁，期待的不过是"弋言加之，与子宜之。宜言饮酒，与子偕老。琴瑟在御，莫不静好"。《诗经》里的句子为老式的爱情作了常新的注脚，透过几千年的光阴，旧式爱情的情意醇香依然，动人依然。

在中国历史上，有不少"望夫石"的传说。"望夫石，夫不来兮江水碧。行人悠悠朝与暮，千年万年色如故。"这些伫立山头、翘首远盼的多情女子，呼唤的不也是心中春的形象吗？

迎春花的花期很短。正如李渔在《闲情偶记》所言，"合一岁所开之花，可作天工一部全稿"。迎春如梅花、水仙一样，"试笔之文也，其气虽雄，其机尚涩，故花不甚大，而色亦不甚浓"。它浅浅的绿意，在试图渲染浓浓的生气；它淡淡的花香，在努力点燃浓烈的诗情。就是这些许的春意，给郁闷已久的人们一份明朗的心境，给肃杀的世界一个暖暖的愿景。

"二月春花厌落梅。仙源归路碧桃催。渭城丝雨劝离杯。欢意似云真薄幸，客鞭摇柳正多才。凤楼人待锦书来。"迎春花开花早，往往在春节来临之前，冲寒冒雪率先绽放。旧历年刚过，庄稼人还没有脱下厚重的冬衣，却已从迎春花透漏的气息中寻到春天的方向，开始着手收拾农具，准备春耕春播。

虽然"迎得春来非自足"，但有迎春足矣。不久之后，相继开放的杏花、桃花、梨花会汇成一片片花儿的海，它细细的身影，只怕要被淹没其中。

北方季节的过渡，藏着许多不可言说的秘密。春天的音符就在我们的耳边，尽管微弱，尽管细碎，它的乐曲还是开始了。春光流转渐渐分明，谁能不浮想联翩、神情愉悦？大面积的春光尚早，我们就在舒婷的诗里聊做一次精神奔跑吧："胡子长发都是狂涛／与杂芜的落寞与失意／再没有人照料／往事／退到黧黑的时间里／集结为悲惨的幽灵岛／心境平和的海面夕照恍恍／片刻的柔和／片刻的憔悴／片刻波光弧影地微笑。"

带雪冲寒迎春来　　083

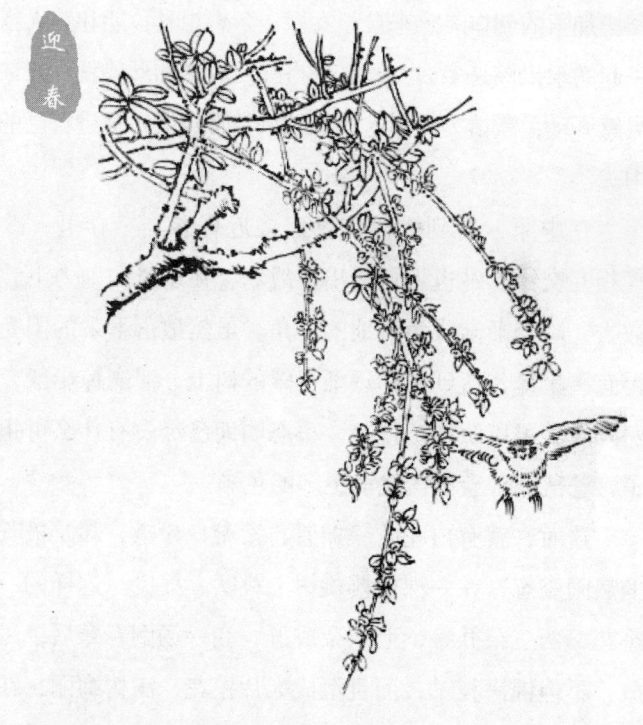

一树樱桃带雨红

樱桃的名字是女性的,让人想起那极妙的诗句:"樱桃樊素口,杨柳小蛮腰。"毕加索有幅名画《美女樱桃》,线条简洁,美女头部微倾,轻闭双眼,像是在思索什么。有人说:"毕加索的创作灵感来自于女性。"想想看,能和美人搭配在一起的水果该是多么美妙,一搭配,内涵和形象就呼之欲出。灵感一动,激情一涌,这小小红果常常被文人写进自己的诗文中。

在中原,看到樱桃花已经接近暮春。早春里,冷热空气相互交锋,谁也不肯退出主战场。在东风的助力下,阴云散去,晴朗渐渐成为大地的主角。虽然散落下来的阳光还显得有些单薄,落到枝叶逐渐青翠的树上,浮光掠影般,仿佛一阵风就可以吹散。但是,事态明朗已经没有什么可担心的了,苍茫大地会慢慢跳动更多的色彩。

这时,就有白花儿簇拥着,素雅,粉嫩,却是极其罕见的热闹姿态,在一棵棵樱桃树上跳跃、摇曳。这样的一朵朵小花,两三朵并蒂,七八朵成群,在一场倒春寒后,尽情怒放,不但铺满枝丫,而且汇成大片银花,满树绚丽,在蓝天白云下摇曳。这么密密实实的花儿,一眼望去,仿佛冬天的残雪仍在树上不肯离去。蝴蝶缠绕,蜻蜓翔飞,蜜蜂忙碌,逐渐立体起来的春天因了它而生机勃勃,让人觉得春意流泻,有些许妩媚,更多风流。

"开花占得春光早,雪缀云装万萼轻。凝艳拆时初照日,落英频处乍闻莺。舞空柔弱看无力,带月葱茏似有情。多事东风入闺闼,尽飘芳思委江城。"《悯农》诗的作者李绅将樱桃花写得缠绵柔媚,却又清丽有致。樱桃与李、杏习性相近,在春季开花。春天到来,桃花、杏花争奇斗艳,把春天装扮得繁花似锦。此时,樱桃花正悄悄地开着,是细碎的洁白,只是它的名头没有桃花、杏花响亮罢了。樱桃要比李、杏娇嫩得多,喜温暖湿润,却不耐阴。

樱桃花叶同时萌发,花白中微带浅红,一蕾可生四五朵。而且,樱桃花喜看天公的脸色行事,在艳阳天张开,在非艳阳天合拢。樱桃花的花蕾看上去是红色的,当它渐渐开放后,你却会发现它的花瓣颜色主角是白色。千个万个樱桃花蕾缀满枝头,含苞待放时,在光线的照射下,映入人们眼帘的是一片桃红色,好似不散的红霞;未经多少时日,当樱桃花吐蕊舒展怒放时,透明洁白的樱桃花,水一样薄的花瓣微微地皱着,淡淡的黄蕊从中抽出,满目洁白。

好花还须得人赏。"纤枝瑶月弄圆霜,半入邻家半入墙。刘阮不知人独立,满衣清露到明香。"皮日休白日里一定在樱桃园里举杯畅饮过,并且喝得酩酊大醉,不然"晚来嵬峨浑如醉",咋让"春风独自扶"呢?

在樱桃花开放时，古代的仕宦之家常常呼朋唤友，以观赏樱桃花为乐事。席间，只见女宾们将樱桃花枝插戴满头，仪态万方；宾客则赋诗联句，传递樱桃花枝，玩"击鼓传花令"之类的游戏，一派热闹的场景。一花一世界，一春一寸心，一生一梦里。无论是樱桃果实的娇嫩甜美，还是樱桃花的甜美娇嫩，都使人沉醉其中。

"樱桃花，一枝两枝千万朵。花砖曾立摘花人，窣破罗裙红似火。"闭上眼，便能感觉诗的生动活泼意境，简明凝练句子里是爆发般热闹的大气象，动感极强。人面樱桃花相映，美不胜收。樱桃花绚烂至极，不少人的眼睛追随的是那花下红罗裙。罗裙似火，花衬人娇，人比花灿。须知，杨玉环的石榴裙也是红色的。唐代女子上身着小巧襦衫，下身着柔曼长裙，直曳到地上，"坐时衣带萦纤草，行即裙裾扫落梅"。梳就高髻发型、头饰叮当作响的她们娉婷婀娜，所过之处香气盈盈，飘逸脱俗，牵动裙摆便会牵动着处处明媚，彰显出种种张扬。

也有例外。《花史》上说，张茂卿平时颇好声色，然而有一天，见到园中正在盛开的樱桃花，他竟然屏退身边的佳丽，独携酒具，酌饮其下，连连发出"红粉风流，无逾此君"的喟叹。他以沉鱼落雁的粉黛作陪衬，怎不显出樱桃花儿独特的风流？

元稹在送别朋友时，没有按惯常的规矩折柳，而是折了一枝樱桃花，并赋诗一首："樱桃花下送君时，一寸春心逐折枝。别后相思最多处，千株万片绕林垂。"他不愧是个多情公子，懂得赏花识人赠香，想来，他面对的必是无限春色。

"红樱满眼日，白发半头时。"春光无限，"倚树无言久，攀条欲放迟"的白居易暗自神伤的何止是那半头银丝？而是"逐处花皆好，随年貌自衰"五味杂陈的感叹。

据说，樱桃花是樱花的变种，与"开得短暂也要绚烂"的樱花性格有些相似。站在樱花树下，看它的绿叶清嫩，叶片上的绒毛清晰可见。樱花有白有红，团团簇簇，开放起来灿若云霞或一片雪光，一树接着一树，蓬勃展示着它的宏大叙事，铺展一个热烈的春天。日本民谚有"樱花七日"之说，说明樱花花期之短。渡边淳一在《爱的流放地》里说："一到樱花开放的季节，肯定会刮风下雨。大概樱花过于灿烂，所以遭老天爷嫉妒吧？"

好花不常在。樱桃花美，但凋落得也快。一阵微风过处，凋零的片片花瓣随风起舞。一场春雨飘过，樱桃树下，残红溅着新泥，让人心生眷恋与怅惘。

孟浩然的"春眠不觉晓，处处闻啼鸟。夜来风雨声，花落知多少"，不知说的是不是樱桃花？

"凝艳拆时初照日，落英频处乍闻莺。"才看见花落，便已看到馋嘴的鸟儿在偷吃樱桃，诗人真是夸张得可以……

在桃树和杏树没有绽放嫩绿新叶时，樱桃树已经在炫耀着它的绿叶，层层叠翠，满身裹着霞披，满树满枝小孩巴掌大的叶子把满院染得碧绿如黛。"吹落白花遍地银"之后，樱桃便抢抓时机结果。樱桃树的树干并不十分粗壮，但其盖如伞，枝枝丫丫，叠翠的枝叶间琼果处处压枝低。那果儿，先是绿豆粒大，再变为豌豆般大，直至长成像跳跳棋的玻璃珠一样大。那色泽，由深绿而浅绿、淡绿，继而转为淡黄、浅黄、深黄，逐渐点染上淡红、浅红、胭脂红、粉红，再深红、大红，最后定格为晶莹剔透的玛瑙红，亮锃锃的，捧出一片红彤彤的世界，一树甜津津的美味鲜果。

"绿葱葱，几颗樱桃叶底红。"果儿或红或黄或绿，就那么玲珑有加，就那么晶莹剔透。清风袭来，玛瑙红的果儿悠悠地摇晃着，撩拨得树上的鸟儿去衔或去吞。樱唇贝齿，和女子的美丽紧紧相连。难怪白居易要形容美人樱桃小口，像樱桃果儿一样甜美、红润、可人。曾因被十个美女倾慕而被称为"中国古代最幸福的男人"的冒辟疆在《影梅庵忆语》里回忆他与董小宛游金山酒后返舟的情景："舟中宣磁大白盂，盛樱珠数升共啖之。不辨其为樱为唇也。江山人物之盛，照映一时。至今谈者侈美。"据说在欧洲，樱桃成熟的时节，妇女会把最红艳的樱桃采摘下来当作耳坠，显得风情万种。

有一句流传很久的话："樱桃好吃树难栽。"其实，樱桃树并不难栽。樱桃树抗旱、耐寒，对生存的土壤也不挑剔，成活率很高。早在先秦时代，樱桃已用于宗庙祭祀。西晋时代，宫廷内苑颇多种植。只是当时，这等好东西为权贵霸占，不让老百姓栽植。

樱桃好吃果难摘是正理，因樱桃成熟后难以看护。樱桃皮薄，汁多，采摘时需格外小心，否则便会损耗很大。樱桃是公认的美容佳品，营养丰富。据测定，樱桃中含有碳水化合物、蛋白质、钙、磷、铁等,其中铁的含量最高,居水果之首。一颗颗玲珑小果,晶莹剔透,黄中泛红。薄薄的皮儿裹着水灵的果肉,入口轻轻一抿,酸酸甜甜的汁液便会牵动每一个味蕾,美味无以言表。

"含桃最说出东吴,香色鲜农气味殊。洽恰举头千万颗,婆娑拂面两三株。鸟偷飞处衔将火,人摘争时踏破珠。可惜风吹兼雨打,明朝后日即应无。"樱桃甜美清醇,这样的滋味岂能只让人独享?早在人们发现樱桃可食之前,那精灵的黄莺便早已口中含着它,扑棱棱地飞过来飞过去了……

樱桃别名莺桃。莺即黄莺,一名黄鹂,古代人们常常看到黄莺的口中含有樱桃果实。"哑咤人家小女儿,半啼半歇隔花枝。"人们常把少女的语音称为"燕语莺音"。古人把它的鸣啭声称为"莺歌"、"黄簧"。南朝的戴埔最爱听莺鸣,春天常"携双柑斗酒"去"往听黄鹂声"。黄莺鸣声圆润嘹亮,低昂有致,富有韵律,悦耳动听,想来有樱桃的功劳吧。

此外,樱桃还有许多别名,如楔、荆桃、牛桃、英桃、朱桃、麦英等,并不常用。

"峰云暮起,景风晨扇。木槿初荣,含桃可荐"。含桃即樱桃。樱桃,"先百果而熟,含羞带红来到人间",素来有"春果第一枝"美誉。在桃、杏等果子还没成熟时,樱桃率先上市,滋润着人们的五脏六腑,解人们一冬一春无鲜果的馋劲儿。郑板桥看到"四月樱桃红满市,雪片鲥鱼刀"时,如张季鹰一样起了莼鲈之思,准备"老马耕闲地",

"一丘一壑,吾将终老于此"。

白居易在《樱桃歌》中赞道:"荧惑晶华赤,醍醐气味真。如珠未穿孔,似火不烧人。古俗难为对,桃顽讵可伦。肉嫌卢橘厚,皮笑荔枝皱。琼液酸甜足,金丸大小匀。"好樱桃甜醇可口,柔润绵长。行走在暮春初夏的大街小巷,到处都是卖樱桃的人。那些樱桃带着田间晨露,携着树梢清风,让不知季节已变换的城里人心生艳羡,纷纷慷慨解囊,留春尝鲜。

宋人朱淑真写有《樱桃》诗:"为花结实自殊常,摘下盘中颗颗香。味重不容轻众口,独于寝庙荐先尝。"早在周代,作为春天最先成熟的果实,樱桃是祭献给祖宗的佳品,被送到宗庙里供奉。当时的人们,以果实的状貌来划分樱桃的品种,个大而深红者称朱樱,果紫而布细黄点者称紫樱,果正黄者称蜡樱,果小而红者称樱珠。以朱樱和紫樱的味道最为甜美。

东汉宫廷宴会,樱桃是主角。东汉"明帝月夜宴群臣于照园,诏太官(主管膳食之官)进樱桃,以赤瑛为盘,赐群臣。月下视之,盘与桃一色。群臣皆笑云是空盘"。瑛是似玉的美石,赤瑛自然是红色的石头。月光朦胧,人们眼光迷离,有雾里看花的感觉,多的是众人同乐的快意。

在唐代,樱桃是帝王喜爱的果品。唐代历代君主均喜食有名的洛阳樱桃,将其钦定为贡果。李世民每年都要地方向皇室进献最好的樱桃。有趣的是,李世民首先请翰林学士品尝,以示对有知识有学问的人特别推崇。在一次酒宴上,李世民与群臣赋樱桃诗作乐。"毕林满芳景,洛阳遍阳春。朱颜含远目,翠色影长津。乔柯啭娇身,低枝映美人。"在限春字韵的《赋得樱桃》诗中,他称"昔作园中实"的樱桃为"席上珍"。

皇帝禁苑里的樱桃往往是最先成熟的,皇帝荐祖后会遍赐群臣。王维在《敕赐百官樱桃》中说:"芙蓉阙下会千官,紫禁朱樱出上阑。才是寝园春荐后,非关御苑鸟衔残。归鞍竞带青丝笼,中使频倾赤玉盘。饱食不须愁内热,太官还有蔗浆寒。"有一次,宫中御花园的樱桃大熟,李显"与侍臣树下摘樱桃,恣其食。末后,大陈宴席,奏宫乐至暝。人赐朱樱二笼"。

随着唐代科举制度的发展,出现樱桃宴。"新进士尤重樱桃宴。乾符四年,永宁刘公第二子覃及第,于是独置是宴,大会公卿。时京国樱桃初出,虽贵达未适口,而覃山积铺席,复和以糖酪者,人享蛮榼一小盎,亦不啻数升,以至参御辈,靡不沾足。"自此直至清代,进士及第者特别重视樱桃宴。唐代的樱桃宴在每年农历四月初一举行。这一天,皇帝率百官千骑,来到长安南郊芙蓉园赐宴,"尝酎玉卮更献,含桃丝笼交驰。芳草落花无限,金张许史相随"。

唐人喜食樱桃,看重樱桃,经常举办"樱桃会"、"樱笋厨"、"樱桃宴"等。樱桃熟时,左右神策军轮流设宴,"尽日倡优百戏水陆无不俱陈,在处堆积樱桃以充看玩也"。这样的挥霍为的不过是皇帝一笑。每年四五月间,朝廷百官的日常工作餐,以樱桃、竹笋为主料,因都是春夏时新之物,时称"樱笋厨"。张大复在《梅花草堂笔谈》中,说润州(镇江)产的樱桃无核,当地人在四月朔日开放庭园,供仕女入内参观,名叫"樱桃会"。

樱桃宴,也指文士雅集。丹珠累累、色满香来的樱桃,位列宴席雅会之首,成为馈赠的佳品。"典却珠钗,高楼特启樱桃宴。"文人自风流,吃樱桃,喝花酒,赏花容,这样的生活何等惬意!杜甫寓居成都时,曾接受农夫送的朱樱:"西蜀樱桃也自红,野人相赠满筠笼。数回细写愁仍破,万颗匀圆讶许同。忆昨赐霑门下省,退朝擎出大明宫。金盘玉箸无消息,此日尝新任转蓬。"史思明曾以樱桃分赐史朝义和周贽,不识字的他竟然附庸风雅,赋诗曰:"樱桃一笼子,半赤一半黄。一半与怀王,一半与周贽。"令人捧腹大笑。樱桃给人们带来多少闲情逸趣?

"香浮乳酪玻璃流,年年醉里尝新惯。何物比春风?歌唇一点红。江湖清梦断,翠笼明光殿。万颗写轻匀,低头愧野人。"唐人吃樱桃时伴以奶酪。李显在两仪殿设宴食樱桃,招来近臣,樱桃盛在琉璃盏中,调以杏酪,并饮酴醾酒。

在唐传奇《昆仑奴》里,"容貌如玉,性禀孤介,举止安详,发言清雅"的崔生到来后,勋臣招待他,"以金瓯贮含桃而擘之,沃以甘酪而进"。这里的含桃是樱桃,不然怎会浇上甜乳酪?崔生不好意思当着家妓红绡的面吃樱桃,勋臣命红绡用小勺舀着樱桃喂崔生。这下崔生更加害羞,不得已而食。此时,他真应该是"樱桃小口"了。纯真的崔生那窘态让红绡微笑起来。她在笑什么呢?"深洞莺啼恨阮郎,偷来花下解珠珰。碧云飘断音书绝，空倚玉箫愁凤凰。"这腔愤怨也没有迷失她寻觅爱的眼睛吗？

德国作家君特·格拉斯写过一首《樱桃》诗："甜而且更甜，甜得闷透。穿红衣的即如画眉鸟梦见，谁在亲吻谁？当爱情，踏着高跷走到树巅。"爱情甜蜜，醉人也伤人，如双刃剑。意乱情迷，男女同理。因为眼里只有一个方向，便在专注时迷失所有的方向。

到了宋代，流行吃"樱桃煎"，这是一种蜜饯。樱桃煮烂去核，放到有花纹的模子里捣实，压为极薄的小饼，再加蜜食用。"何人弄好手，万颗捣虚脆。印成花钿薄，染作冰澌翠……"杨万里对此念念不忘，还在于"北果非不多，此味良独美"。

"浅浅花开料峭风，苦无妖色画难工。十分不肯精神露，留与他时著子红。"樱桃花入画少，最喜欢携樱桃入画的当数齐白石。据说，齐白石画樱桃时，总是在画架上放一盆樱桃，然后提笔饱蘸曙红，一笔下来一果图即成，待稍干，再用浓墨画一长柄，生动有趣。樱桃着色无论浓淡，总有种玲珑剔透之意蕴溢于画外。他的题款更是别开生面，如"若教点上佳人口，言事言情总断魂"，"寄萍老人清晨点色，喜雀鸣于檐前"。有心人曾这样做过比较：齐白石的樱桃鲜艳、水灵，外形更圆，有点像葡萄；潘天寿的樱桃颜色更沉稳，用胭脂色较多，形状不很圆，有点像小梨子。

樱桃可以代表很多美好事物。它不仅象征着爱情、幸福和甜蜜，更蕴含着珍惜。

樱桃红时,春天只剩下一个尾巴,一个热烈的季节就要登堂入室了。

蒋捷在舟过吴江时说:"红了樱桃,绿了芭蕉。"有多少人会知道那色彩明快的句子前面还有一句,能在人心上滋生出草影般的东西,那句是"流光容易把人抛"。毕竟"一片春愁待酒浇",春光如刀容易催人老呀!要不南唐冯延巳怎会在诗中说:"惆怅墙东,一树樱桃带雨红。"

不为春光,他在写艳歌时惆怅什么呢?

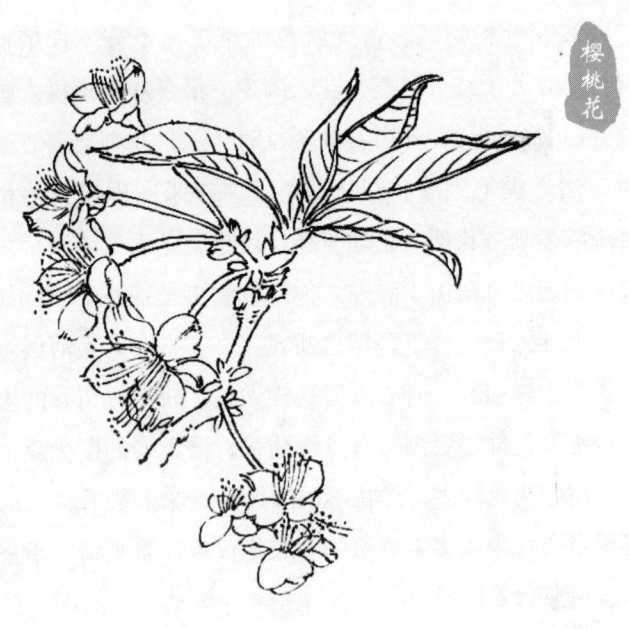

樱桃花

木笔生花吐珠玉

春天已经来了,有一种花儿还在望着。

天气晴晴冷冷、时好时坏,春天的气息便时弱时强,这个"望"字,让我说不准应该是期望还是观望。"东风昨夜化雨下,春光明媚殷地发。从容笔势倚天芽,青山绿水出紫霞。"它与迎春的细碎不同,表现的方式是大方与浓烈。它的花朵硕大,开得磅礴大气,整朵花完全敞开怀抱,向上举着,阳光从花瓣上射过来,照出几道颜色略深的纹脉,像是裙裾上的皱褶。

在北中国的中原,这个叫望春的花儿,让人感觉到春意逐渐浓厚起来。

立春第三候的花信为望春。望春又名辛夷、紫玉兰、木笔花。

辛夷的得名,因为"辛"的苦,也因为"夷"的远,"视之不见名曰夷"。李时珍说"夷者荑也,其苞出生荑而味辛也",指其花味辛香而幽远。初看到这么文艺的名字时,我就隐约感觉它应该出自《诗经》。在"桑者闲闲"、"呦呦鹿鸣"的《诗经》时代,我们现在熟悉的好多植物都有奇怪的名字，比如卷耳、荣莒、蒹葭、芷兰、游龙、萑苇、女萝、荇菜等等，妖娆美好。它们端坐在遥远岁月的枝头，拈花微笑，含笑生香，生机勃勃。打开《诗经》，这种清香和生机从四野的苍茫里漫出来，带着远古的炊烟气息，让人在惊诧之余有了探秘的心理。

读《邶风·静女》时，我一直在想，这是多么纯真的情歌，这是多么柔婉细腻、情意绵绵的场景。青春年少，天真烂漫；两心相许，两情相悦，相看两不厌。"爱而不见"，文雅的少女故意躲在城角看那个男子，那个男子在城之一隅急切地等待情人，竟至于"搔首徘徊"举手无措。少女出来后，以彤管和茅荑相赠。"既有静德，又有美色，又能遗我以古人之法，可以配人君也。"爱屋及乌，男子珍惜玩摩，爱不释手，因为是心爱的人所赠。

荑是初生的茅草芽，也就是茅针，"白嫩可啖，小儿嗜之"。现在河南不少地方，还把茅针叫做茅荑。旧时多用茅荑来比喻女子柔嫩洁白的手。抽茅针时，要把茅草的茎叶撕开，向上轻轻一提。嫩嫩的茅针握在手里，柔柔的，很舒服。在这里，女子是把手伸过去，还是赠送的茅荑呢？或许二者兼而有之。

彤为红色，那么彤管是什么？迄今没有定论。有人说是红色的笔，"杆身漆朱的笔，古代女史记事用"。让人怀疑的是那时有笔吗？虽然有"古者后夫人必有女史彤管之法，史不记过，其罪杀之"的记载，仰韶文化遗址彩陶上的花纹有用毛笔绘制的，春秋战国时期各国普遍使用毛笔，楚国叫

"聿"，吴国叫"不律"，燕国叫"弗"，但与"管"无关。即使有笔，《诗经》时代的人们如何书写、在什么上面书写呢？有人说彤管是古代的一种管乐器，起初用玉制成，后改用竹子制作，有六孔，长一尺，泛指笛、箫、号等管状乐器。假如是乐器，那名男子因何不当即演奏起来，用乐声表达自己的心曲不是更直接些，反复玩摩要做甚呢？

后来看到另一种说法：彤管可能是辛夷花。这让人豁然开朗、思路大开。

辛夷每年早春开花，花先叶开放，开约一个月，蔚为壮观。虽然此时乍暖还寒，枝头雍容华贵的花却幽雅飘逸、芳香诱人。热情奔放的怀春少女，为何不能将主动权牢牢握在手中，将自己喜欢的花送给自己的心上人？春天原本就是爱情的季节，爱情正如辛夷花，有不沾世俗的气质，有夸张的坦荡与豪放。

我们现在知道辛夷，多因为它是一味药，其特性是辛温解表，用作镇痛剂，历来是中医治鼻病的主药，于花前蕾期采摘，置通风良好处阴干备用。与辛夷相近的是厚朴，厚朴是木兰属植物的树皮或根皮。厚朴这两个字十分熨帖，让人有一种安全感。

传说中，辛夷的得名是因为疗效。旧时，有一举人得病若鼻窦炎，被折磨得痛苦不堪，四处求医无效。一日，他在大树下准备自缢，恰逢一名砍柴人路过。砍柴人救下他，询问详情。举人以实情相告，砍柴人说南方夷人有笔状花蕾有神效。将信将疑的举人听从砍柴人的话，得到花蕾后煎服，折磨他的鼻病竟奇迹般渐渐痊愈。举人把此物带回家乡馈赠乡邻。因那年正值辛亥年，此花为夷人所赠，别人询问名字时，举人脱口而出：辛夷。

从此，辛夷被世人记住，庭前屋后多有栽种，视为吉祥之物。因此，辛夷的花语为：感恩。

但有人是不感恩的。在孔尚任"借离合之情，写兴亡之感"的《桃花扇》里，在媚香楼，侯方域和李香君结为夫妇，人们认为是天作之合。"夹道朱楼一径斜，王孙初御富平车。青溪尽是辛夷树，不及东风桃李花。"这是他们定亲时，侯方域在团扇上写给李香君的赞美诗。尽管他们的爱情"此情可问天"，但终逃脱不了时局变迁、国破家亡人散的悲剧。侯方域逃走后，香君在拒媒时说的那一句"便等他三年，便等他十年，便等他一百年，只不嫁田仰"，让不知多少须眉惭愧不已，且不论丧没民族气节的苟且之辈。这时的侯方域呢？"笛声吹乱客中肠，莫过乌衣巷，是别姓人家新画梁。"虽然他曾目睹战争、杀戮、荒城，曾高唱国仇未雪、乡心难说，曾历数福王三大罪、五不可立。清军入关，侯方域剃了头发，换了满装，赴了科举。这样的渺小和脆弱又从何谈及感恩？不要说桃李，连他看不上眼的辛夷也不如。李香君一腔怨怒，心灰意冷，撕了桃花扇。难怪剧终唱词《哀江南》这样悲凉："你记得跨青溪半里桥，旧红板没一条。秋水长天人过少。冷清清的落照，剩一树柳弯腰。"虽不事雕琢，却足以令人潸然泪下。

在中国古典诗词里，辛夷是有盛名的植物。辛夷"树大连合抱，高数仞"，且有兰花般的香气，能制成名贵的香料。屈原在《九歌》、《九章》里曾多次提到辛夷。"桂栋兮兰橑，辛夷楣兮药房。"用桂木做栋梁，用木兰做屋椽，用辛夷做门楣，用白芷间隔卧房，可见那时辛夷是建材用木。"乘赤豹兮从文狸，辛夷车兮结桂旗"，证明辛夷木也可以做车。

辛夷花的花苞直接长在枝条末梢，花的颜色和形状都像一朵小莲花。"木末芙蓉花，山中发红萼。涧户寂无人，纷纷开且落。"王维的《辛夷坞》自然幽静，那种悠闲恬静的禅意，全无做作之态。施蛰存对此有佳评："辛夷花纷纷开落，既不执著于'空'，也不执著于'有'，这是何等的'任运自在'！'纷纷'二字，表现出辛夷花此生彼死、亦生亦死、不生不死的超然态度。"但翻看他的其他诗作，却也发现诗人内心并非死水无澜。"古人非傲吏，自阙经世务。偶寄一微官，婆娑数株树"就颇有些睥睨世间的傲气。

"谷口春残黄鸟稀，辛夷花尽杏花飞。始怜幽竹山窗下，不改清阴待我归。"他乡春残，钱起想到故乡的春光：黄莺隔着树叶交相啼和，呼朋引伴，迎着迟迟春日，辛夷花灿烂开放。怀着热切的心情，诗人回到家乡寻找慰藉，哪怕是看一眼飘飞的杏花也好。故乡同样是残春，他本已凄恻的内心岂不是又多了一层伤感？

紫玉兰不是紫色的玉兰花，它们是两种花。夏秋冬日，关注紫玉兰的人不多，更多的人会将它与白兰树、白玉兰树混为一体。从生物分类学上说，它们虽同为木兰科但不同属。紫玉兰的枝条小巧，褐色中透着些许紫色。这紫色一直蔓延到枝末，再从枝末绽出花来。朵朵紫红色的花，半开半含。半开的紫玉兰颜色浓郁鲜艳，含羞带怯，颇有些婀娜女子情态。全开的紫玉兰从外面看是紫红色的，近前探身一看，里面却是白色的，花丝和芯皮是郁郁的紫红色，幽香无比。

在古代中国，紫色代表权威、尊贵、声望、深刻和精神。皇宫叫"紫宫"，祥瑞之气叫"紫气"，皇帝诏书则用紫泥……着紫衣者自然高贵，"齐桓公好服紫，一国尽服紫。当是时也，五素不得一紫"。"碧落真人著紫衣，始堪相并木兰枝。今朝绕郭花看遍，尽是深村田舍儿。"李涉将紫玉兰比作身着朝廷特赐紫衣的得道高人，说其他花儿都不过是农家子弟，凸显这花儿的高贵。白居易任杭州刺史时，游灵隐寺，见紫玉兰正盛，写了一首调侃的诗："紫粉笔含尖火焰，红胭脂染小莲花。芳情香思知多少，恼得山僧悔出家。"白居易的诗真是形象之极。温暖的红色，冷静的蓝色，就奇妙地成了极佳的刺激色——紫色。他说辛夷花这般美丽，粉红娇嫩，好像少女脸上的胭脂，撩拨得高僧都动了尘欲。不知酬光上人阅后会做怎样的回应？

古人抒写望春，多从其花形如笔处着墨，将这种树称之为"木笔"。"花初出枝头，苞长半寸而尖锐，俨如笔头，重重有青黄茸毛，顺铺长半分许"，真是十分形象。《本草纲目》引陈藏器的话说，"初发如笔头，北人呼为木笔，南人呼为迎春"。在这里，李时珍应该犯了一个小小的错误。

迎春花色如雪、花朵细碎，怎能"初发如笔头"呢？这里的迎春应为望春。"含锋新吐嫩红芽，势欲书空映早霞。应是玉皇曾投笔，落来地上长成花。"欧阳炯说望春花含笔锋，其势似将天空为纸势欲书空，并拟想其为玉皇大帝投笔而成之花。

望春尚未长出叶子时，花儿便已含苞待放，个个如毛笔尖的花蕾倒竖在枝头之上，直指天空。它仿佛要在春乍暖还寒的时节，从开始略带潮湿的空气中探知春天的气息。它的枝头开满雍容华贵的紫色时，花朵亭亭玉立，粉妆玉琢，花冠硕大，令人称奇。而且，它完全无视"好花还需绿叶扶"的俗语，枝头竟不带一片绿叶，常使尚未完全从冬日醒来的人们眼前一亮。

木笔花瓣厚，外紫内白，有香气。花开枝梢，苞生茸毛，状若笔锥。花开前，花苞紧裹，直指天空，像是想在上空的虚无中写下点什么。它在书写什么呢？这让我想起一个词：木笔书空。"蔷薇蔓。木笔书空。棣萼韡韡。杨入大水为萍。海棠睡。绣球落"，这些自然界的习俗还有多少人知道呢？想想一树树毛笔头冲着天空，十分壮观。它们对着天空写呀画呀，要表达什么意思呢？想来，该是表达对春天的歌颂和大地的感恩吧。古人的情趣，现代人难以体会到。

笔是文人犀利的武器，也是文人一柱擎天的豪气。旧时，一旦考取功名，就可以在自家门前建起石笔。石笔俗称石旗杆、石楣杆，形似华表，做工讲究，透雕浮饰。除底座外，一般为三节接驳、杆身圆形、杆尾渐收而成。它矗立十余米，威风凛凛，好似一杆巨笔，"敢抓蓝天作纸床，翻腾白云为汁墨"，写一页页辉煌的画图。

"春雨湿窗纱，辛夷弄影斜。曾窥江梦笔，笔笔忽生花"，"梦中曾见笔生花，锦字还将气象夸。谁信花中原有笔，毫端方欲吐春霞"，明人陈继儒、张新在吟咏望春时，不约而同地揉入了江淹"梦笔生花"的故事。"妙笔生花"经常形容一个人文采富丽、下笔成章。

江郎才尽的故事人人皆知。钟嵘在评价江淹的诗歌时谈到："初，淹罢宣城郡，遂宿冶亭，梦一美丈夫，自称郭璞，谓淹曰：'吾有笔在卿处多年矣，可以见还。'淹探怀中，得一五色笔以授之。而后为诗，不复成语，故世传江淹才尽。"此后，五色笔常用以比文才华美。

"若无江氏五色笔，争奈河阳一县花！"这支五色笔曾经带给江淹灼灼文思，使其文名远扬，最终受到皇帝的赏识。江淹死后，传说其旧居处有梦笔驿，即是他当年梦得五彩笔的地方。后人曾赋诗云："一宵短梦惊流俗，千载高名挂里间。遂使晚生矜此意，痴眠不读半行书。"人人都想要梦笔而得神助，但须知梦笔也有索笔之时。

江淹六岁能诗，十三岁丧父，家境贫寒，曾采薪养母。"文章憎命达"、"诗穷而后工"。江淹"少年尝倜傥不俗，或为世士所嫉"。因广陵令郭彦文一案，他被诬受贿入狱。因为与南朝建平王刘景素政见相左发生龃龉，元徽二年他被贬黜为吴兴县令。江淹在吴兴的三年，正应了中国写作史上的一条规律：人生不幸，文章大幸；官场失意，文章秀气。文学史上屡被提及的《恨赋》和《别赋》，都产生在吴兴。

江淹一生历仕宋、齐、梁三朝，特别是在离开吴兴后的三十多年里，不仅没有丢掉智慧的头颅，反而步步高升，直至封侯拜相。在这样的大智大慧面前，吟诗作赋、摆弄文字实在只能算是雕虫小技。南朝齐、梁时，"永明体"诗歌开始盛行于世，萧衍、沈约、谢朓等八人号为"竟陵八友"。梁武帝萧衍以帝王之尊力倡"永明体"，天下谁不趋之若鹜？江淹的诗风奇险古奥、不避险仄，显然与之大相径庭。江淹不敢以自己的文才凌驾于帝王之上，只好"藏拙"。因此，与其说是"江郎才尽"，倒不如说是江淹对文学"不屑为"或"不愿为"。

江淹曾在《自序传》中说："仕所望不过诸卿二千石，有耕织伏腊之资则隐矣。常愿幽居筑宇，绝弃人事。苑以丹林，池以绿水，左倚郊甸，右带瀛泽。青春爱谢，则接武平皋；素秋澄景，则独酌虚室，侍姬三四，赵女数人。否则逍遥经纪，弹琴咏诗，朝露几间，忽忘老之将至……"这是他最初的朴素思想。在他"为散骑常侍、左卫将军，封临沮县开国伯，食邑四百户"时，他说："吾本素宦，不求富贵，今之忝窃，遂至于此。平生言止足之事，亦以备矣。人生行乐耳，须富贵何时。吾功名既立，正欲归身草莱耳。"然而，他至死也没有隐居。庭院静好，岁月无惊。或许，江淹所要追求的就如望春向天空所书写的内容，只有历史烟尘知道，只有茫茫的天空知晓。

微风吹过，了无印痕，学会保护自己也是一种大智慧。

辛夷花期短促。"辛夷始花亦已落,况我与子非壮年",这是杜甫的感慨。"君看今年树上花,不是去年枝上朵",花开花落的轮回,只为美丽的相遇。

明代袁宏道《横塘渡》里的辛夷,让人浮想联翩:"妾家住虹桥,朱门十字路。认取辛夷花,莫过杨梅树。"

这个横塘,让一生沉抑下僚、怀才不遇的贺铸忧郁过,他目送她像芳尘一样飘去,却不知锦绣华年和谁共度,因为只有春风才知道她的居处。

这个横塘,让常常到这里来的范成大留恋过,"年年送客横塘路,细雨垂杨系画船"。

这个横塘,对于袁宏道诗中的那个女子来说,是什么心情呢?他们偶遇,一见倾心。分别之时,她约他到她家去,还要他认准开着辛夷花的家。这让人想起《邶风》中的静女。这辛夷花可曾成全人间的好姻缘?

不得而知。难得的是诗风沉郁顿挫、忧国忧民的杜甫,看到辛夷花倒想得开:"街头酒价常苦贵,方外酒徒稀醉眠。速宜相就饮一斗,恰有三百青铜钱。"这是不是有点"今朝有酒今朝醉"的感觉?

流水般的日子平凡而普通,在有心人的眼里,能望出另一种幸福来。

木笔生花吐珠玉　　105

辛夷花

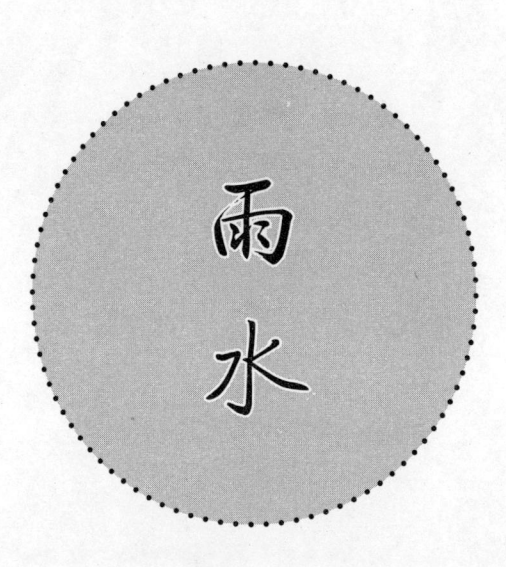

雨水

陌上菜花缓缓开

阳光很好,与三五好友散步,去和春天挽手,共享闲暇惬意时光。

置身于那一大片油菜花田时,仿佛进入一种似梦非梦的情境之中。眼前是一片片金黄:晴空万里,麦田似海如潮,从四面席卷而来的盛开的油菜花,有一种凌厉的霸气,有一种恣肆的气势,仿佛在攻城略地,连路旁的花枝都显得那么招摇。油菜花一朵朵、一簇簇地竞相开放,黄得鲜艳,黄得灿烂,黄得芬芳,与馥郁的花香一起交织成一幅清新的田园诗画。

"油菜花开满地金,鹁鸠声里又春深。"鹁鸠的叫声,清脆,悠扬,撩人思绪。

鹁鸠这是个古老的名字,我们习惯称呼它为斑鸠。斑鸠主要有珠颈斑鸠、灰斑鸠、棕斑鸠、山斑鸠四种。其中最美丽的要数珠颈斑鸠,颈后大半圈黑羽之上缀满或白或黄的珠状斑点。我们常常见到的鹁鸠,极其普通,灰灰的嘴,红红的脚,或棕或褐的翅羽,油光发亮。它们的巢呈平盘状,主要由一些细树枝堆叠而成,结构松散、简陋。明人王恭有这样的诗句:"绣颈斑鸠锦翼齐,梁园春树好飞栖。"飞进城市的鸟儿,不歇的啼鸣声和飞动的身影,为城市生态写着色彩缤纷、生动形象的文字。在一棵梧桐树上,我曾发现一个灰斑鸠搭建的巢。在秋冬季的平原行走,常常可以看到它们如鸽子一样滑翔,结群栖息,在地面上取食。它们的鸣声单调低沉,警惕性甚高。受到干扰、惊吓后,它们常常缓缓振翅,贴地而飞。

现在的都市,人也成了"蚁民",是不适宜有鸟的家的。鸟儿的家适宜安在有自然气息的农村。记得小时候,经常能见到斑鸠、布谷、花喜鹊、啄木鸟、麻雀、乌鸦、鸽子、戴胜、燕子等,也有一些鸟儿是不知道名字的。清晨的乡村简直成了鸟儿的世界,缕缕晨曦把村子染得一派辉煌。早早醒来的这些自然王国的臣民,或低头觅食,或举头张望,或在枝头上蹦跳,更多的是在歌唱。在田野里,在树林中,在草垛上,在房舍间,它们你歌我唱,或婉转悠扬,或浑厚低回,飞来飞去,好不热闹。这其中就有斑鸠"勃咕咕——勃咕咕——"的叫声。它们的飞行姿势有点像鸽子,不飞行的时候,走路一走一颠的,小脑袋也"点"着,悠闲自在。它们喜欢在开阔、稀疏的树林及农田附近活动,以粮食、草籽等为食,有时也吃昆虫的幼虫。斑鸠啄食速度惊人,头一上一下地"点"着,不知发现了什么好的猎物,让它们大快朵颐。据说,斑鸠最爱啄食油菜籽,倒是没有见过有人喂食它们。

"屋上斑鸠鸣,村边杏花白",斑鸠装点的是美不胜收的春色。斑鸠能帮助农人识天气。"柴桑春晚思依依，屋角鸣鸠雨欲飞。"俗话说"春雨贵如油"，在乡间"才了蚕桑又插田"的大忙季节，却遇到"桑条无叶土生烟"的干旱，农人自是心焦。当听到斑鸠唤雨声声，农人心中自然就生出一阵欣喜、一种希望。在"勃咕咕——"的叫声里，春雨似乎真的被唤来了，淅淅沥沥地下着。斑鸠们越野穿林，迎风沐雨，彼此追逐，载飞载鸣。

斑鸠真的能唤来雨吗？显然令人怀疑。春暖花开，草长莺飞，适宜斑鸠交配、产卵、育雏。处于繁殖期的斑鸠喜欢在晨昏时不停地鸣叫，其声音不高，有些沉闷，音节更是单调，斑鸠所唱的歌词虽只是"咕——咕咕——咕"，但节奏感却很强。在久雨初晴或久晴欲雨时，它们的鸣叫更加频繁。斑鸠那不断的叫声就好像是在呼唤雨水的到来。

"云阴觯尽却残晖，屋上鸣鸠唤妇归。"雨过天晴后，雄鸠对雌鸠放心不下，不停地鸣叫，呼唤雌鸠归巢。这样有情有义，是构建模范和谐家庭的典范。不知古人是怎样发现这一点的，进而爱屋及乌竟然对它发出规劝："桑之未落，其叶沃若。于嗟鸠兮，无食桑葚！"桑葚会自动发酵，斑鸠吃过量桑葚容易昏醉。如此体贴和爱护，想想着实有趣。难道是怕吃多桑葚的斑鸠"昏了头"吗？其意"项庄舞剑，意在沛公"，还在于"士之耽兮，犹可说也；女之耽兮，不可说也"吧。男子沉溺在爱情里尚可脱身，姑娘沉溺在爱情里无法自拔。这让人想起江西民歌《斑鸠调》："春天斑鸠叫呀嘿咳，斑鸠里格叫得亲，是格里格叫得好，你在那边叫呀嘿咳，我在这边听呀嘿咳，叫得那个桃花开呀嘿咳，叫得那个桃花笑啊嘿咳，叽里咕噜咕噜叽里，依呀依子哟……"歌曲抒情奔放不失细腻，欢快活泼不失幽默，粗犷刚健又不失朴实，模拟鸽子的叫声，更给人以无限的想象空间……

"竹鸡群号似知雨，鹁鸪相晚还疑晴。"鹁鸪的叫声意味着雨水充足，草木润泽。油菜花开时，春寒乍暖。是油菜花将大地抹上一片金黄、一片翠绿，枝头碧绿，繁花盛开。世界在肆意地美丽着，一片蓬勃之象。那是精力旺盛、热气腾腾的颜色。

油菜花并非名贵之族。秋末冬初，油菜的种子播种下去。寒冬尚未来临，油菜已长出绿油油的叶脉。它是越冬植物，冬季叶子枯萎，开春泛青后重新生长。

油菜刚长出的叶子，叶柄淡绿色，扁平微凹，肥壮直立，叶片肥厚，略有苦味。在汉代，称十字花科植物油菜的嫩茎叶却为胡菜、寒菜、芸薹菜、薹芥、红油菜等。在一些地方，油菜根俗称蔓菁。因油菜刚长出的叶子和萝卜缨很相似，常称之为蔓菁菜。蔓菁菜，"菜中之最益人者。常食和中益气，令人肥健。凡往远方煮青菜豆腐食，则无不服水土病"。早春，常常有人到有薄霜或浅雪的田地里，剜一篮子蔓菁菜来炒着吃。据说，蔓菁菜叶子长到五寸左右时，鲜嫩翠绿，和大米、麦片一起煮着吃，一清二白，既养眼、养颜，又养心。让我感觉诧异的是，在元曲词牌里不但有金菊香、迎仙客、满庭芳、粉蝶儿、醉春风、石榴花、行香子、水红花、缕缕金等，竟然也有蔓菁菜，可见它当时已为人所熟知。不知这样的小曲是否有蔓菁菜的田野乡土气息？

　　与其他地方不同，在开封，深冬或早春的油菜似乎只称为蔓菁。真实的蔓菁个头娇小，带着鲜艳的皮，类似萝卜，但根细无筋，辛辣味浓，质地脆嫩，口嚼无渣。这样的蔓菁，倒不如大头菜、圆菜头、圆根、大头芥这样的别名实在。古时，蔓菁曾被当作主食。苏东坡贬谪黄州时，没少吃煮蔓菁。"东坡先生卜居南山之下，服食器用，称家之有无。水陆之味，贫不能致，煮蔓菁、芦菔（萝卜）、苦荠而食之。"他感觉"不用鱼肉五味，有自然之甘"，"甘于五味"。明朝高廉按照苏东坡所述，做好菜品尝后不禁大加赞赏："若知此物，海陆八珍皆可厌也。"陆游同样喜食煮蔓菁，"空忆庐山风雨夜，自炊小灶煮蔓菁"，"安得北窗风雪夜，地炉相对煮蔓菁"。有人根据陆游的诗，考证蔓菁是在宋朝才到南方的。陆游的《蔬园杂咏》里是这样说的："往日芜菁不到吴，如今幽圃手亲锄。凭谁为向曹瞒道，彻底无能合种蔬。"虽然有英雄无用武之地的感慨，但也道出了蔓菁的种植史。煮过的蔓菁味道近似萝卜，粉质多，有点面，还略带一丝甜。刘庆邦说，他的老家沈丘县出产蔓菁最多，蔓菁不怕冻，收获最迟，有"腊月的蔓菁，受罪的疙瘩"的说法。蔓菁切块炖粉条，或切片下汤锅，都非常好吃。

　　除了煮食外，蔓菁还可用来做羹。"且喜芜菁种得成，苔心散出碧纵横。脆甜胹子无反恶，肥嫩羔儿不杀生。乐羊岂断儿孙念，刘季宁无父子情。争似野人茅屋下，日高淡煮一杯羹。"朱敦儒的《种芜菁做羹》多了理论的成分，正如他的为人："志行高洁，虽为布衣，而有朝野之望。"苏东坡曾用白菜、荠菜、蔓菁、萝卜和粳米等不加调料做成羹。苏东坡对此羹极其得意，多年后写了一首《狄韶州煮蔓菁芦菔羹》："我昔在田间，寒庖有珍烹。常支折脚鼎，自煮花蔓菁。中年失此味，想象如隔生。谁知南岳老，解作东坡羹。中有芦菔根，尚含晓露清。勿语贵公子，从渠醉膻腥。"只是不知道，他要求狄知府保密的究竟是羹的做法，还是他内心的秘密呢？

蔓菁用盐腌后晒干，是美味的佐餐小菜。宋代韩驹曾收到友人蜀僧寄来的蔓菁干菜，专门写诗答谢："道人禅余自锄菜，小摘黄花日中晒。峨嵋洒脯久不来，曲摻姜丝典刑在。封题寄我纸作囊，中有巴蜀斋厨香。起炊晓甑八月白，配此春盘一掬黄。"

更有甚者，南齐江泌仁吃油菜不吃菜心，只吃旁边老叶。有人感到很奇怪，便问他其中的原因。江泌仁说："恐怕伤了这颗菜的生命。"这一时竟成为趣谈。我虽然对这个"夜读书，随月光握卷升屋"的考城人有些敬佩，但对他"衣弊，恐虱饥死，乃复取置衣中。数日间，终身无复虱"的所谓仁义表示鄙视。既然怜惜青菜的生命，不食则已，却要"羞羞答答半遮面"地去食，这个据称"有孝行"的人，不是矫揉造作就是沽名钓誉。

"微雨过，何处不催耕。百舌无言桃李尽，柘林深处鹁鸪鸣。春色属芜菁。"阳春三月，田野里开满芜菁的黄花，清香沁人，花天相连，一望无际，美妙至极。这分明说的是油菜花。难怪有人这样说，蔓菁与油菜花是一种作物，秋冬季节为蔓菁，到第二年春天则为油菜花。

天微寒，甚至还有白霜出现，在有的花仍翘首温暖争春时，油菜花已"酿成一片花意。买春谁散金钱，媚晚竞铺绣绮。遗钿漫拾，俏不上、玉人钗尾。但满村、乱蝶玲瓃，暗逐凤靴香钿"。菜花黄，蝴蝶白，一向矜持的春天被油菜花映衬得明快起来。

"青条若总翠，黄花如散金"，这是西晋张季鹰描写油菜花的名句。李白曾经感叹："张翰黄花句，风流五百年。谁人今继作，夫子世称贤。"张季鹰为什么要用黄花指代油菜花呢？菊花的别名不也是黄花吗？唐宋时，菜花出现在诗人笔下，如"桃花红，李花白，菜花黄"，"闹媒蜂，纷使蝶，菜花繁"。在宋元之际黄公绍的《望江南·雨》里，油菜花第一次出现在诗词中："思晴好，日影漏些儿。油菜花间蝴蝶舞，刺桐枝上鹁鸠啼。闲坐看春犁。"

"百亩庭中半是苔，桃花净尽菜花开。种桃道士归何处？前度刘郎今又来。"这是刘禹锡的佳作。因参与王叔文、柳宗元等人的革新活动，刘禹锡被贬为郎州司马。十年后，他被朝廷"以恩召还"，在长安京郊玄都观赏桃花时，写下《玄都观桃花》："紫陌红尘拂面来，无人不道看花回。玄都观里桃千树，尽是刘郎去后栽！"不久，他因"语涉讥刺"而再度遭贬，一去就是十二年。十二年后，诗人再次游览玄都观，写下《再游玄都观》，不改初衷，痛快淋漓，为后人敬佩。"前度刘郎"是否回来，人们不关心，关心的是又一度春风吹。

南宋中期，诗人项安世从汉水旁路过，看到田野里大地流金，油菜花行云流水般流溢，禁不住心旷神怡："汉南汉北满平田，三月黄花也可怜。唯有书生知此味，可无诗句到渠边。"汉水是贯穿当时利州路、京西南路和湖北路的重要河流，流域面积广阔辽远，油菜花田十分壮观，满目的灿黄铺天盖地迎面涌来，风中夹杂着田园的气息，整个人开始飘忽起来，渐渐被融化，心灵会在缕缕花香中过滤得越发清澈。"油灯夜读书千卷，齑臼晨供饮十年"，"今日相看总流落"，他由菜花联想到油灯、寒窗夜读，道出了读书人对油菜花的感情。

清代诗人张问陶，阳春三月由扬州回吴门途中，见到田野里盛开的菜花，触景生情，以此花自喻，抒发情怀。诗曰："鸭头新绿拥鹅黄，碎影琵琶野岸长。花透土膏留正色，根涵风露守真香。如从佛地收金粟，闲替农夫补艳阳。因到残春开更久，不知桃李为谁忙。"从泥土里生长出来的油菜花，吸风饮露，不骄不媚，不因春尽凋谢，不与众花争春宠，更显其"正色"、"真香"。

"背秋新理小园荒，过雨畦丁破块忙。菜子已抽蝴蝶翅，菊花犹着郁金裳。从教芦菔专车大，早觉蔓菁扑鼻香。宿酒未销羹糁熟，析酲不用柘为浆。"难怪杨万里在春日夜梦游故园，教仆人种菜，因"得菜子、菊花一联"，"觉而足之"。沉浸到田野里的笑声中，进入春日泥土温暖的怀抱，在油菜花的掩映下开始又一场好梦，心情自然大好。

"沃田桑景晚，平野菜花春"，"吹苑野风桃叶碧，压畦春露菜花黄"……在三月，油菜花是懂得最真切、体会得最自然的。无论是在平原、山坡还是滩涂，它们或拥拥簇簇，或零零散散，怒放出一片热情的金黄。微风过去，掀起一层层金色的波浪。三月时晴时雨，随着天气的变化，油菜花常常显露出不同风情，多了几分灵气，多了一丝傲骨，在和煦的春风里肆意、张扬，摇曳出一幅幅动人的画卷，燃烧着整个春季。

油菜花开时，勤劳的养蜂人便来了。于是，行走在田埂花间，总能听到蜜蜂嗡嗡的声音，看到蜜蜂、蝴蝶花间嬉戏的身影。"篱落疏疏一径深，树头花落未成荫。儿童急走追黄蝶，飞入菜花无处寻。"呆在油菜花地里，是孩子们最喜欢的事儿。他们喜欢在密密匝匝的油菜之间挑出娇小而鲜嫩的野菜，寻找着春天的秘密。他们喜欢手执风筝细线，欢快地跑着、笑着，用小手拍打着花间飞舞的蜂蝶。累了的时候，他们会躺在油菜花丛之中，把鼻孔凑近油菜花尽情吸吮醉人的醇香，或者看蓝蓝的天，让与阳光一样有温暖感觉的油菜花包围。

"春时菜花极盛，暖风烂漫，一望黄金。到处酒炉茶幔，款留游客。寻芳选胜之子，招邀步屣，于于来前，莫不留连忘返。"人们烹茗，暖酒，烹肴，或坐或卧，或歌或啸，纵情嬉戏，其乐无穷。"风和日丽，遍地黄金，青衫红袖，越阡度陌，蜂蝶乱飞，令人不饮自醉。既而酒肴俱熟，坐地大嚼。担者颇不俗,拉与同饮。游人见之,莫不羡为奇想。杯盘狼藉,各已陶然,或坐或卧,或歌或啸……"古人以纯色的赤、黄、白、黑为正色,以两色相杂为间色,认为正色端庄、间色妖冶。菜花根扎土地,餐风饮露,吐出纯正的芳香,以端庄不媚的形象卓然立于百花面前。站在一大片油菜花丛中,如今的人们喜欢留影,脸上露出灿烂的笑容。日子沉静、悠远,记忆比春天更生动更美丽。

"东风把盏红颜醉,西花弄月美人痴。"从古至今,鲜花与美人被人们相提并论,也是文人雅士乐此不疲的撰文对象。袁枚在《随园诗话》里说,在商宝意咏《菜花》诗中,有"小朵最宜村妇鬓,细香时簇牧童衣"一句。他的同乡刘鸣玉翻其诗意说,"半亩只邀名士赏,一生不上美人头"。对此,洪亮吉颇有异议:"摘得菜花何处用,嫩黄先衬玉搔头。"各说各的理,各有各的道理。还是张潮说得好:"美人之胜于花者,解语也;花之胜于美人者,生香也。"以爱花的心情去爱惜美人,以爱美人的心意去爱花,对花自然有万种深情。

"春日游,菜花插满头。"谁没有过这样的愉悦心情呢?阳春三月,漫山遍野的油菜花占尽春光,给大地披上春意浓郁的盛装。"此花无艳复无香,漠漠东风一片黄。但使穷黎免饥色,且随园叟赏春光。"怀揣这样的梦想,所有的油菜叶都招摇成桨,翩跹过人们的想象,所有的油菜花都开成诱惑,按捺不住的樱桃花、桃花、李花,探开羞答答的花蕾,生怕错过这点缀的大好时光,何况是人呢?

陌上菜花缓缓开 119

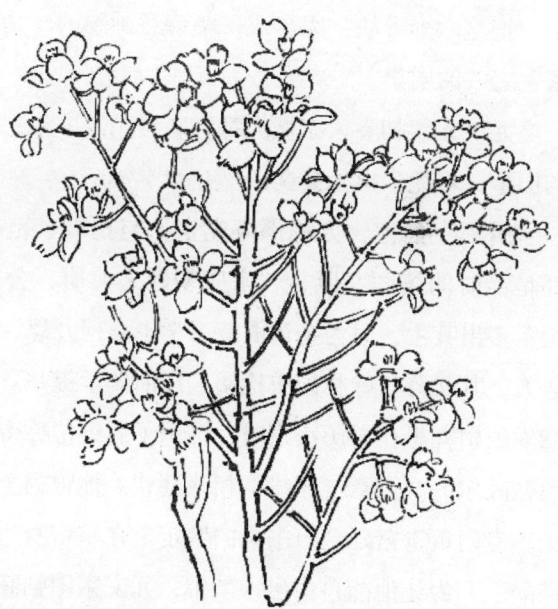

杏花春雨自多情

杏花。春雨。江南。

想到江南，就想到柔情缠绵的雨。想到春雨，就想到雨中开放的杏花。一个人，一把伞，一场雨，一片白，一缕香……那是怎样诗意的图景，那是何等经典的意境？

把这六个方块字组合成一幅诗意画卷的，是"元诗四大家"之一的虞集。

元统元年初春，京城大都春寒料峭，虞集想起与柯九思的旧事，不免生出几分惆怅。

虞集字伯生，人称邵庵先生，与杨载、范梈、揭傒斯都是当时的馆阁文臣，"宗庙朝廷之典册，公卿大夫之碑版"多出其手，时为奎章阁侍书学士。柯九思，字敬仲，仙居人，其父曾任翰林国史检阅、江浙儒学提举。天历元年，38岁的柯九思在游历南京时，结识了后继位称帝的蒙古贵族图帖睦尔。两人意气相投，相谈甚欢。他曾为奎章阁鉴书博士，专门负责宫廷金石书画的鉴定。在皇帝身边的他"宠顾甚隆"。为让他能自由出入禁中，元文宗图帖睦尔特"赐牙章得通籍禁署"。"侍书爱题博士画，日日退朝书满床。"

这是他们的朋友、书法家张雨为他们题的诗。虽然年龄相差十七岁,但虞集与柯九思惺惺相惜,既是同僚,更是知己。

柯九思是"迎风一笑春翩翩"、"狂逸有高海岳之风"的名士,画的竹"各具姿态,曲尽生意",让人好像能够触到竹节,能听到风声竹韵。柯九思在《自题晴竹》中写道:"岁寒有贞姿,孤竹劲而直。虚心足以容,坚节不挠物。可比君子人,穷年交不易。晔晔桃李花,旦暮改颜色。"此诗一说作者为唐寅。清代"江南画竹第一家"朱官登最佩服柯九思,走到哪里必带柯九思的画竹卷轴,从中汲取艺术营养。柯九思也是收藏大家,他的私人藏品价值连城,国宝级名帖《定武兰亭五字未损本》、《黄庭内景经》、《曹娥碑》等都为他所有,让朝野上下艳羡。

"能受天磨真铁汉,不遭人妒是庸才。"此时的柯九思在蒙古族达官贵人的嫉妒和排挤下,黯然离开大都,束装南归,回到燕子穿梁、春雨杏花的江南,流寓到松江一带。

虞集想起老友,提笔写下《风入松·寄柯敬仲》一词:"画堂红袖倚清酣,华发不胜簪。几回晚直金銮殿,东风软、花里停骖。书诏许传宫烛,轻罗初试朝衫。御沟冰泮水挼蓝。飞燕语呢喃。重重帘幕寒犹在,凭谁寄、银字泥缄。报道先生归也,杏花春雨江南。"

一词既出,石破天惊。《风入松·寄柯敬仲》,"词翰兼美,一时争相传刻",还被人谱成优美的曲子,在江南传唱开来。由此,"杏花春雨江南"成为千古名句。"君试问、人生谁是无情者。先生归也。但留意江南,杏花春雨,和泪在罗帕。"目光敏锐的商人从中嗅出商机，以此为题织成丝帕，在市场上十分畅销。

"展卷令人倍惆怅，杏花春雨隔江南。"

"小桥花溪边，杏花寒，雨如烟。子规啼时，天涯望穿，看花之人年年盼。年年盼，人未还。落英漫天，声声归雁。一线天边泪一点。泪一点，春犹艳，幽径过后是青山。梦也远，人也远，杏花深处是江南。"

江南，是爱做梦的人最向往的地方。让我不断思考的是杏花与春雨在一起，为何竟成江南古典的意象？杏花雨，是怎样的似水柔情，浸润在人的心头？是怎样的缠绵温馨，拨动着人的心弦？

春寒料峭，最难将息。窗外是飒然的风声，重重寒意犹在。眼前浮起半阕词来："忆昔午桥桥上饮，座中多是豪英。长沟流月去无声。杏花疏影里，吹笛到天明。"

"客子光阴诗卷里，杏花消息雨声中"，这首诗曾得到宋高宗的欣赏。当时诗人陈与义客居苕溪畔的青镇，在淅沥的雨声中，杏花突然开放，诗人的心中布满水意，那场春雨来自心头，仿佛就在他的眼前下着。他时常探听好友天经和智老的音信，得知智老精于禅学但病魔缠身，天经精于儒学却安于穷困。他想起荡舟寻访老友的情景，在春风的吹拂下，"纶巾鹤氅"，当年是何等的洒脱！

"杏花。春雨。江南。六个方块字，或许那片土就在那里面。而无论赤县也好神州也好中国也好，变来变去，只要仓颉的灵感不灭，美丽的中文不老，那形象，那磁石一般的向心力当必然长在。"这是余光中先生《听听那冷雨》里的句子。

杏树是古老的花木,公元前问世的《管子》中就有杏树的记载。在我的印象中,杏树应该是很北方的植物。它耐寒、喜光、抗旱和不耐涝,相对于江南,北方栽种的更多。杏花盛开时节,北方地区往往春旱,雨水稀少,杏花春雨的美景难得一见。在粉墙黛瓦的江南,在莺飞草长的江南,一定要在春雨时节才能感受如诗如画的真滋味。

与杏相连的有两个美好的词:杏坛,杏林。杏坛据说是孔子聚众讲学之所。《庄子·渔父》云:"孔子游乎缁帷之林,休坐乎杏坛之上,弟子读书,孔子弦歌鼓琴。"在山东曲阜孔庙大成殿前,后人筑坛、建亭、树碑,并广植杏树。宋乾兴年间,孔子四十五代孙孔道辅增修祖庙,把大殿移于祖庙后,以旧基为坛,植以杏树,取杏坛命名之,以后历代相承。尽管顾炎武认为,"《庄子》书凡述孔子,皆是寓言,渔父不必有其人,杏坛不必有其地。即有之,亦在水上苇间、依陂旁渚之地,不在鲁国之中也",但"绕坛红杏垂垂发,依树白云冉冉飞"的环境,比起晴耕雨读来,还是更让读书人奢望,并欣然接受。

"杏花无奇,多种成林则佳",是有一定科学道理的。医学界被称为"杏林",源于三国东吴名医董奉。他"居山间,为人治病,不取钱物。使人重病愈者,使栽杏五株,轻者一株……每年货杏得谷,旋以赈救贫乏,供给行旅不逮者,岁消二万余斛,尚余甚多"。他医术高明,功德无量,人称他为"董仙",称当地杏林为"董仙杏林"。自此,医家以位列"杏林中人"为荣。明代名医郭东模仿董奉,在山下种千余株杏。元代书画家赵孟𫖯病危,当时的名医严子成妙手回春,赵孟𫖯特意画了一幅《杏林图》送给严子成。

"古木阴中系短篷,杖藜扶我过桥东。沾衣欲湿杏花雨,吹面不寒杨柳风。"春风料峭,虽然有些许寒意,但阳光一日日灿烂起来,树们的芽苞一日日膨胀起来,让人能感觉到春天的君临。春天来到,首先展示的是花朵的笑容。这杏花春雨,把美丽的新装披在树木、溪流、原野的身上,抚慰着冬日疲倦的身躯,也抚慰着孤寂的心灵。"红粉团枝一万重,常年独自费东风。若为报答春无赖,付与笙歌鼎沸中。"范成大的总结深得杏花春雨的意境。

民谚说,"桃花开,杏花败,栗子花开卖苔菜","九九杨落地,十九杏花开"。农历二月来,杏花开。杏花是在梅花之后、桃花之前所开的花。在我国古代,农历二月又称为"杏月"。在民间传说的"十二花神"中,杨玉环是农历二月杏花的花神。对田家而言,杏花开放的农历二月是一年农活开始的时节,"望杏敦耕,瞻蒲劝穑","瞻榆束耒,望杏开田",都是在劝勉农人耕播勿失其时。

"三月昏。参星夕。杏花盛。桑叶白。"杏花开于清明前后。"绿杨烟外晓寒轻,红杏枝头春意闹",一枝杏花占尽春光,为春着色,让大地春回,唤醒春天更多的笑脸。人处其间,恍然置身桃源琼瑶,不知是人在画中游,还是画在景中移。

"红红白白一枝春,晴光耀眼看难真。"杏花含苞时,色纯红,艳态娇姿,繁花丽色,胭脂万点,占尽春风。"梅妻鹤子"的林逋有杏花诗:"蓓蕾枝梢血点十,粉红腮颊露春寒。不禁烟雨轻欹着,只好亭台爱惜看。偎柳旁桃斜欲坠,等莺期蝶猛成团。京师巷陌新晴后,卖得风流更一端。"宋祁善作诗词,曾有"红杏枝头春意闹"之句。由于这一"闹"字用得好,传诵一时,他被世人称为"红杏尚书"。

"红花初绽雪花繁,重叠高低满小园","才怜欲白仍红处,正是微开半吐时"。杏花随着花苞渐开,红晕逐渐褪去,至大开时,为纯白色。这时,难免落英缤纷。"不恨此花飞尽,恨西园落红难缀。"在原来开花之处,已经结出豆粒大小的青杏。那花瓣已经没有踪影,不知飞往何处。

"道白非真白,言红不若红。请君红白外,别眼看天工。"杏花究竟红色为佳,还是白色更美?众说纷纭,因人而异。有的人认为看杏须看红,所谓"杏花看红不看白,十日忙杀游春车"。有的人则从花中获得人生的感悟。在《北陂杏花》诗中,王安石对着白杏花吟咏道:"一陂春水绕花身,身影妖娆各占春。纵被东风吹作雪,绝胜南陌碾成尘!"即便为东风吹落,但那似雪花瓣在一池塘春水上顺流而飘,仍然芳洁不染,是为托物见志、寓意深长。

"春日游,杏花吹满头……"在明媚的阳光下,一树树宛若烟霞的杏花,开得是那样的绚丽、烂漫。人们自然要"看尽春风不回首",携着花香上路。

魏晋南北朝时期,人们以杏花待客为礼节之尊。北周庾信《杏花》诗曰："春色方盈野，枝枝绽翠英。依稀映村坞，烂漫开山城。好折待宾客，金盘衬红琼。"将一枝杏花插入瓶中，置于几上，幽香弥漫，满室增辉。

盛唐时期，人们喜欢以杏花做头饰。"莫怪杏园憔悴去，满城多少插花人"，勾勒出唐朝街头风景。唐武宗会昌四年，"牛李党争"正烈，杜牧身受其害。在从黄州调任池州刺史途中，杜牧沿着牧童的手指指向遥见杏林丛中酒帘飘动。在细雨霏霏的杏花村，他端起盛满感伤的酒杯，饮下的是心中的寒，还有腹中的酸。

宋朝人极其爱花。汴京"是月季春，万花烂漫。牡丹、芍药、棣棠、木香，种种上市。卖花者以马头竹篮铺排，歌叫之声，清奇可听"。卖花翁"以花为粮如蜜蜂，朝卖一株紫，暮卖一株红。屋破见青天，盆中米常空。卖花得钱送酒家，取酒尽时还卖花"，这是何等贫苦而又诗意的生活？"担子挑春虽小，白白红红都好。卖过巷东家，巷西家。帘外一声声叫，帘里丫鬟入报。问道：'买梅花，买杏花？'"蒋捷的《昭君怨·卖花人》把卖花人的情态描绘得活灵活现，那担子上挑起的春天，使女词人李清照的心也动了起来，情不自禁："卖花担上，买得一枝春欲放。泪染轻匀，犹带彤霞晓露痕。怕郎猜到，奴面不如花面好。云鬓斜簪，徒要教郎比并看。"邵雍的一句"更把杏花头上插，逢人知是看花来"，极言宋代插花风盛。临安城中，杏花开放时节，歌妓头戴着杏花冠，坐在所谓的花架上，任游人观赏。此时，她们明眸皓齿，朱唇香腮；花们胭脂般浓艳，开得红云缭绕。人们看人也是看花,人花两相宜,各得其趣。

相对于桃李等花,杏花的开谢让人难以把握,就像可遇而不可求的情感。宋代叶绍翁的《游园不值》:"应怜屐齿印苍苔,小扣柴扉久不开。春色满园关不住,一枝红杏出墙来。"他叩访友人不遇只好返回,回头望去,却看到友人种植的杏花出墙闹春,恰如其分地道出了杏花的秉性。后人读书不求甚解,竟专用最后一句形容风情万种的女子,让人实在无奈。"沉恨细思,不如桃杏,犹解嫁东风。"邻家墙头上伸出的那枝红杏,俏丽亮眼,春意漫溢,春情外溢。"花褪残红青杏小","一枝红艳出墙头,墙外行人正独愁"。难道谁又如苏东坡一样,"多情却被无情恼",听到墙内佳人的笑声了吗?不知道李渔说"树性淫者,莫过于杏",称杏为"风流树"是否与此有关。

"魏紫姚黄各占春,不教桃杏见清明。"杏花颜色薄凉,文文弱弱,似乎不是乡野之物。早开的杏花在风寒的侵袭下,更易飘零。或许一片随风而谢的杏花,就能让人愁思满怀。在《红楼梦》里,黛玉葬花葬的是桃李之花,"柳丝榆荚自芳菲,不管桃飘与李飞"。有理由相信眼见红销香尽的杏花,黛玉的内心更会一片荒芜。"杏脸褪红,桃腮中酒,多情月姊蛾眉绉。拍栏杆欲问东风:明年池馆能来否?"点点轻红浅晕,细数风尘,沉静万千心事,内心平静,放任一江春水向东流。

因为有别样寓意,红杏才更显得清纯。"世味年来薄似纱,谁令骑马客京华?小楼一夜听春雨,深巷明朝卖杏花。

矮纸斜行闲作草,晴窗细乳戏分茶。素衣莫起风尘叹,犹及清明可到家。"南宋淳熙十三年,在家乡已赋闲五年的陆游奉召入京,居住在临安城西湖边的一个客舍中。聆听着窗外的潺潺细雨,品着泛着白色泡沫的茶,回顾前半生的官场生涯,诗人不禁想起家乡闲居的日子。

雨后的黄昏,杏花零落,斜阳残照。一袭素衣的杏花,恰如乡下女子,眉清,目秀,唇红,齿白。它远离都市的霓虹,在乡间风光着,也寂寞着,只有香气萦绕。难怪王国维在《人间词话附录》里说:"温飞卿《菩萨蛮》'雨后却斜阳,杏花零落香',少游之'雨余芳草斜阳,杏花零落燕泥香',虽自此脱胎,而实有出蓝之妙。"

妖娆的桃花有单瓣、复瓣之分,而杏花只有单瓣,清清寡寡,色淡香幽。

有一个人,连这样清寡的花朵也是不敢看的。不是不敢看,是怕"感时花溅泪,恨别鸟惊心"。作为一个国君,"国破山河在,城春草木深"的感觉,他体会得更深。他的名字叫赵佶,被人称为"中国历史上的著名昏君"。说起他,人们总不免有些感叹——天生一个艺术才华出众的人却偏偏生在皇室。

他见到杏花时,不在北宋都城东京,而在他被金兵押往五国城(今黑龙江依兰)北行的途中。北国的杏花要比中原的杏花绽放得晚。作为一个有独特眼光的艺术家,赵佶看到途中那些开放的杏花,如同冰清玉洁的缣绸,经过巧手裁剪出重重花瓣,晕染上淡淡的胭脂。这一朵朵活色生香的杏花,似乎是装束别致、美貌绝伦的仕女,连天上宫阙里的仙女也比不上。当年的东京何尝不是一派"承平气象,形容曲致"的清明上河的盛景呢?

看到杏花,他写下《燕山亭·北行见杏花》:"……愁苦,问院落凄凉,几番春暮?凭寄离恨重重,这双燕何曾,会人言语?天遥地远,万水千山,知他故宫何处?怎不思量,除梦里有时曾去。无据,和梦也、新来不做。"

春日绚丽非常,正如柳永在《木兰花慢》中所云:"正艳杏烧林,缃桃绣野,芳景如屏。"这样的杏花自然"易得凋零,更多少,无情风雨"。赵佶的人生命运不也像一朵杏花吗?"故国不堪回首",自然"和梦也、新来不做"。梦中的一切本来是虚无空幻的,但近来连梦都不做,真是一点希望也没有了,可谓哀痛已极、肝肠断绝。被掳后,赵佶在女真人的统治下活了九年,五十四岁的他在远离开封万里之外的五国城老病而死。《燕山亭·北行见杏花》被认为是他写得最好的一首词。尼采说,一切文学最爱以血泪书者。王国维在《人间词话》中说:"后主之词,真所谓以血书者,宋道君皇帝《燕山亭》词略似之。"想想他们悲惨的人生结局,再谈论文采好不好还有什么意义呢?

柯九思呢?"千金当日赋长门,温老中书预选伦。江上秋霜飞鬓影,怕拈湘管见啼痕。"从繁华的大都回到江南,杏花春雨并未抚平他内心的伤痛,"每忆大都,皆不堪往事"。他在东吴一带七年间,买田地,盖房屋,与青松黄菊为伴,朝耕田野,夕憩紫荆,与邻居把酒话桑麻,似乎已心若止水了。谁知他内心的波澜呢？有道士慕名而来，请他作画吟诗，柯九思以"山不入目不能画，水未入怀不能吟"婉拒。

"苏溪亭上草漫漫，谁倚东风十二阑？燕子不归春事晚，一汀烟雨杏花寒。"花儿易逝，红颜易老。杏花春雨究竟是一个缠绵的梦境，还是一种难以愈合的伤痛？

柯九思在苏州去世时也是五十四岁，与赵佶的年龄一样。

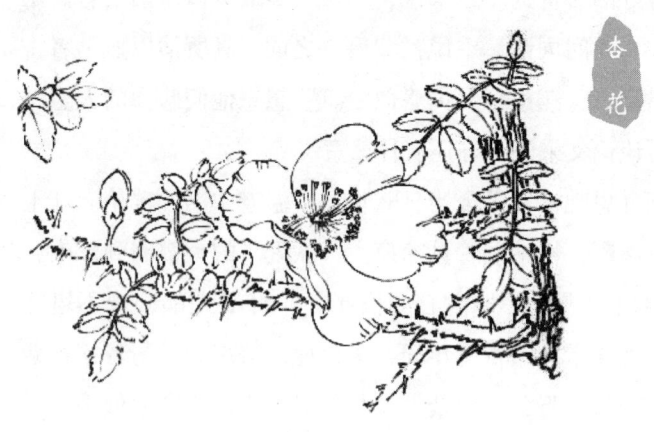

莺唱李枝花弄晴

说到李树，首先想到的是李子。想到李子，印象最深刻的竟然是七岁的小孩王戎。

《世说新语》上说，王戎"幼而颖悟，神彩秀彻"，能直视太阳而不眩晕。裴楷称赞他说："戎眼烂烂，如岩下电。"他和许多小孩一起玩耍时，看见路边李树上果实累累，压得树枝都弯下去了。许多孩子争先恐后地去摘李子，只有王戎没有动。有人问他原因，王戎回答说："树在道旁而多子，此必苦李。"其他小孩摘来一尝，的确如此。这个善于观察的小孩子，后来成为"竹林七贤"之一，甚至做了司徒，既显贵又富有，洛阳城里无人能比。他这个人热衷名利，性极贪吝，喜欢算计。他家里种有好李树，为防止别人得到种子，在卖李子时常"钻其核而后出售"，并因此招致讥讽。

故事很有趣也有教育意义，但我对于李子的印象很淡。

李树原产于我国，我国三千年前就有栽培，主要品种有胭脂李和桃李。胭脂李，指其颜色红艳似胭脂，俗称"女儿红"，果大，皮厚，肉嫩，味道香甜。桃李，我原以为不是一种树，没想到却是桃树和李树嫁接育种繁殖而成的，果大似桃，颜色青黄，肉厚，核小，味甜中带酸。

我们小时候，常见的是苹果、桃、杏、石榴、葡萄、柿子等水果，少见的是李子的影子。端午或者麦收时节，有时也见人挎着篮子卖李子。卖李子时，人们常习惯把它喊作方言里"了"字。不知什么原因，在开封方言里，有些词如鸡、筷、鹄、妞等都发一种"奥"的尾音。这让孩提时的我很是纳闷，"了"究竟是怎样的一种水果呢？待拿到手中一看，它们为圆形，比柿子略小，多数呈紫红色，甚至红里透紫带有金星。此外，有表面青而微黄者，也有青得发亮的。

这样的果子是什么味道呢？我拿起一个青得发亮的李子就啃，没想到酸涩无比几乎要把牙酸倒，恨不得能把舌头吐出来。在家人的指点下，拿起一个紫红色的李子品尝，发现味道的确不一般。细细咬上一口，脆嫩多汁，酸甜爽口，从舌尖浸进心里，慢慢地又变成醇香和甜美。

我上学后知道王戎说得对，没成熟的李子肯定是苦的。李子"苦涩者不能食用，不沉水者有毒，亦不能食"，"不能与雀肉、蜂蜜同食"。为何"不沉水者有毒"呢？想不明白。品质好的李子个大核小，形状较圆，表面光滑，果肉结实，软硬适中。若捏一捏感觉很硬的，是生李子；捏起来很软的，成熟度太高，放不了太长时间。老辈人传下过顺口溜"桃饱人，杏伤人，李子树下埋死人"，告诫后辈不能多吃李子，这多少带有些偏见。李子抗氧化剂含量高得惊人，堪称是抗衰老、防疾病的"超级水果"。但李子性寒，肠胃消化不良者应少吃，食用过量也会引起轻微的腹泻。

看到李花是多年后的事情，那李子园生机勃勃，枝繁叶茂。花儿们欢快地开着，有稀疏点缀的，含苞欲放，旁逸斜出的枝丫上，嫩叶青葱翠绿，疏落有致，显得卓尔不群。有压满枝头开得正盛的，花朵有五瓣，瓣呈雪白色，花蕊白里透红，花萼呈粉红色。其状似梅非梅、似桃非桃，既有桃花的温润惹人，也有梅花的素洁矜持。走近它们还有一股幽香，让人无法抗拒。

桃花与李花似乎总是同时开放。桃红，李白，共为春天添色，可谓不分高下。

李花是雨水三候的花信，桃花是惊蛰一候的花信。论花时，李花开放早桃花五天；论花形，它们均为五瓣；论花色，桃花为极纯之红，李花为至洁之白。看李花那白色的花蕾就像香雪的世界，隐约可闻香气袭来。因此，李渔说的"凡言草木之花，矢口即称桃李，是桃李二物，领袖群芳者也"并不为过。但事实并非如此。艳艳的桃花门庭若市，受尽宠爱，人面桃花相映红，让小扣柴扉的多情公子魂牵梦萦，让风度翩翩的唐解元卖钱换酒，成就桃花庵里的绝世风流……相比之下，李花显得门可罗雀。

写杏花、桃花、梨花的诗句不少，写李花的诗确实不多。韩愈虽然有"江陵城西二月尾，花不见桃唯见李"之句，但也仅仅是用来记录时间的。"李花初发君始病，我往看君花转盛"，这样平淡的句子简直要抹杀他一代大师的盛名。更有甚者说"不食枯桑葚，不衔苦李花"。李花真个是苦命吗？李树比桃树要高大得多，花开时更为皎洁繁茂，怎么会落得这般田地？

"一枝眼底物华新，翠袖清霜更可人。靓色不须夸缟夜，韶容聊复返青春。日烘有意姿仍洁，露洗无言态更真。不趁繁华更孤迥，为君唤起雪精神。"李花开放时，热情狂放，恣肆张扬。这种气势，这种氛围，浩大壮观。"清寒莹骨肝胆醒，一生思虑无由邪"，"风揉雨练雪羞比，波涛翻空杳无涘"，这是韩愈对李花的赞美。"谁将平地万堆雪，剪刻作此连天花"，极有气势，富于想象力，冰清玉洁的风姿令人神往。

"默默无语自成蹊，清雅淡妆月下立。花色如雪果似玉，梦见诗人树下痴。"有月的夜晚，月华朦胧，疏影暗香。李花一色纯白，也宜月下夜观。沉浸在这样的意境中，心高远幽深。在隋炀帝的眼中，李花是"奇花满树，异蕊盈枝，就如琼瑶造就珠玉装成，清阴素影，掩映得满院祥光万道，瑞霭千层"。这虽然淋漓尽致，但是却略有些俗气。无月之夜，李花能以素白的容颜在万物中脱颖而出，有"自明无月夜"之说。

杨万里一生作诗独出机杼。没想到对于李花，他竟然会这样说："李花宜远更宜繁，惟远惟繁更足看。莫学红梅作疏影，家风各自一般般。"细想想，春花大多娇俏玲珑，樱花、杏花、桃花、菜花、蔷薇花，哪一种不是"宜远更宜繁"的？莫非李花真的是"乏善可陈"，只能看它"月朦胧，花朦胧"？

清代《灌园史》上的记载更妙:"桃花如丽姝,歌舞场中定不可少;李花如女道士,烟霞泉石间独可无一乎?"旧时的女道士,部分前身为青楼清客。一些贵族女子,不愿受世俗礼法约束,也出家为女道士。她们多数精通琴棋书画,吟诗作对亦是个中能手。盛产诗歌与传奇的唐朝,女道士最为多。做过道士的唐朝公主有十八位,她们入道的道观,先后有数十个,往往成为当时上流社会交际圈的中心,充斥着绮艳情事和政治阴谋。

"北堂夜夜人如月,南陌朝朝骑似云。南陌北堂连北里,五剧三条控三市。弱柳青槐拂地垂,佳气红尘暗天起",繁华的长安城是游侠、诗人和歌妓们的天堂,也是女道士的王国。"罗襦宝带为君解,燕歌赵舞为君开","宿夕不梳头,丝发披两肩。婉转郎膝上,何处不可怜"……女道士这一片瑰丽而少为人知的风景,够不够销魂?拿女道士来比李花,没有那么多诡异与香艳,倒是指李花虽不乏风流,却不以色媚人,甘淡守素殊为可贵。这一点,《格物丛话》也可以证明:"桃李二花同时并开,而李之淡泊、纤柔、香雅、洁蜜,兼可夜盼,有非桃之所得而埒者。"想来,这评语算是不偏不倚,十分中肯。

"小小琼英舒嫩白,未饶深紫与轻红。无言路侧谁知味,唯有寻芳蝶与蜂。"李花甘淡守素,一生清白。李花点缀在枝头,远远看上去花落枝头,枝枝和谐,朵朵和谐,构成熙熙攘攘的花海;色香和谐,香蝶和谐,构成热热闹闹的灵动画面,这是何等瑰丽的画面!

想起一个人：李白，传说他六岁前并不叫这个名字。一日，李父以《春》为题作七绝，吟道："春风送暖百花开，迎春绽金它先来。"李母接了一句"火烧杏林红霞落"，李白应声对道："李花怒放一树白。"李父大喜，遂命其名为李白。自此，这个名唤李白的人与诗与美与高洁有了不解之缘。这可能是李花最具有光辉色彩的故事，惜乎杜撰的可能性很大。

历来，作为美好事物的代表，桃李是确切无疑的。比如，比喻品貌之美，有"华如桃李"；比喻培育学生成材，有"门墙桃李"、"桃李满天下"。

"华如桃李"出自《诗经》，说新婚的平王之孙、齐侯之子，容颜像成熟的桃李那样娇艳。这让人十分纳闷，有用娇艳形容男子的吗？在《世说新语》中，潘安为"美姿仪"，夏侯玄"朗朗如日月之入怀"，嵇康"身长七尺八寸，风姿特秀。见者叹曰：'萧萧肃肃，爽朗清举。'或云：'肃肃如松下风，高而徐引。'山公曰：'嵇叔夜之为人也。岩岩若孤松之独立；其醉也，傀俄若玉山之将崩'"，就连小时候被山涛称赞为"宁馨儿"的王衍，也不过是"容貌整丽，妙于谈玄，恒捉白玉柄麈尾，与手都无分别"。《诗经》上的诗句，似乎在赞叹之余还有讽刺之意。后人多用"艳如桃李"或"艳若桃李"来形容貌美的女子。在《聊斋志异·侠女》中，那个女子"为人不言亦不笑，艳如桃李，而冷如霜雪"，被顾生的母亲认为是"奇人也"。而在《围城》中，"苏小姐理想的自己是'艳如桃李，冷若冰霜'，让方鸿渐卑逊地仰慕而后屈伏地求爱"，谁知道"方鸿渐把'爱'字看得太尊贵和严重，不肯随便应用在女人身上"。这样的"艳如桃李，冷若冰霜"只让人感觉到一种冷艳，虽妙绝不可方物，却不得不让人敬而远之。

"门墙桃李"是春秋时期的故事。鲁国大夫叔孙武叔在朝堂上对大夫们夸赞子贡比孔子更有贤能。子服景伯把这话告诉了子贡。子贡说："譬之宫墙，赐之墙也及肩，窥见室家之好。夫子之墙数仞，不得其门而入，不见宗庙之美、百官之富。得其门者或寡矣。夫子之云，不亦宜乎。"是说自己只能走进孔子的门墙，成为他的弟子。阳虎在卫国犯罪后，逃到晋国对赵简子说朝廷一半官吏是他的学生，没想到他们不但不帮他反而害他。赵简子回答得很巧妙："夫春树桃李，夏得阴其下，秋得食其实；春树蒺藜，夏不可采其叶，秋得其刺焉。由此观之，在所树也。今子之所树，非其人也。故君子先择而种也。"种瓜得瓜，种豆得豆，种下蒺藜的，只有自己品尝痛苦的滋味。孔子周游至匡国时，被匡人误为阳虎，"拘焉五日"。因此，孔子大骂阳虎"陪臣执国命"，晚年作《春秋》仍骂阳虎为"盗"。得知阳虎奔晋投赵简子的消息后，孔子曾放言"赵氏其世有乱乎"。让孔夫子没有想到的是事实恰恰相反，在阳虎"善事简主，兴主之强"的辅佐下，晋国"几至于霸"。

对于李花，真正理解的应是东坡先生。他的"不及梨英软，应惭梅萼红。西园有千叶，淡伫更纤秾"，仅二十字却写出了李花的精髓：纯白的李花虽然没有其他花卉的绚丽，却可以更浓烈地传递春天的信息。

中唐诗人吕温与王叔文关系很好。王叔文的"永贞革新"失败后，柳宗元、刘禹锡被贬，吕温虽因奉命出使吐蕃没被波及，但后来也被贬谪道州。途中，他看到李花开放，不禁诗兴大发："夜疑关山月，晓似沙场雪。曾使西域来，幽情望超越。将念浩无际，欲言忘所说。岂是花感人，自怜抱孤节。"诗人与花融为一体，既是赏花又是对花诉说衷肠，以李花的洁白纯净来印证自己的高标孤节，可谓深得观花三昧。

"桃李榆荚自芳菲，不管桃飘与李飞。桃李明年能再发，明年闺中知有谁。"黛玉认为，花落以后埋在土里最干净。这一种美丽的忧伤，在大好的春光里，怕不会赢得更多的共鸣吧？

"潘阳闲居日，王戎戏陌长。蝶游芳径馥，莺啭弱枝新。"古代立夏之日，能品尝到一年中最早收获的李子、樱桃、梅子、蚕豆、苋菜。"立夏日俗尚啖李。时人语曰：'立夏得食李，能令颜色美'，故是日妇女作'李会'。取李汁和酒饮之，谓之'驻色酒'。一曰是日啖李，令不疰夏。"入夏后，因天热身体会出现虚弱、乏力、倦怠、眩晕、心烦等症状。妇女饮"驻色酒"，可防疰夏，并保持青春活力。

据记载，李花"令人面泽"、"去粉滓黑黯"，"与梨花、樱桃花、蜀黍花、红白莲花等研细为末，用于洗脸，百日可光洁如玉"。古人将李子作为馈赠的佳品。桃花桃实鲜美,适宜赠人;遇上至爱之人,才可以用李子回报。"投我以桃,报之以李","投我以木李,报之以琼玖"。

在中国传统文化中,"李"具有丰富的文化内涵。在前人看来,"李"字是由"十"、"八"加上"子"构成的,简称"十八子"。人们称李子为嘉庆子、嘉应子,视其为女子一举得男的佳兆。李树是结子(果)树,常用它作为子孙满堂、生机勃勃、兴旺发达的象征。在传说中,李姓始祖为李耳。"老子母扶李树而生老子",老子一出生就能说话,指着李树说:"就用它作我的姓吧。"其子孙后代袭用李姓。难怪连李白的出生也有了神秘色彩:"神龙之始,逃归于蜀,复指李树,而生伯阳。惊姜之夕,长庚入梦,故生而名白,以太白字之。世称太白之精,得之矣。"这个有"千载独步,唯公一人"的歌者,不管是不是谪仙人,都值得大书而特书的。

李子是古人友谊的见证,也是重品行的象征。"君子防未然,不处嫌疑间。瓜田不纳履,李下不整冠。"在瓜田中不穿鞋,在李树下不整冠,以防被人怀疑偷瓜偷李。白居易在《杂感》诗中说:"嫌疑远瓜李,言动慎毫芒。"这看似小题大做,却是一种可贵的谨慎精神,值得提倡。瓜和李,两种毫不相干的植物结合在一起,成了道德的准绳和为官的标尺,彰显出中国语言文字的精妙。"今日仰过,有异常行。瓜田李下,古人所慎。多言可畏,譬之防川。愿得此心,不贻厚责",并不是每个人轻易就能做得到的。

西汉名将李广,从汉文帝时入伍起,经过汉景帝至汉武帝时代，几乎参加了每一次抵抗匈奴的战斗，屡立奇功。可是他不但没有得以重用，而且多次遭受打击。在六十多岁最后一次和匈奴作战中，李广因迷失道路未能参战，愤愧自杀。消息传出后，全军将士痛哭失声，天下人为之痛惜。司马迁用"桃李无言，下自成蹊"的谚语来称赞他。桃李虽然不会说话，从不自我宣传，但是到桃李树下来的人却经常不断，在树下的野地自然踏出一条路来。因为桃李能开出美丽的花，结出香甜的果，所以做事力求实际、不尚虚声，就叫"桃李不言"。

在蒙蒙的春雨中，李花很快凋谢。在嫩绿的叶子间，李子长成绿豆般大小，满树就如缀满绿色的星星。渐渐地枝繁叶茂，旁枝斜逸，交相辉映。无边的翠绿淹没村庄和季节的心事。在李子园里席地而坐，微风徐徐吹来，阵阵清香让人陶醉。李子枝头，一串串黛青色的果实吸引着叫不出名字的小鸟长久鸣叫着，欢快地从一棵树跳到另一棵树，不时用它尖尖的喙试图打开李子里面的秘密。

"羊肠曲径绕山崖，几处炊烟白李花。村野不添脂粉色，溪边独倚竹篱笆。"白白的李花，满树繁花，一簇簇，一团团，一片片，一如覆盖了层层白雪。枝丫间暗香浮动，令人眼乱情迷。这诗般的意境，只有身临其境才能真正体会个中真味。

莺唱李枝花弄晴

李花

惊蛰

桃花灼灼笑春风

忽然想到河畔走走,并不需要更多的理由。

春日常有阳光暖暖地挠着人的心,总有放不下的什么似的。这时的光景,中原大地仿佛刚刚睡醒,舒展一下筋骨,杨柳陌上,嫩芽初绽。这么一个再好不过的上午,我们的车在黄河大堤上穿行,沿途不时见到柳树们已经垂下黄黄的丝绦。忽然,有一条小径引我们南行。一两公里之外,孰料竟有大片的桃园,望之豁然开朗,顿时有换了人间之感!这着实是一处世外桃源,孑然独处。这个春日,不少人的目光被黄河水牵引着,谁想得到这一处的花儿呢?

这时赏花,不是最妙的光景。这里的桃花刚入始发期,带着几分羞涩,只是悄悄地开,初绽的花朵呈现的只是粉白色,像清纯少女失血的脸。"红云飘浮,赤霞腾飞"的景象多是文人诗客的遐思,但由于天气晴和,穿行桃园小径,感受蜂蝶绕衣,耳闻栖鸟鸣啼,仍不失为一件快事。

李渔在《闲情偶寄》中说:"桃之未经接者,其色极娇,酷似美人之面。所谓桃腮、桃靥者,皆指天然未接之桃,非今时所谓碧桃、绛桃、金桃、银桃之类也。即今诗人所咏，画图所绘者，亦是此种。此种不得于名园，不得于胜地，惟乡村篱落之间，牧童樵叟所居之地，能富有之。"因此，"欲看桃花者，必策蹇郊行，听其所至，如武陵人之偶入桃源，始能复有其乐"，始能得其真趣。想来，赏桃花是一件高雅而私人化的事，不宜"载酒园亭，携姬院落，为当春行乐计者"，最宜像杜甫那样"独步寻花"，感受"桃花一簇开无主，可爱深红爱浅红"的意境，所需的只是一种从容，实在不喜欢呼朋邀友热热闹闹去赏花的方式。

桃树为蔷薇科李属落叶小乔木，叶椭圆状，披针形；花单生，几乎没有花柄；花与叶几乎同发，开花略占先。供观赏的桃花一般为复瓣或重瓣，有白、粉红、深红、红白相间等花色。观赏类桃花主要品种有碧桃、日月桃、鸳鸯桃、紫叶桃、瑞仙桃、寿星桃、人面桃等。其中以碧桃最为优美，光艳照人，有"碧桃天上栽和露，不是凡花数"的赞誉。碧桃中最艳美的是一花双色或红白相杂的花碧桃。元代元帅张弘范，曾面对一株花碧桃自问自答："应是玄都观里仙，为嫌白淡厌红焉。故栽一种新颜色，疑是飞仙坠翠钿。"这个自诩"生平许身报国，等人闲、生死一毫轻"的汉人，是助元灭南宋的主角。他的追求是"但教千古英名在，不得封侯也快人"。只是不知道他"据鞍纵横，横槊酾酒，叱咤风生，豪快天纵"时，可想过自己的祖宗？食用桃的桃花，一般都是桃红色，单瓣。

印象中，乡间的春天是从桃花开始的。

记得小时候，几乎每个村庄都栽有桃、杏、梨和苹果树,春日里,整个村庄萦绕在一团流溢的花香里。当时,人们种植桃树,并非为观赏花朵,而只是一种习惯,或者说是实用。先必是一场透雨到来,然后听到几声春雷,勤劳的乡人们,早起推开院门会惊讶地发现,庭园中的几株桃花已然绽开,立在清冷的晨风中,娇艳如滴。乡人们会马上收拾农具,准备下田劳作。对于他们来说,一年的春天就是从桃花开始的,桃花的地盘也就是春天的地盘。

"人间四月芳菲尽,山野桃花始盛开。"如果说北方平原的春天,仅有杏花细雨、柳丝飞燕是绝对不够的,要体现中原春天的浪漫风流,作为春天百花园的主角之一,桃花就该粉墨登场了。它的出现是旁枝斜逸式的,只需要一个"犹抱琵琶半遮面"的侧影或一个简单的扮相,便能引来叫好声一片。

如果在一个寂静的农家小院前,生出几枝粉粉的桃花来;如果在一片喧闹的油菜花丛中,俏立着一树桃花;如果在一个乍暖还寒的土坡上,飘浮着一片片桃花;如果步入静谧的村庄,在转弯的一刹那,有几枝火红的桃花从围墙后面跃入你的眼帘……你定会和徜徉在长安南庄的崔护一样吟唱:"去年今日此门中,人面桃花相映红。人面不知何处去,桃花依旧笑春风。"

桃花如同淳朴的乡间少女,楚楚地立在春日的细雨中,倚着柴扉含羞带笑,载着一身如画的诗意,叩开人们的心扉,袭着一身温婉的情怀。

此时天气微冷,经历一冬铅色的人们,忽然见桃花绽放,内心自然不会意兴阑珊。氤氲的春光中,在春风的爱抚下,朵朵桃花娉娉袅袅地绽放,和着春风,轻轻荡漾,一股股馨香直渗透人的心扉。"桃红柳绿春光浓,娇花人面别样红。丹彩含羞紫燕鸣,仙源流霞暖融融。"彤红似锦、艳丽的桃花,仿佛富有人的感情,犹如少女,表现出一种矜持娇嗔的神态。

就如小桃红。小桃红本是梅花的一种,其叶似榆,花如梅,又名榆梅、榆叶梅。因其变种枝短花密,满枝缀花,故又名"鸾枝"。在我看来,小桃红的名字让给桃花更恰如其分。小小的一株桃花在水边悄悄地红着,这是多可爱多美好的姿态。花儿俏丽,妩媚,娇小玲珑,让人想起古典江南的旧闻轶事,包括闺阁闲情。

"杏花开后不曾晴,败尽游人兴。红雪飞来满芳径。问春莺,春莺无语风方定。小蛮有情,夜凉人静,唱彻醉翁亭。"无论是添香的红袖,还是薄命的红颜,美得同样让人心疼。桃红是喜庆的颜色。"不恨残花妥。不恨残春破。只恨流光,一年一度,又催新火。纵青天白日系长绳,也留春得么?"弯眉如月、明眸若水的旧式姑娘,生命花季,被一片桃红色映衬,尤比美好,自有一份活泼的青春,又何惧将来?

在"十二花神"的传说里,桃花神是皮日休。皮日休字逸少,后改袭美,自号鹿门子,又号间气布衣、醉吟先生。他早年隐居鹿门山,后来参加黄巢农民起义军。他以古代十三个绝代佳人来比喻不同地点、不同环境下的桃花,把桃花誉为"艳中之艳,花中之花","将修花品,以此花为第一",很是高看桃花。由此,桃花常被作为吉祥美好、美满爱情的象征。

那年春天,桃花盛开时节,息国公子出使陈国。桃花树下,陈庄公之女妫在吹管箫,但见其容颜绝色、目如秋水、脸似桃花。美妙的乐声传到息国公子耳中,让他如痴如醉。当听说能够娶到吹箫美女后,他欣喜若狂,想马上把她娶回家。但冷静下来,他觉得不能唐突佳人。按照当时《仪礼》的规定,经过繁琐的"六礼"才能定下亲事。

息国公子成为国君后,迎娶妫。迎亲队伍浩浩荡荡,走过一片桃树林,听到鸟儿仿佛在唱:"桃之夭夭,灼灼其华。之子于归,宜其室家。桃之夭夭,有蕡其实。之子于归,宜其家室。桃之夭夭,其叶蓁蓁。之子于归,宜其家人。"家,终究是一切诗意的方向。

"桃之夭夭,灼灼其华",用明艳盛开的桃花烘托女子,比喻女子嫣然妩媚的笑脸,真是寓意丰富。怪不得在《红楼梦》中,写到刚烈的尤三姐横剑自刎时,曹公要发出慨叹:揉碎桃花红满地,玉山倾倒再难扶。柳湘莲闻讯后后悔不迭,只为错过这等绝色女子。

传说的桃花神还有两个:一为戈小娥,一为息夫人,也就是上面说的妫。

"嫩白轻红巧弄姿,舞衫摇曳步迟迟。桃花曾作夫人号,输与婷婷浥露枝",说的就是戈小娥。她是元顺帝的淑姬,酡颜如醉,肤白似玉。特别是玉体浸泡在香水中,就如桃花含露，更加妍美。元顺帝说她为"夭桃女"，因此她被呼为"赛桃夫人"。

"楚宫慵扫黛眉新，只自无言对暮春。千古艰难唯一死，伤心岂独息夫人！"因蔡哀侯称赞息夫人的美貌，楚王起兵抢走息夫人、灭亡息国。"莫以今时宠，能忘旧日恩。看花满眼泪，不共楚王言。"息夫人被掳进楚宫后，永记国亡夫死的仇恨，始终不说一句话以示无声的反抗。"这是妇女生活的一场悲剧，不但是一时一地一人的事情，差不多就可以说是妇女全体命运的象征。"她即便是有"桃花夫人"的称号，也是悲剧，"将人生有价值的东西毁灭给人看"。

"人面桃花相映红"，一个男子的痴情，对心仪女子怅惘的永久记忆，成就一段不朽的佳话；桃花源里，"芳草鲜美，落英缤纷"，那种空灵舒展令人神往，成为躲避祸端、安详人间的象征；桃花岛上，黄药师临海而居，植桃成林，以桃花布阵，以桃花相陪，成为他侠骨柔情、笑傲江湖的终极寄托。"桃花影落飞神剑，碧海潮生按玉箫"，好一种诗意栖息，隐含了黄药师其中两门绝学——"落英神剑掌"和"碧海潮生曲"。

最动人的当然是一片连一片的桃林。看，湛蓝湛蓝的天幕下，目所能及的林子里一片片粉红或者灼红，是何等动人心魄的景象啊。环顾四围，四围是如烟、如霞、如梦、如幻的桃花，而且周遭的阳光灿烂着，解人心意的春风和煦着。仰起头，洋洋洒洒飘下来的全是桃花轻柔的花瓣。桃花，团团簇簇地拥在一起，热情着，奔放着。它的一颦一笑无不牵动着你的情思，撩起你的遐想，让你放开思绪之缰，天马行空。

最好是细雨蒙蒙时。田野中青草似绿未绿，万物复苏蠢蠢欲动，见厌了一个冬日的瑟缩，此景也是绝妙的水墨丹青。但仿佛缺失些什么，还需要一些亮色。前行几步，突然间，一道红云仿佛从天而降或平地而起，旷野中，几树桃花正迎着细雨绽开。整齐的桃树上齐齐地染上粉粉的色彩，像天边飞来的云彩，像织女抛下的霞衣，像朝霞披着的轻纱，像晚霞吐出的薄雾，在阳光的照耀下，在轻风的吹拂下，闪动着点点亮光，摇曳着婀娜身姿，仪态万方，如梦如幻。于是，细雨、近林都突然灵动起来。在这个季节，只要放开你的目光，桃花从不吝啬能赐给你它的一切。

此时此景中，你会发现春天是天地间最好的丹青大师，桃花是最好的色调。"隐隐飞桥隔野烟，石矶西畔问渔船。桃花尽日随流水，洞在清溪何处边？"张旭不言神往而神往自见，不直写桃花而让桃花传情，真是高手。"问余何意栖碧山，笑而不答心自闲。桃花流水窅然去，别有天地非人间。"一溪桃花，一脉流水，一山青翠，一心清闲，此处别有天地，"诗仙"自得其乐。"可与知者道，难与俗人言。"目无杂色，耳无杂音，心无杂念，这份舒适惬意哪里是滚滚红尘、碌碌人间所能相比的呢？诗人高蹈尘外、醉心山林，其隐逸情怀又何足为外人道也？

"投我以木桃，报之以琼瑶"，桃成为赠答、寄托爱情和友情的象征符号。"犬吠水声中，桃花带露浓。树深时见鹿，溪午不闻钟。野竹分青霭，飞泉挂碧峰。无人知所去，愁倚两三松。"怪不得仅凭一封书信，李白就千里迢迢地赶赴泾州。尽管泾州没有十里桃花、万家酒店，他依然兴致高昂，饮美酒，吃佳肴，听歌咏，与新结识的朋友高谈阔论，往往通宵达旦欢娱，为的是"桃花潭水深千尺，不及汪伦送我情"。

"桃李春风一杯酒，江湖夜雨十年灯"，是可以寄寓思念朋友的悠悠情思的。桃花比之于人，可作为友，李汝珍把桃花列入花中"十二友"，可算是慧眼识珠。这类花"或风流自赏，或清芬宜人"，"当其开时，凭栏拈韵，相顾把杯，不独蔼然可亲，真可把袂共话，亚似投契良朋"。

这般的花，不知怎的偏没有好名声，一些煽情的诗句把妩媚哀怨的基调铺陈得满满当当。从前读江淹的《别赋》，读到"黯然销魂者，唯别而已矣……镜朱尘之照烂，袭青气之烟煴，攀桃李兮不忍别，送爱子兮沾罗裙"，就认定桃李之类是牵愁惹恨的种子。杜甫有诗云："癫狂柳絮随风舞，轻薄桃花逐水流。"明人丰坊骂桃花轻薄："东风吹树无日休，自是桃花太轻薄。"多愁善感的林妹妹坐于帘中，看那桃花将谢，竟然写道："若将人泪比桃花，泪从长流花自媚。泪眼观花泪易干，泪干春尽花憔悴。"怎一个"凄"字了得？"我也不登天子船，我也不上长安眠。姑苏城外一茅屋，万树桃花月满天"，风流才子唐伯虎，守着桃花，手持壶酒，醉眼吟唱"桃花坞里桃花庵，桃花庵里桃花仙。桃花仙人种桃树，又摘桃花换酒钱"，随意的调侃里，让桃花和水性杨花一起担了浪浮的虚名。

"桃李不言，下自成蹊"，司马迁称赞汉代的"飞将军"李广，是言其默默无言、不事张扬。不知从何时起，桃成了暧昧或者色情的代名词，比如"桃色事件"，比如"桃色陷阱"……命犯"桃花劫"、"桃花煞"则多半会倒霉，就连《现代汉语词典》对"绯闻"一词的解释也是"桃色新闻"。是不是因为桃花艳丽的颜色，让富有联想力的人想到了什么？

秦淮名妓李香君，被强迫为漕抚田仰之妾。她宁死不从，刚烈得以头撞墙，额破，鲜血飞溅在侯方域所赠的宫扇上。画家杨龙友点染《折枝桃花图》时，潜意识里念念不忘的还是她出身于"秦淮八艳"。这为爱化血、血化桃花的爱情故事惨烈，让人喟叹之余又无可奈何。

"树头树底觅残红，一片西飞一片东。自是桃花贪结子，错教人恨五更风。"暮春的早晨，宫女在桃树下徘徊，春风阵阵，看到桃花飘零、满地残红，不禁悲从中来。桃花凋谢后，桃树可以结出丰硕的果实来，可是宫女呢？滞留深宫，青春不在，幸福无缘，只有老大徒伤悲的苦叹。

桃木细密坚硬，可供雕刻用。古人认为桃有驱鬼辟邪的作用，因而有桃符、桃人、桃木剑等。"东海度朔山有大桃树，蟠屈三千里，其卑枝门东北曰鬼门，万鬼出入也。有二神，一曰神荼，一曰郁垒，主阅领众鬼之害人者。于是，黄帝法而象之。驱除毕，因立桃板于门户上，画郁垒以御凶鬼，此则桃板之制也。"传说中，后羿是被桃木棒杀而死的，后羿死后被封为宗布神。这种神经常在一颗桃树下，牵着一只猛虎，每个鬼都要前去检验，宗布神发现恶鬼后，就会让猛虎吃掉恶鬼。

"前不栽桑，后不栽柳，院中不栽'刽子手'。"民间认为，如果在院前栽桑院后栽柳，就会丧失人口留不住后代。这里的"刽子手"指的是桃树。人们认为，桃花、桃枝、桃实都是血红色的，妖魔鬼怪喜欢在桃树上住，所以不能种在院里。即使栽种桃树，也只能种在后院，禁忌栽到前院。"门前一株桃，到老受煎熬"，人们认为桃树上有邪气，如果种到前院，树根扎到屋里，人就有性命之忧。因"桃"与"逃"谐音，有说门前种桃树主逃荒要饭的。"门前一株桃，讨气讨不了"的说法也与谐音有关。

其实，这关桃花什么事情呢？桃花依旧是桃花。无论"况是青春日将暮，桃花乱落如红雨"的忧郁，还是"东风未解狂，争教此物芳菲歇"的惆怅，无论"西塞山前白鹭飞，桃花流水鳜鱼肥"的悠闲，还是"花飞莫遣随流水，怕有渔郎来问津"的留恋，桃花不改其初衷，依旧用灿烂的笑脸"笑春风"。

桃红柳绿，春光明媚。桃花的凋零，往往和春天的逝去联系在一起。"风来吹叶动，风动畏花伤。红英已照灼，况复含日光。歌童暗理曲，游女夜缝裳。讵诚当春泪，能断思人肠"，"二月春归风雨天，碧桃花下感流年。残红尚有三千树，不及初开一朵鲜"，怜花惜春，伤春断肠，是落花之痛，更是惆怅之情。"庭花自落无寻处"，如霜的悲叹更是让人心凉。

"山桃红花满上头,蜀江春水拍山流。花红易衰似郎意,水流无限似侬愁。"春天总是短促而易逝,像一出恼人的轻梦,常常是几番风雨、一地残红。

桃花芳菲尽时,正值春深如海。与其感怀春光易逝,倒不如欢呼夏天即将如涨潮般到来,其魅力无可抵挡,就像这灼灼笑春风的桃花。

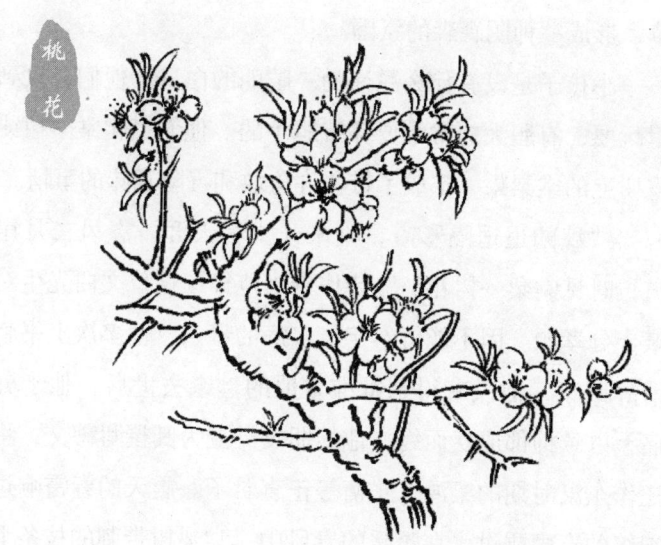

芳菲一枝棠棣花

一度,曾把棠梨当做棠棣。

印象中,在那片坟地旁,就有几棵郁郁葱葱、枝繁叶茂的棠梨树。农村的坟地,往往只是几棵树便构成一个独立在田地之外的生态系统,即使在农田中间也不会被打扰。棠梨树生长得很慢,树身没有斑驳的沧桑,树皮灰褐色,像极了桑树的颜色和纹理。因为树木遮蔽起的阴凉,加上葳蕤的杂草,形成一种阴森森的氛围。

小孩子是没有什么忌讳的。晴朗的白日,他们喜欢到这里玩耍,有胆大的常常要吓唬胆小的。他们攀爬棠梨树或者吃树上的棠梨果,都成了带些许勇敢和冒险意味的事情。

"魏阙迢迢隔彩霞,别来几岁客天涯。春风二月崖州道,时见棠梨一树花。"诗作者为范梈,这位文白先生对母亲十分孝顺。因不能侍奉年老多病的母亲,他多次上书朝廷请辞回家,但没有得到批准。他的母亲去世后,他十分悲痛,以致抑郁成疾而终。他的朋友吴澄为其撰写碑文,将他比作东汉时期的梁鸿、张衡等正直君子。震天的春雷响过,绵绵的春雨飘过,在暖暖的春风中,棠梨树带刺的枝条上,便悄然吐出一树树花骨朵。不久，花枝招展，随风摇曳，清香袭人。范梓看到这些，有抑制不住的兴奋，归家的心情极其舒畅。"先贤遗爱曰甘棠，春风吹雪清韵香。春雨点染田园色，桃红柳绿菜花黄。"那花儿和梨花差不多，白色的花瓣，细细的银丝勾勒出的花蕊，略带淡淡胭脂色。

这样的花儿是可以食用的。"春食花，夏食菌，秋食果，冬食菜。"食花的习俗古已有之。先秦时代，菊花即为草食上品，古人认为"服之身轻耐老"。宋代有梅花汤饼、蜜饯梅花、雪霞羹，明代有暗香汤。鲜花，餐风饮露，汲取日月精华，是大自然馈赠人类的珍馐佳肴。食花，不只是情趣高雅，文人雅士也看作是一种生活享受。须知所谓秀色可餐，不光是因眼中的佳丽，还有口中的福分。

食棠梨花是"彩云之南"人民的喜爱，很难说没有古中原花馔文化的流俗。四季如春，鲜花不绝，他们得尽天时、地利与人和。云南野生观赏植物两千五百多种，许多花卉可以食用。他们食花的历史已越千年，有首歌这样唱："采得百花配白菜，招待未来的太太。"

据说，棠梨花可炒食、凉拌和做汤，而且花不改其色，未入口先让人饱了眼福。云南人发明的鸡翅棠梨花，鸡翅红亮，花香浓郁，爽口下饭，是滇菜花食名肴。一般的人家把棠梨花丢进水里浸泡几天，捞出来后苦涩味道除去，佐之以干辣椒丁爆炒，清凉鲜美，开胃下饭。棠梨花苦味较淡，有的人吃棠梨花仅用水洗一下就直接炒着吃，为的是保留那点原汁原味的苦涩与清凉。

棠梨花的花期不长。花落后不久，你会在不经意间发现树上已长出一串串翠绿色的小豆豆。在随后的日子里，在灿烂的阳光下，那绿色的小豆豆一天天长大，最终比樱桃也大不了多少。因品种有异，棠梨果大的如龙眼，小的宛如豌豆。也有腌棠梨果的，据说味道相当不错。煮熟的棠梨果要尽快食用，否则两三天就坏掉了，只能倒掉。

未成熟的棠梨果青绿酸涩无比。随着日子的流转，它逐渐转变为红色、深红色、紫红色、紫色、紫黑色，酸涩味逐渐淡去，甘甜味逐渐加浓，最后变得酸甜可口。深秋以后，叶子落光，满树挂满扣子般大小的棠梨果。成熟后的棠梨果挂在高高的树上，仿佛一串串紫褐色的珍珠在阳光下熠熠闪烁，在秋风中争相摇曳，令人垂涎欲滴。它挑起了孩子们的食欲，也引起了鸟儿的兴趣。

棠梨果成熟时已是秋日，顽皮而性急的孩子一天爬到树上好几次，为的是那些许的酸甜。孩子们当然有些心急。成熟后的棠梨会自己落下来，掉到地上已是烂酱一团。何况那些一直窥视的鸟儿，早就期盼这久违的美味。没等孩子动手，它们的长喙已经深入棠梨果内部得到了真滋味，动作远比孩子们迅疾得多。

棠梨花开后不几天，清明的雨就开始飘落，是该上坟的时节。"棠梨花映白杨树，尽是死生别离处"，到先人坟前烧烧纸，敬敬酒，看行将落尽的棠梨花，看那种有些落寞的残局，一段伤感的记忆自然涌上心头。我一直不知道坟地栽种棠梨的缘由。知道的是古时民间的灵位，几乎都是用棠梨木做的。棠梨花落,清明过去。古人踏青,会在墓祭诗文中提及它,借以寄托悼怀之情。"汉寝唐陵无麦饭,山溪野径有梨花",这里的梨花也该是棠梨花吧。

棠梨并非卑微之树,在《诗经》里叫做甘棠。"蔽芾甘棠,勿剪勿伐,召伯所茇。蔽芾甘棠,勿剪勿败,召伯所憩。蔽芾甘棠,勿剪勿拜,召伯所说。"召伯奉命南巡,所到之处不占用民房,只在棠梨树下停车驻马、昕讼决狱、搭棚过夜。这种体恤百姓疾苦、为民众排忧解难的人,永远活在人民心中。人们念其美政,劝人不要砍伐棠梨以为纪念。因而有了一个词:甘棠之爱,指的是对官吏的爱戴。

棠梨又名杜梨、野梨、野棠。让人琢磨的是这个"杜"字。杜梨的枝刺是从枝条上抽生的变态小枝,着生牢固,不易脱落,刺伤性很强,足以刺透兽皮。在远古时代,由于生产技术水平低下、制作成本高,普通人家用不起院门,就用常见的杜梨枝堵在院子门口,防止野兽窜入。这可能是杜梨被称"杜"的原因,指可以用来堵塞门洞的树木。《尚书》、《国语》、《周礼》等古书,用"杜"字表示"关闭、堵塞"等意思。这也是"杜门谢客"、"杜口无言"、"杜口裹足"等词的来历。至今在一些农村还可以见到人们把有刺的树枝堆放在院门口,用来代替大门。

这一点同时说明棠梨树的作用不大。据说,棠梨树可以嫁接成梨树、苹果树等等,是用来做砧木的。仿佛它只是给他人做嫁衣的配角。

与棠梨不同的是棠棣在《诗经》里叫常棣,如今叫郁李,又名夫移、喜梅,俗呼为寿李。郁李树高不过五六尺,枝叶似李树叶而较小;花反而后合,有赤、白、粉红三色;深红色的果实像樱桃,味酸甜可食。让人感到莫名其妙的是郁李这个名字。一个郁字让人联想到的词语总是失意、孤寂之类,有一种"万事悠悠心自知,强颜于世转参差"的感觉。郁李,是忧郁的李子,还是郁闷的李子?看它的花儿,应该没有什么郁闷的成分呀!

春来,郁李便不甘人后地怒放,花开得非常茂盛。远远望去,满树花团锦簇的;站在树下,细细打量,只见绒绒的花瓣挂满嫩枝,花两三朵为一簇,茎长而花下垂,像是一对对情人在相拥而抱。它的花色娇艳,繁缛可观。且不说桃红色的郁李花,桃宝石般的花蕾,繁密如云,一团娇羞烂漫的红霞,如同风姿绰约的少妇。单说那白色的郁李花,虽然色彩淡淡的,形状有些像杏花,没有杏花白,也没有杏花大,却挨挨挤挤地开满树。这般旺盛的生命力怎么会像一个愁肠满腹的中年女人?

郁李的花期在四月初,和海棠花差不多同时开放,却比海棠花凋谢得早。海棠花正是绿肥红瘦时,郁李花却寂寂地洒下朵朵花瓣,悄无声息地远离花开的秀场。它名字中的郁字或许是因为它的叶子,郁李的叶子是阴郁的暗红色。花开的同时,小小的叶子在花底下悄悄生长;花落时,苍老暗红的叶子完全暴露出来。在鹅黄、嫩绿、葱翠交织在一起的春天,在桃花红、杏花白的季节,这样的叶子显得是那样不合时宜,与整个季节的氛围不协调。难怪白居易会说:"树小花鲜妍，香繁条软弱。高低二三尺，重叠千万萼。朝艳蔼霏霏，夕凋纷漠漠。辞枝朱粉细，覆地红绡薄。由来红颜色，尝苦易销铄。不见茛荡花，狂风吹不落。"

"玫瑰杜鹃，烂如云锦。绣毯（球）郁李，点缀风光。"郁李很适宜在庭院、花坛等处种植，也可剪枝做切花，供瓶插及作手持花束等，为春日重要的时花。

还是棠棣的名字好。白色的棠棣花极纤细，连香气也极纤细，有一种单薄柔弱的美；粉色的棠棣花却很艳丽，香气浓郁，恰如披上嫁衣于归的女子。"何彼秾矣，唐棣之华……何彼秾矣，华如桃李……"难怪古人要用棠棣花的华丽鲜艳来衬托婚礼。

比婚礼更美好的还有兄弟之情。《诗经》上说："常棣之华，鄂不韡韡，凡今之人，莫如兄弟。死丧之威，兄弟孔怀。原隰裒矣，兄弟求矣。脊令在原，兄弟急难，每有良朋，况也永叹。"鄂不指的是花萼和花托。棠棣花"如纸剪簇成，色最娇艳"，密密实实，紧紧抱在枝条之上，似有亲爱之意，颇有"兄弟同心，其利断金"之势。"兄弟阋于墙，外御其务。"周公这位杰出的政治家，为巩固周王室的团结，吐出了肺腑之言。《群芳谱》中称棠棣"萼上承下覆，有亲爱之义"，由此派生出许多有意思的词，比如棣友，是指像亲兄弟一样的朋友，可为对方两肋插刀，重情重义。因为它的花很茂盛，如兄弟相聚；又因棣音近悌，后世成为兄弟友爱的象征。

唐玄宗曾在长安市中建两座楼，并亲自赐名，面向西的楼名花萼相辉楼，面向南的楼名勤政务本楼。两座楼的名字皆典出《诗经》。兄弟之间的情谊就如同这花与萼一样，相互辉映。唐玄宗感念哥哥李宪辞让皇位的行为，继位以后在兴庆宫里专门为他们弟兄修建花萼相辉楼。"恭谨自守，不妄交结，不预朝政"的李宪死后，唐玄宗大恸，追谥李宪为"让皇帝"，号其墓为"惠陵"。此楼"俯尽一国，旁分万里，崇崇乎实帝城之壮观也"。登上花萼相辉楼后，可"遥窥函谷之云，近识昆池之树。绿野初霁，分渭北之川原。青门洞开，览山东之贡赋"，"掩宫扉则闻箫声之下汉，卷珠箔则睹天人之在楼"。他携弟兄们时时登临，一同奏乐坐叙，一起吃饭、喝酒、下棋，赠给他们金银丝帛。李商隐有诗记述此事："龙池赐酒敞云屏，羯鼓声高众乐停。夜半宴归宫漏水，薛王沉醉寿王醒。"

　　唐玄宗知道和兄弟们交好，建花萼相辉楼。但他的儿子寿王呢？却只能眼睁睁地看着自己的妻子被父亲抢走。一个"醒"字虽然惊人耳目，但他能做到"醒"、敢"醒"吗？

　　有人常常把棠棣误做棣棠。棣棠别名蜂棠花、地藏王花、金碗、黄榆梅、黄度梅，是蔷薇科棣棠属中唯一的落叶灌木。"春色酿成花世界，棣棠艳出群芳外，一叶一花繁可爱。黄深碧浅娇无奈，摇曳绿罗金缕带，留得名词题咏在。"棣棠花的叶、枝、花俱美，颇有观赏价值。"花为年年春易改。待放柔条，系取长春在。宫样妆成还可爱。鬓边斜作拖枝戴。每到无情风雨大。检点群芳，却是深丛耐。摇曳绿萝金缕带。摇曳绿罗金缕带，丹青传得妖娆态。"棣棠花枝叶翠绿细柔，黄花满树，宜丛植在水畔、坡边、林下和假山旁，花影映水，野趣横生。棣棠花可地栽，亦可盆栽。若同玫瑰、月季、蔷薇以及十姊妹、佛见笑等品种混植，五彩缤纷，可谓"争奇斗艳占断春"。

地藏王花与金乔觉有关。金乔觉是唐朝新罗国王子、九华山佛教创始者。他舍弃亲情和优越生活，"落发、涉海、舍舟而徙，自千里而劲进"，来到地处皖南的九华山修行，释经传教，几十年如一日。其有"众生度尽方正菩提之宏愿，有大地忍辱负重、摄含万物、无私奉献之寓意"，人称地藏菩萨。金乔觉九十九岁圆寂后，"兜罗手软，金锁骨鸣，颜面如生"，佛徒信为菩萨化身，于是建塔以示纪念。其肉身宝殿四周栽有许多棣棠花。

"乍晴芳草竞怀新，谁种幽花隔路尘。绿地缕金罗作带，为谁开放开惜春。"范成大说的"幽花"，就是道旁的棣棠花。因与宋孝宗政见不合辞官，诗人晚年回归故里。春雨绵绵，诗人久已足不出户，心情自是郁闷。雨后乍晴，他走出户外，但见芳草如茵，缕金结带的棣棠花生机盎然，绿地、黄花相映。大自然如此多娇，他的精神为之大振，对野外景致倍觉亲切。这花儿不知是不是勾起了不堪回首的往事，他才借路旁的棣棠花来表达内心的愤懑。

常见的是单瓣棣棠花。棣棠花有两个变种，一种是重瓣棣棠花，一种是白棣棠花。重瓣棣棠花长得像个小球，在中国古代被认为是最有观赏价值的品种。棣棠花很受日本人的推崇。清少纳言在《枕草子》中说，"大得好的东西"有火盆、酸浆、松板、棣棠花的花瓣。《源氏物语》中常以花作为女子的名字，以花喻人。藤原琉璃君就被紫式部喻为不太浓艳也不失娇媚的棣棠花。

日本人把棣棠叫做山吹。为什么叫这个名字呢？是山风在吹吗？显然不是。在古日语中，将鲜艳的浓黄色称为"山吹色"。丰子恺翻译的《源氏物语》，描述和服的颜色时一律用"棣棠色"。日本人把牵牛花叫做朝颜，把葫芦、瓠子花等葫芦科的花叫做夕颜，有些唐朝的文学遗韵吧？日本江户时代的诗人松尾芭蕉所写的棣棠诗，一种中文翻译是：激湍漉漉，可是棣棠落花簌簌？激流之处是山涧吧？我感觉这么文雅的句子没有山野风气，倒不如另一种较为直白的中文译法：山吹凋零，悄悄地没有声音，飞舞着，泷之音。虽然欣赏，但心里依然有疑惑，既然"悄悄地没有声音"，又如何飞舞"泷之音"呢？泷，可是雨滴或者急流的水呀！诗人的思绪无可捉摸，"诗是不可解的"再次得到验证。

日本幕府时代的一个传说与太田道灌有关。太田道灌是江户城的筑城者，被人称为"江户之父"。他年轻时外出游猎，半路遭遇暴雨，便来到一户农家借一件蓑衣。这家的少女没有给他蓑衣，而是递给他一朵棣棠花。太田道灌觉得这个少女莫名其妙，怏怏不快地离开。回到家后，他把自己的不快讲给家臣们听。其中有一位家臣很是博学，说那位少女其实是在委婉地表示家里贫穷得连一件蓑衣也没有。

蓑衣与棣棠花，似乎看起来不搭界。据说，在日语里，棣棠籽实的读音与蓑衣相同。但在棣棠花开七层八重的季节，它的任何籽实也没有七层八重呀。是那位少女听错了还是另有寓意呢？

这一点让人想起棣棠的花语：高贵。人的高贵，在于内心世界的高贵，在于灵魂世界的高贵。身处窘穷之地，还能用花朵来阐释，那位少女的做派不仅仅诗意，而且高贵了。

想起耳熟能详的《北国之春》："棣棠丛丛，朝雾蒙蒙，水车小屋静，传来阵阵儿歌声，啊，北国之春已来临。"这首歌尽管来自东瀛，可是"残雪消融，溪流淙淙"的意境却是唐宋的。《诗经》里有这样的句子："唐棣之华，偏其反而，岂不尔思，室是远而。"春去春来，棠棣花开花落，书生不是不想家啊，只是家乡太遥远。

想到家，漫山遍野都是思念的芳香，家乡的每一枚叶片都袅娜多姿，又何必在意棠棣与棣棠之分呢？

满架蔷薇一院香

每年四五月间,大部分的春花已"红残绿暗",蔷薇才绽开自己的笑脸。

倘若点评一下春日的花儿,蔷薇是最不肯掩饰内心的花朵。蔷薇摇曳着俏丽的身影一丛丛爬上墙头,叶子是一碧到底的新绿,花是深深浅浅的红,如流光的锦绣总惹人一身的醉。无论清纯的单瓣,还是绮丽的重瓣,均轻轻摇曳于绿叶之上,若有若无的清香引来蜜蜂嗡嗡飞舞。

对于蔷薇,人们是不陌生的。蔷薇,又名墙蘼、刺玫、山棘。蔷薇乃藤蔓落叶灌木,因其蔓柔靡,依墙攀缘而生,古人多种植作为篱笆墙的屏障,故名"墙蘼"。我同意一位作家的说法:"这个'蘼'字甚好,甚传神。"蘼丽,有点慵懒,有点奢华,但却绚丽。

正如欧洲中世纪波斯诗人萨迪的名言,假如你的品德十分高尚,莫为出身低微而悲伤,蔷薇常在荆棘中生长。蔷薇茎多刺,多生于山野之间,故得名"刺玫"、"山刺"。

一首歌里这样唱过:"蔷薇,蔷薇,带刺的玫瑰。"蔷薇、月季、玫瑰,被称为"蔷薇科三姊妹",在英语中都叫

"rose"。它们最明显的区别就在于茎刺。茎上的刺密集,使人几乎下不了手的,为玫瑰;茎上的刺稀疏,且尖直立者,为月季;茎上的刺少,刺带钩者,为蔷薇。民间通常称的蔷薇多为蔷薇科蔷薇属花卉,如月季、十姐妹花、玫瑰、酴醾等,约一百种。

在距今五千年以上的新石器时代,蔷薇已被先民用作器皿上的花纹。在陕西出土的仰韶文化陶器上,有大量蔷薇科和菊科花卉图案,文物界以"蔷薇纹"统称。

蔷薇常常蔓生,枝条极长,或攀在墙上,或搭在架上,远看就像一盘仙人布下的棋,所以明代顾璘说"对著玉局棋,遣此朱夏长。香云落衣袂,一月留余芳"。远观,几百朵上千朵花簇拥在一起,一团团云蒸霞蔚,蔚为壮观,犹如锦绣屏风。近看,如进入花的海洋,花们红如丹、白似雪,热烈奔放,无拘无束。

古时园艺有一种"蔷薇架",可灵活移动,构成整堵花墙或一面花屏,为园林布局或家居添景。唐代元稹曾经描绘过:"五色阶前架,一张笼上被。殷红稠叠花,半绿鲜明地。风蔓罗裙带,露英莲脸泪。多逢走马郎,可惜帘边思。"

蔷薇"燕来枝益软,风飘花转光。氤氲不肯去,还来阶上香"。当燕子归来时,蔷薇开始发芽。蔷薇初夏开花,每年花开时节,叶茂,花繁,满枝灿烂,芳香清幽。微雨或朝露后,花瓣红晕湿透,香风阵阵,蜂飞蝶舞,令人心旷神怡。萧纲不仅有吟诗,还在竹林堂辟有专种蔷薇的"十间花屋，枝叶交映，芬芳袭人"。"朵朵精神叶叶柔，雨晴香指醉人头。石家锦帐依然在，闲倚狂风夜不收"，"绕架垂条密，浮阴入夏清。绿攒伤手刺，红堕断肠英。粉着蜂须腻，光凝蝶翅明。雨来看亦好，况复值初晴"……你来或者不来，你遇见或者避开，蔷薇并不在意人的态度，依旧不紧不慢，由着自己的性子做着自己该做的事——怒放。

据野史记载，武则天特别喜欢蔷薇。在大明宫的御花园里，她命人种植了不少蔷薇，甚至命令绣工把蔷薇绣在牡丹图卷上，尽管这些绣品是送给外国使者的。武则天说："在我的眼里，蔷薇和牡丹，拥有一样的美貌和高贵。只是因为人们迷信牡丹，才把蔷薇当作杂草铲除。只要我在这个宫殿，蔷薇将和牡丹一样，世世代代享有恩宠和尊荣。"不知此传说是否真实，不知武则天的故乡并州是否产蔷薇。假如有，烂漫、热烈的蔷薇花下一定有她的奇异梦想吧。在电视剧《大明宫词》里，有这样的场景。李治侧目望着园中正在隐蔽盛开的一簇簇蔷薇，惊奇地问："这牡丹园里怎么种了这么多蔷薇？不知道牡丹是大唐的国花吗？找人给我拔了！"在一旁的宦官王伏胜说："这是皇后让人种的，并州的种子，长势特猛，几天的工夫就长得满墙满院子都是！要不，我让人给除去？"紧皱双眉的李治听后，沉默着离去。虽然他认为"牡丹象征大唐国运昌盛"，"没有了牡丹，蔷薇则至多不过是围墙上神情黯淡的野草，长势再好也难成大器"，但他却不敢驳武则天的面子。

蔷薇有很多颜色：金黄、鹅黄、白色、大红、粉红、淡桃红……据说，黄色为上品。蔷薇花有单瓣和重瓣之分。蔷薇花小，内里乾坤却大。仔细观察，重瓣蔷薇，花瓣有六重之多，花蕊柱头四十多个。因春季开放后不再开花，而且花多白色，人称蔷薇为"白残花"。名残而实不残，白蔷薇的最佳状态不是妖娆模样，而是荡漾着一波一波霞光，透着清纯，透着活力。

蔷薇有一个别名：买笑花。据说汉武帝和宠妃丽娟到后宫御花园看花，适逢蔷薇盛开，姿态优美，楚楚动人，似在含笑向人问好。汉武帝说："此花绝胜佳人笑也。"丽娟笑着问道："笑可以买吗？"汉武帝回说："可以。"于是，丽娟取出黄金百两作为买笑钱，让汉武帝尽一日之欢。

这似乎只是民间想象。公元前九世纪，古希腊荷马时代已有蔷薇的记载，我国南朝梁武帝时代（公元五世纪上半叶）宫廷中盛栽蔷薇。据《辞源》载，蔷薇一语始见于东晋名士陶渊明的《问来使》，显然要晚于西汉。但该诗是否为陶渊明作品，历来有争议。而且，诗中只提到"蔷薇叶已抽"，诗人询问的多是故乡事物。

"自言买笑掷黄金，月堕云中从此始。"买笑花的名字很容易让人想起风尘女子，让人觉得低俗。周幽王为博美女褒姒一笑，千金悬赏，虢石父虚报敌情，戏弄了诸侯援军，最后也丢了自家性命。连张可久在思春时也说："苏小小，张好好，千金买笑，今何在玉容花貌？""彤阙收红暖，金门赐鞠衣。若无纤刺骨，一摘便须稀。"谁说蔷薇不知分寸？它极有自知之明。它的"纤刺骨"就是自己最好的保护衣。没必要与古人较真，只需要知道汉武帝是有眼光的，蔷薇的美足可与佳人媲美。

"一夕轻雷落万丝，霁光浮瓦碧参差。有情芍药含春泪，无力蔷薇卧晓枝。"秦观此诗被元好问讥为"拈之退出山石句，始知渠是女郎诗"。柔媚也是一种美。将蔷薇与女子联系起来，或许因为蔷薇枝条柔纤，花儿似红颜含笑，而且熏香四溢、馥郁可人。

"钗边烂漫插，无处不相宜。"在文人的作品中，蔷薇就是丽人，美艳不可方物。李延忠说"玉女翠帷薰，香粉开妆面。不是占春迟，羞被群花见"，唐人白居易也说"风动翠条腰裊娜，露垂红萼泪栏杆"。在寒食日的雨中，韩偓看蔷薇"通体全无力，酡颜不自持"，看的何尝不是心目中的红颜佳丽呢？吴融的"万卉春风度，繁花夏景长。馆娃人尽醉，西子始新妆"，把蔷薇形容为西施，整首诗里虽然没有提到蔷薇，却尽得风流。

歌后蔡琴唱红过一首《红蔷薇》："红蔷薇呀红蔷薇，夜来园中开几蕊，犹在枝头照在水，吩咐东风莫乱吹。红蔷薇呀红蔷薇，朝来园中多露水，枝枝叶叶尽含泪，问你伤心是为谁？"如烟般往事，当曲终人散时，唯有一种淡定的孤寂留在心头。

"正单衣试酒，恨客里、光阴虚掷。愿春暂留，春归如过翼。一去无迹。为问花何在，夜来风雨，葬楚宫倾国。钗钿堕处遗香泽，乱点桃蹊，轻翻柳陌，多情更谁追惜？但蜂媒蝶使，时叩窗槅。"花儿虽然会凋谢，心中的最爱却永不凋零，蔷薇就是恋的起始、爱的誓约。

蔷薇花语：美好的爱情，爱的思念，美德。不同颜色的蔷薇有不同的喻义。红蔷薇代表热恋，粉蔷薇代表爱的誓言，白蔷薇代表纯洁的爱情，黄蔷薇代表永恒的微笑，深红蔷薇代表只想和你在一起，粉红蔷薇代表要与你过一辈子，圣诞蔷薇代表追忆的爱情，野蔷薇代表浪漫的爱情，黑蔷薇代表绝望的爱情。

一九二七年，戴望舒在松江施蛰存家中小住，见到施蛰存的妹妹施绛年。此后，施绛年被他不断写进诗里。戴望舒曾在诗中描绘过她的形象："我的恋人是一个羞涩的人，她是羞涩的，有着桃色的脸，桃色的嘴唇，和一颗天青色的心。她有黑色的大眼睛，那不敢凝看我的黑色的大眼睛——不是不敢，那是因为她是羞涩的……"很多人认为，《雨巷》中丁香姑娘的原型就是施绛年。戴望舒的示爱直接而炽烈："愿我在最后的时间将来的时候看见你，愿我在垂死的时候用我的虚弱的手把握着你。"戴望舒把这两句诗和施绛年的名字一起写在自己的第一部诗集的扉页上。然而，落花有情，流水无意，戴望舒苦恋施绛年八年无果，只得选择与穆时英的妹妹穆丽娟结婚。婚后，戴望舒曾为电影《初恋女》写过主题歌词："受我最初祝福的人，我终日浇灌着蔷薇，却让幽兰枯萎。"这让穆丽娟大为不满。25岁的她毅然决然地与戴望舒离婚，带着不到4岁的女儿回到上海，开始自己人生的春天。这个惦念丁香一样结着愁怨姑娘的人，让自己的人生和婚姻结满愁怨，没有丁香的诗意，最终在45岁撒手人寰。

一九四一年冬天，朱德熙是何孔敬家的家庭教师。"我该叫你什么呢？""就叫我何孔敬吧。"这是他们说的第一句话。当时的朱德熙穿件灰色的长袍，围条浅灰色的围巾，拎着一袋书，不时用手指掠掠浓密的头发，手里拄着一根棕竹手杖。她觉得这位"先生"很潇洒，且有一种风度。有一次去赶街，两人边走边聊，落在了众人后面。路边的一条小水沟里，长满野蔷薇，花儿只有拇指大小，色淡红，微有香气，酷似袖珍玫瑰。朱德熙摘下一串蔷薇，深情地说："孔敬，知道吗？你很美，天然不俗，我很喜欢你。不几天，我就要回联大去复学，你要常来看看我。"何孔敬这才明白对方的心意。不久，何孔敬说服父亲退掉自小订下的亲事，和朱德熙走到一起，写就了他们一生《长相思》的故事。

蔷薇是美的，若是用作人名，男则风流倜傥，女则美眸善睐。仿佛不如此就辱没了蔷薇的名声。

女的不必说了，说男的。贾蔷是《红楼梦》中人物，宁国府的正派玄孙，比贾蓉生得还风流俊俏。曹公用"蔷"做他的名字，自有深意。那个浓阴匝地、蝉雀无声的夏日午后，"眉蹙春山，眼颦秋水，面薄腰纤，袅袅婷婷，大有林黛玉之态"的龄官，一个人蹲在蔷薇花架下，手里拿着一根挽发的簪子，一笔一笔在地上只管划一个"蔷"字，痴痴迷迷。暴雨来袭，她无动于衷，把局外人宝玉都看痴了。此时的龄官心里，一定在酝酿一场爱情的暴风骤雨，就像身后一树浓郁热烈的蔷薇。她知道贾蔷的心事吗？"外布芳菲虽笑日,中含芒刺欲伤人。"蔷薇花是美丽的,但刺也扎人。结局不出所料,戏班遣散后,果然不见了龄官的踪影。

蔷薇于李白,是一种闲适的心情。他在《忆东山二首》中写道:"不向东山久,蔷薇几度花。白云还自散,明月落谁家。"在白居易,蔷薇则是佐饮酒的佳肴,"瓮头竹叶经春熟,阶底蔷薇入夏开。似火浅深红压架,如饧气味绿粘台。试将诗句相招去,倘有风情或可来。明日早花应更好,心期同醉卯时杯"。蔷薇花开,春酒酿好,刘十九、张大夫、崔二十四各位可有意思在花间相聚,一起喝一杯……这样的邀约真让人心动神往,可以想见他们雅叙时的欢快明悦。

蔷薇连春接夏,不少人看重它的特点,写出暑热中一番明快清凉。高骈的《山亭夏日》很美:"绿树阴浓夏日长,楼台倒影入池塘。水晶帘动微风起,满架蔷薇一院香。"尽情地想象一下那个画面:夏日渐长,绿意正浓,风吹帘动,满架蔷薇,香气袭人。人在院里走,一呼一吸间都缠绕花香。皮日休有一首《重题蔷薇》:"浓似猩猩初染素,轻如燕燕欲凌空。可怜细丽难胜日,照得深红作浅红。"时光被浸染得香香的,仿佛吸进的是鲜花,吐出的是芬芳。"蔷薇繁艳满城阴,烂漫开红次第深……风月寂寥思往事,暮春空赋白头吟","紫燕双双掠水飞。廉纤小雨未成泥。篱边开尽野蔷薇。会少离多终有恨,暂去还来益堪悲。后期重约采莲时",皆以花抒情寄怀,都写得极好。

明代张大复在《梅花草堂笔谈》中说:"三日前将入

郡，架上有蔷薇数枝，嫣然欲笑，心甚怜之。比归，则萎红寂寞，向雨随风尽矣。胜地名园，满幕如锦，故不如空庭袅娜，若儿女娇痴婉恋，未免有自我之情也。"这样的文字简约隽永、淡远幽微，不愧为晚明小品的代表作。难怪"君未殁，其书已行于世"，人们"喜其琐语小言之为之解颐捧腹"。

"不摇香已乱，无风花自飞"，这样的诗句，这样的绰约风姿，让我常常想起玫瑰一样的心事。就如作家洁尘说的那样，蔷薇花叶大红大绿，"大俗大雅，又端庄又热烈，又俏丽又雅致，像我所认定的最好的生活。可能是我天性中有倾向于浓烈的一面。我从来喜欢艳，然后探究后面的寂"。

"东风且伴蔷薇住，到蔷薇、春已堪怜。"谁说不是凄然呢？"春归何处？寂寞无行路。若有人知春去处，唤取归来同住。春无踪迹谁知？除非问取黄鹂。百啭无人能解，因风飞过蔷薇。"常常想，因风飞过蔷薇该是怎样的一种柔软情怀？

"我心里有猛虎，在细嗅蔷薇"，是英国诗人西格夫里·萨松的句子，说的是人性的两面：阳刚与阴柔。每个人的心中都有一片蔷薇园，那是我们的梦想，是我们灵魂的栖息地，而现实是猛虎。当现实猛虎兵临城下时，是任由猛虎践踏心灵蔷薇，还是精心培育心灵蔷薇，以其香弱化猛虎的暴戾，决定权在于我们自己。

"不用闪躲，为我喜欢的生活而活。不用粉墨，就站在光明的角落。"这是张国荣的宣言。人称"哥哥"的他唱到:"我就是我,是颜色不一样的烟火。天空海阔,要做最坚强的泡沫。我喜欢我,让蔷薇开出一种结果。孤独的沙漠里,一样盛放得赤裸裸。"最终的他没有"让蔷薇开出一种结果",却成了易逝而绚烂的烟火,成了矛盾体的"最坚强的泡沫",成了愚人节故事的主角。几种死因,多种猜测,扑朔迷离。

"春雨,春雨,染出春花无数。蔷薇开殿春风,满架花光艳浓。浓艳,浓艳,疏密浅深相间。"风吹落繁花,那些逝去的光阴如这一片旖旎的蔷薇红,蜷缩在某个角落,与其被光阴纠结淡淡的忧伤,倒不如"花气袭人知骤暖,鹊声穿树喜新晴"。毕竟,再美的花儿也有零落成土时。

想到一个词:蔷薇水。蔡绦在《铁围山丛谈》中说,"旧说蔷薇水乃外国采蔷薇花上露水,殆不然,实用白金为甑,采蔷薇花蒸气成水,则屡采屡蒸,积而为香,此所以不败"。大食国的蔷薇花气馨烈非常,因此蔷薇水也非同寻常。"蔷薇水虽贮琉璃缶中,蜡密封其外,然香犹透彻闻数十步,洒着人衣袂,经十数日不歇也。"在众多的名香中,蔷薇水享有世界美誉。为提炼一升蔷薇水,往往需要上百公斤蔷薇花瓣。

蔷薇水可用于涂抹身体、喷洒室内或投入浴池。周世宗显德五年九月,占城国国王释利因德漫遣大臣萧诃散进贡,内有洒衣蔷薇水十五琉璃瓶。这出自西域的物品,"凡鲜华之衣以此水洒之","郁烈之香连岁不歇"。郭祥正有诗说:"番禺二月尾,落花已无春。唯有蔷薇水,衣襟四时薰。"这般的功效,用在无法揣摩的情感上,有了异样的分量。"旧恩恰似蔷薇水,滴到罗衣到死香",刘克庄的诗歌虽然有些香艳,但境界要高出许多。旧恩如此令人眷恋,旧情呢?当是自思量。

"月转花枝清影疏,露花浓处滴真珠。天香遗恨冒花须。沐出乌云多态度,晕成娥绿费工夫。归时分付与妆梳。"蔷薇水为世人所爱,更是女子妆奁具中的尤物。在近年发现的辽国陈国公主墓室里,人们发现了伊斯兰玻璃瓶,并推测当初瓶中所盛的便是蔷薇水。

年纪轻轻的陈国公主数次荣获封号。在十六岁时,她嫁给年长自己十余岁的舅舅萧绍矩,萧绍矩是叱咤风云的萧太后的侄子。契丹族很早就已开始实行氏族外婚制,即两个不同世系的氏族之间互相通婚。而这两个氏族是神话中以"青牛"和"白马"为图腾的世系集团。当时没有近亲结婚的概念,为保证家族血统的纯正,在契丹皇族中,耶律氏只能与萧姓通婚。这种契丹贵族联姻,于千年前在北方草原盛行。可以想象得到婚礼的盛大与豪华。令人感到诡异的是,这场令人瞩目的婚姻只持续两年。三十六岁的驸马与刚满十八岁的花季公主先后过世。而且,根据记载,他们的死和宫廷争斗没有任何关系。

这就成了一个谜。覆上金面具、倚在金花枕上的陈国公主,带着十八岁年华的美好和两年的爱情盟约,沉睡千年,留给后人无尽遐想。

"那些有少女气质的女子,总让我想起蔷薇,青涩、灵动、简单、自然,有节制。"假如说少女气质是蔷薇气质的话,那么这个有蔷薇水陪伴的女子想要诉说什么?

还是看蔷薇吧。蔷薇年年开,蓬勃,热烈,无视身边喧嚣的一切。在飞速发展的喧嚣今天,总有一些安静的角落让人安度一个个恬静的晨昏。

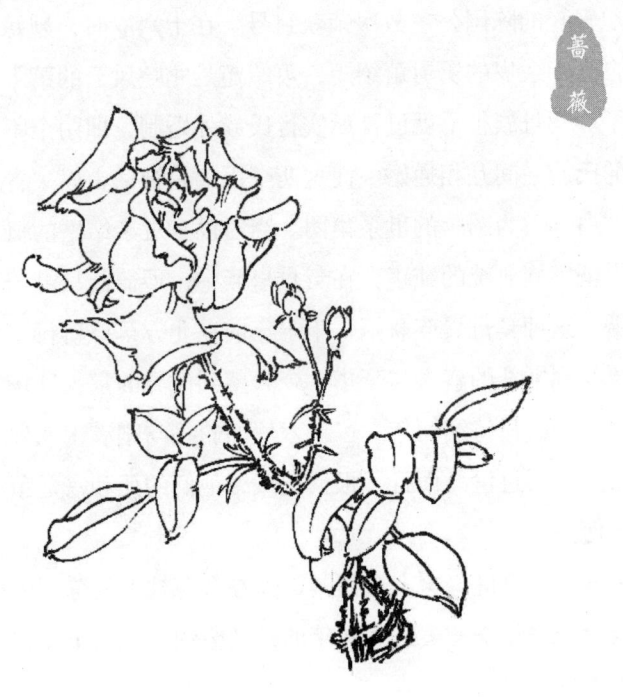

海棠花开传雅韵

春分时节,花儿逐渐热闹起来。那些花儿一树接一树地开,让人目不暇接。在热热闹闹的花群中就有它的身影——海棠。

海棠盛开,猩红的花瓣,金黄的花蕊,一朵朵,一簇簇贴满整个树枝。满树繁花在微风中轻轻摇曳,枝头摇曳的花影,扑面而来的袭人香气,不知不觉地让人慢下步子,于春色潋滟中尽赏海棠之美。

在众芳谱中,历来赞誉最多、名气最高的是梅花与牡丹,一号花魁,一号花王,占尽风流。放眼望去,其他的花儿不是有这样的缺陷,就是气质上不足,似乎没有别的花儿可堪比肩。不过,有一个例外。"梅花占于春前,牡丹殿于春后,骚人墨客特注意焉。独海棠一种丰姿艳质,固不在二花之下。"或许是这个原因,宋真宗甚至"御制后苑杂花十题,以海棠为首章,赐近臣唱和"。其中一首《海棠诗》说:"春律行将半,繁枝忽竞芳。霏霏含宿雾,灼灼艳朝阳。戏蝶栖轻蕊,游蜂逐远香。物华留赋咏,非独务雕章。"为海棠题诗的宋代皇帝,还有北宋太宗、南宋光宗。

海棠是个大家族，全世界有一千多种，常见的有二百余种，在中国生长的海棠有九十余种。在我国古代，海棠被统称为柰，唐朝时才出现"海棠"的称谓。柰，是指中国绵苹果及小果类苹果属植物，古书上指的是类似花红的果子。至于海棠的产地，历来有不同的说法。在《平原花木记》里，大唐名相李德裕称："凡花木以海为名者，悉从海外来，如海棠者是也。"这样的说法如同王安石的解字法，有些牵强。《山海经》称，中皇之山"其下多蕙、棠"，岷山"其木多梅、棠"。这里的"棠"，有人认为是海棠，但有人却认为是棠梨。在《游天台山日记》中，徐霞客写寒岩路上所见，"一带峭壁悬崖，草木盘垂其上，内多海棠紫荆，映荫溪色。香风来处，玉兰芳草，处处不绝"。环境决定命运，足见海棠并非凡品。

让人关注的是海棠的一个雅号："花中神仙"。仙，自然是超越凡品的。能在风姿绰约的花中获得"仙"的地位，海棠非同小可。这样的雅号得到不少人的首肯。李绅在《海棠诗》中赞叹："海边佳树生奇彩，知是仙山取得栽。琼蕊籍中闻阆苑，紫芝图上见蓬莱。浅深芳萼通宵换，委积红英报晓开。寄语春园百花道，莫争颜色泛金杯。"王安石赞美道："不柰神仙品，何辜造化深。"苏东坡称颂海棠："江城地瘴蕃草木，只有名花苦幽独。嫣然一笑竹篱间，桃李满山只粗俗。也知造物有深意，故遣佳人在空谷。自然富贵出天姿，不待金盘荐华屋。"甚至有人认为，"十年栽种满园花，无似兹花艳丽多。已是谱中推第一，不须还更问如何"。

"海棠开后春谁主？日日催花雨"，"枝间新绿一重重，小蕾深藏数点红"……海棠的花蕾在冬天孕育，在寒风冷霜里，那花蕾不但没有干枯，反而斗霜傲雪，激情盎然。粉红、淡红、白里透红、红中染白……深深浅浅，娇嫩绚烂，不知道哪来的妙手生出这占春颜色最风流的花。恰应了定庵先生的话，如八万四千天女洗脸罢，齐向此地倾胭脂。不喜欢"病梅"姿态的他，喜欢的是这自然的泼辣与活泼。海棠开花时，灿若红霞，"其花甚丰，其叶甚茂，其枝甚柔，望之绰约如处女，非若他花冶容不正者比"，"其株翛然出尘，俯视众芳，有超群绝类之势"。贾岛在成都锦江两岸看到几万枚海棠同时盛开，娇柔红艳，美不可言，如晓天明霞令人心醉神荡，便说"纵使许昌持健笔"，也无法描绘海棠的幽姿雅态。

"春风用意匀颜色，销得携觞与赋诗。秾丽最宜新著雨，娇娆全在欲开时。"满树海棠在雨中应候而开，如天上的云霞降落于尘寰。雨中的海棠花别有清韵。"东君何事妒花妍，不遣春风一笑嫣。邀动芳心愁万缕，盈盈含恨雨中天"，"玉脆红轻不耐寒，无端风雨苦相干。晓来试卷珠帘看，簌簌飞香满画栏"，雨中海棠与那冷清，让人觉出物是人非的无奈。"著雨胭脂点点消，半开时节最妖娆。谁家更有黄金屋，深锁东风贮阿娇。"何希尧盛赞海棠之美，说最好把她"金屋藏娇"。

海棠花有"花尊贵"、"花命妇"、"花戚里"、"花贵妃"等别名，惊为"天下奇绝"。海棠花，白中带着微红，若胭脂乍染少女唇颊，明媚俏丽，与浅笑低鬟的美女相似，很有女人缘。难怪拗相公王安石写起海棠，像是对情人般的温柔："绿娇隐约眉轻扫，红嫩娇娆脸薄妆。巧笔写传功未尽，清才吟咏兴何长。"

"春到千花俱有分，海棠独自得春多。"唐代宫苑中，栽培海棠花甚多。"上皇登沉香亭，召太真妃，妃子卯时醉未醒，命力士使侍儿扶掖而至，妃子醉颜残妆，鬓乱钗横，不能再拜。上皇笑曰：'岂妃子醉，直海棠睡未足耳。'"究竟是海棠像美人，还是美人像海棠，倒是值得探究。"春似酒杯浓，醉得海棠无力。谁染玉肌丰脸，做燕支颜色。"如此说来，海棠花不醉也得醉了。后世海棠诗、海棠春睡图多据此典。白朴《梧桐雨》第四折，李隆基叹道："谁承望马嵬坡尘土中，可惜把一朵海棠花零落了。" 直接用海棠花指代杨贵妃。

"走马蜀锦园，名花动人意。严妆汉宫晓，一笑初破睡。定知夜晏欢，酒入妖骨醉。低鬟羞不语，困眼娇欲闭。虽艳无俗姿，太息真富贵。"陆游在说海棠的同时，暗合上面的典故。 陆游曾在四川为官多年，住在成都、崇州两地。他对海棠极其喜爱，直赞其为"人间奇草木"、"一枝气可压千林"。他对海棠无景无事不入诗，有二十篇之多。他在《花时遍游诸家园》中写道："为爱名花抵死狂，只恐风日损红芳。绿章夜奏通明殿，乞借春阴护海棠。"他也有自己的赏花之道："月下看酴醾，烛下看海棠。此是看花法，不可轻传扬。"因为"酴醾暗处看，纷纷满架雪。海棠明处看，滴滴万点血"。

苏东坡有"大江东去，浪淘尽，千古风流人物"的豪迈，也有"林深雾暗晓光迟，日暖风清春睡足"的闲适。东风吹过，花枝轻摇，海棠花上光泽浮动。月色朦胧，薄雾缥缈，映照在海棠上。苏东坡《海棠》诗云："只恐夜深花睡去，故烧高烛照红妆。"是把海棠比作易醉嗜睡的美人。在夜色深沉、月转回廊时，因为不愿看见它依旧慵睡不醒，故此拿灯烛照花，想把海棠花从梦里唤醒，共度一个美好的夜晚。夜阑赏花，这一点与白乐天的"明朝风起应吹尽，夜惜衰红把火看"、李义山的"客散酒醒深夜后，更持红烛赏残花"有异曲同工之妙。但海棠花似乎是无眠的，日本作家川端康成就这样写过："昨日一来到热海的旅馆，旅馆的人拿来了与壁龛里的花不同的海棠花。我太劳顿，早早就入睡了。凌晨四点醒来，发现海棠花未眠。"他在《花无眠》中还写道："如果一朵花是美丽的，我当善待此生。"但他最后的人生并没有得到善待，还是惨烈如落花。

《红楼梦》第十七回中，怡红院"院中点衬几块山石，一边种着数本芭蕉；那一边乃是一棵西府海棠，其势若伞，丝垂翠缕，葩吐丹砂"。在大观园中，宝玉和众钗成立海棠诗社，是因贾芸孝敬宝玉两盆珍贵的白海棠。《红楼梦》第三十七回，有一首曹雪芹托黛玉之口作的诗《咏白海棠》："半卷湘帘半掩门，碾冰为土玉为盆。偷来梨蕊三分白，借得梅花一缕魂。月窟仙人缝缟袂，秋闺怨女拭啼痕。娇羞默默同谁诉,倦倚西风夜已昏。"以高洁始,以愁怨终,象征着黛玉的玉洁与不幸。曹雪芹曾借探春之口,赞白海棠"玉是精神难比洁,雪为肌骨易销魂"。心比天高、命比纸薄的晴雯被比作海棠花。这个伶牙俐齿的人儿去后,怡红公子门前的海棠花,立即枯死半边,这是不是有通灵之感呢?

"四海应无蜀海棠,一时开处一城香。晴来使府低临槛,雨后人家散出墙。闲地细飘浮细藓,短亭深绽垂绿杨。从来看尽诗谁苦,不及欢游与画将。"四川向来有"香海棠国"的声誉,不仅栽培广泛,而且久负盛名,古籍中有"岷蜀地千里,海棠花独研"的记载。"子美诗才犹搁笔,至今寂寞锦城中。"杜甫四十八岁到成都,五十七岁离开奉节,在四川十年。杜甫一生的诗作有一千五百多篇,咏过梅花、菊花、水仙、樱花、桃花、栀子花、丁香花以及虞美人,唯独没有写过海棠。"浣花溪上空惆怅,子美无情为发扬。"有人认为海棠姿色妖冶,连杜甫都很难下笔描绘。另有一说,杜甫的母亲乳名海棠,儿不言母名,以示敬重。"诗圣"对母亲如此情深,只得对海棠花"薄情"了。所以,《古今诗话》里就有个说法:"楚辞无梅,杜诗无海棠。"苏东坡跟歌妓交往,常常吟诗作赋。酒宴之上,歌妓李宜向苏轼求诗。他马上写了一首:"东坡居士闻名久,为何无诗赠李宜。恰似西川杜工部,海棠虽好不题诗。"意思是说,海棠是公认的娇媚的花,你李宜是公认的美女,不必再用诗来夸赞。

冰心曾经说过,花有色香味,人有才情趣,那样才能做人家最好的朋友。人们一直认为海棠是没有香味的,海棠有色而无香,被宋人刘渊材视为平生"五大憾事"之一。

富可敌国的石崇,曾对着海棠叹息:"汝若能香,当以金屋贮汝!"对于海棠无香,陆游慨叹道:"蜀地名花擅古今,一枝气可压千林。讥弹更到无香处,常恨人言太刻深。"张爱玲更是语出惊人:"一恨海棠无香,二恨鲥鱼有骨,三恨《红楼梦》未完。"美味的鲥鱼有硬骨,是天地造化;未完的《红楼梦》让人击节三叹,这也是造化弄人。张爱玲的"三恨"中,前"两恨"的作者其实是彭几。据宋代诗僧惠洪的《墨客挥犀》记载,彭几曾经对朋友说"生平所恨五事","一恨鲥鱼多骨,第二恨金橘太酸,第三恨莼菜性冷,第四恨海棠无香,第五恨曾子固不能作诗"。他听说朋友李丹被安排到昌州任职而不去时,赶忙去劝他,说"天下海棠无香,昌州海棠独香,难道不是佳郡"。

张爱玲或许不知道,海棠有四名品:一品是贴梗海棠;二品是垂丝海棠;三品是木瓜海棠;四品是西府海棠。

贴梗海棠,因花柄甚短、贴近枝梗而得名。贴梗海棠是一种丛生灌木,枝条交错而生,花色以红色和水绿色为主,宛如铁丝般黝黑的枝干上紧贴着绯红或水绿的花,花心里紧镶着小黄蕊。早秋时节,贴梗海棠能长出数朵秋花来;有时会结出果实,比鸡蛋稍小。

垂丝海棠有"小家碧玉"之美誉,是落叶小乔木,也有丛生的。"垂丝别得一风光,谁道全输蜀海棠。风搅玉皇红世界,日烘青帝紫衣裳。懒无气力仍春醉,睡起精神欲晓妆。举似老夫新句子，看渠桃杏敢承当。"垂丝海棠柔蔓迎风，花叶同放，柔枝长蒂，花柄稍稍细长，下垂，迎风飘摇，色韵美绝。花初始时色如胭脂，后渐渐变成粉白色。落花后，有时能结黄豆大的果实。果实卵形或球形，黄色或黄绿色，有香气。张大千听说百里之外种有垂丝海棠，为求购数株，甚至愿意典当画作，节衣缩食。足见垂丝海棠之魅力。

木瓜海棠，是一种落叶灌木或小乔木，生长得慢。"碧鸡海棠天下绝，枝枝似染猩猩血。蜀姬艳妆肯让人，花前顿觉无颜色。扁舟东下八千里，桃李真成仆奴尔。若使海棠根可移，扬州芍药应羞死。"木瓜海棠花开满枝，繁花似锦。花色有淡红、深红、白色或红白相杂，甚为艳丽，有五色之说。花叶贴梗而生，花瓣后随梗生有小木瓜。成熟后的木瓜有淡淡的幽香，可以置于案头把玩，是一种中药。木瓜海棠花色烂漫，树形好，病虫害少，是庭园绿化的良好树种。

贴梗海棠、垂丝海棠和木瓜海棠是无香的。西府海棠却是有香气的。正如李渔所言，"海棠不尽无香，香在隐约之间，又不幸而为色所掩"。

西府海棠，别称"子母海棠"，亦名"海红"，相传因晋朝时生长在安徽西府（一说是关中西部地区）而得名，是春赏花、夏观叶、秋品果的上佳花卉品种，与玉兰、牡丹等相伴，寓意"玉棠（堂）富贵"。西府海棠，树皮有浅褐色的肌理，树形极其美丽，疏朗有致，枝枝向上，皇家园林多有栽植。北京故宫御花园与颐和园中，就植有西府海棠，每到春夏之交，迎风峭立，花明媚动人，楚楚有致。

西府海棠花朵娇媚、俏丽，其香清冽。"初如胭脂点点，及开，则渐成缬晕明霞，落则有若宿妆淡粉"；盛花时节，花红艳丽，重葩叠萼，掩映于碧叶之中，可谓花团锦簇，一树千花，蔚为壮观。有诗为证："似笑如颦百媚生，临风映日态轻盈。西施舞罢添朝倦，妃子扶来带宿醒。开处自堪夸绝世，落时谁不羡倾城。虽然一种天香少，子美无诗亦寡情。"诗人别出心裁请来历史上的美人当配角，将此花之美推向极致。

朱自清是扬州人。在扬州人家的小院里，常常筑一座花台，养几十盆花木。朱自清爱繁花老干的杏、临风婀娜的小红桃和贴梗累累如珠的紫荆，"最恋恋的是西府海棠。海棠的花繁得好，也淡得好；艳极了，却没有一丝荡意。疏疏的高干子，英气隐隐逼人"。他的一篇散文更是直接取名为《月朦胧，鸟朦胧，帘卷海棠红》。

梁实秋钟爱海棠花。在散文《群芳小记》中，他将海棠放在第一个来描写："一排排西府海棠，高及丈许，而绿鬓朱颜，正在风情万种、春色撩人的阶段，令人有忽逢绝艳之感。"他说西府海棠花苞最艳，花儿开放之后，花瓣的正面是粉红色，背面仍是深红，俯仰错落，浓淡有致。海棠的叶子也陪衬得好，嫩绿光亮而细致，给人的整体印象是娇小艳丽。

海棠雅号为"解语花"，象征着温和、美丽和快乐。赠送别人海棠花，表示"祝您快乐"。

很偶然地，读到邓颖超的《从西花厅海棠花忆起》。

对于政界人士的文字，我向来认为文学意味要逊于史料意义。相反，这篇文字却饱蘸深情："春天到了，百花竞放，西花厅的海棠花又盛开了。看花的主人已经走了，走了12年了，离开了我们，他不再回来了。你不是喜爱海棠花吗？解放初期，你偶然看到这个海棠花盛开的院落，就爱上了海棠花，也就爱上了这个院落，选定这个院落，到这个盛开着海棠花的院落来居住……"

不知道西花厅的海棠花开起来是什么模样，周恩来最爱的就是西府海棠。他在中南海西花厅的住所，种有海棠十多株。他休息时常到海棠树下漫步，或邀请客人来赏花。有一年春天，西花厅海棠盛开时，周恩来正在瑞士参加日内瓦会议。邓颖超剪下一枝海棠花做成标本，夹在书中托人带给周恩来。周恩来回来后，把已干的海棠花从书中拿出，放在镜框里挂起来。

"朝见开尚少，暮看繁已多。不惜花开繁，所惜时节过。昨日枝上红，今日随流波"，"凭素手，轻轻摘。更几番雨过，彩云无迹。今昔不来花下饮，明朝空向枝头觅。对残红满院杜鹃啼，添愁寂"。海棠花期很短，十天左右。吴冠中说："三日不来公园里，东风开过，娇艳的花已落英满地，树上只剩下清一色的绿叶。"为此，他常画海棠花，"似乎有点惋惜红颜薄命"。

"落日争明那肯暮，艳妆一出更无春。"人们把海棠花当作春末的标志。海棠盛开，春天渐行渐远。娇若美人的花儿,在春意阑珊之时,在雨疏风骤之中,最揪爱花人的心。九百多年前,在深深几许的庭院里,一个雨疏风骤的清晨,李清照在临窗的梳妆台前道:"试问卷帘人,却道海棠依旧,知否?知否?应是绿肥红瘦。"

花开花落,都是自然。花的形态无非是看花人的心境。花如人,人似花,海棠经不起雨疏风骤,人亦经不起生死离别、岁月坎坷。

海棠花期过后,结着满树的果子。它的果子不像其他果实在枝条上炫耀着,而是贴在枝干上,不显山露水。到了秋日,海棠树绿叶开始变黄,红橙橙的海棠果鲜嫩欲滴挂满枝头,给人们一个小小的惊喜。

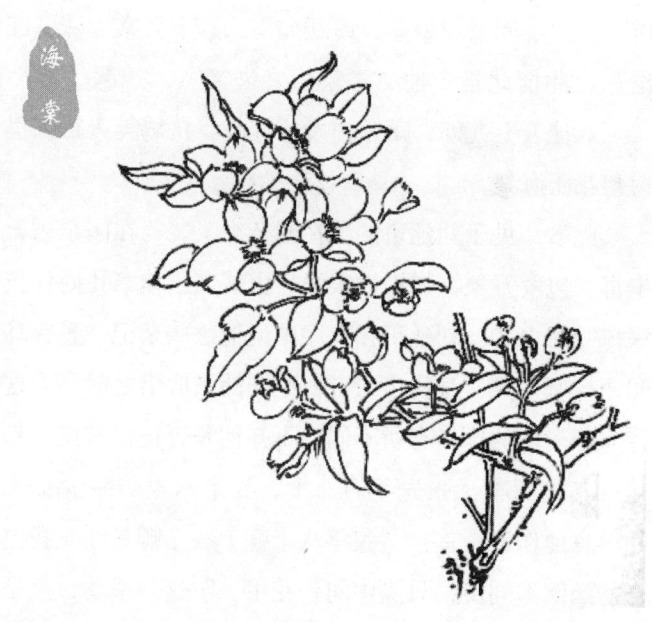

梨花新折东风软

说到梨花,首先想到的是:一树梨花压海棠。

海棠与梨花一起盛开,红红白白,道不尽的旖旎春光。这是春日常见的景致,但在诗家眼里就有了另一番风韵。

清朝某年春天,先祖曾居开封的刘廷玑到淮北巡视部属,"过宿迁民家",见到"茅舍土阶,花木参差,径颇幽僻","小园梨花最盛,纷纭如雪,其下海棠一株,红艳绝伦"。此情此景令他"不禁为之失笑",想起一首小诗:"二八佳人七九郎,萧萧白发伴红妆。扶鸠笑入鸳帏里,一树梨花压海棠。"

此事,见于刘廷玑的《在园杂志》。《在园杂志》内容丰富,包罗万象,知识性很强,由著名剧作家孔尚任作序,深得一时之名。刘廷玑在自序中说他这些杂记"悉皆耳所亲闻,目所亲见,身所亲历者,绝非铺张假借之辞"。这首小诗与苏东坡的原作有所不同,不知他是否记忆有误,想来许是有其他版本。张先年逾八十,娶十八岁美貌少女为妾,并得意地作诗一首:"我年八十卿十八,卿是红颜我白发。与卿颠倒本同庚,只隔中间一花甲。"这种举动,就是在今天也有些惊世骇俗。作为好友和弟子，苏轼作诗表示祝贺："十八新娘八十郎，苍苍白发对红妆。鸳鸯被里成双夜，一树梨花压海棠。"如雪梨花，暗指白发新郎；胭脂海棠，比喻芳龄新娘。一个"压"字，用得巧妙而暧昧，道尽无数未言之语！这时，海棠与梨花在一起真的像艳情小说，可看出苏东坡的旷达和"肚子里的不合时宜"。但让人感觉诧异的是在张先和苏轼的诗集中都找不到这两首诗。人道文人风流成性，是那些逸闻趣事拓展了想象的空间，比真相更有生命力。

我想到的不是千年前张先的那满头白发，而是"在道德的刀刃上游走"的一本小说。

"洛丽塔，我生命之光，我欲念之火。我的罪恶，我的灵魂。洛——丽——塔：舌尖向上，分三步，从上颚往下轻轻落在牙齿上：洛、丽、塔。在早晨，她就是洛，普普通通的洛，穿一只袜子，身高四尺十寸。穿上宽松裤时，她是洛拉。在学校里，她是多丽。正式签名时，她是多洛雷斯。可在我的怀里，她永远是洛丽塔。"这是纳波科夫的小说《洛丽塔》的开头。

当年看《洛丽塔》时读到这样的句子，内心荡漾的不只是少年怀着的一腔纯情，抑或是异样的春情。后来看影片，虽然搞不懂《洛丽塔》为何成了《一树梨花压海棠》，但仍能感到千年前那位天才词人带点醋意的调侃和香艳暧昧的意味。

与《洛丽塔》的灰色浑浊基调不同，梨花大多是白色的。梨花开放时，入眼帘的首先是白。在这样的春日，漫步梨园，倚枝静观，眼望处尽是婷婷枝干，怒放的梨花霏霏如雪，素洁淡雅。

在北方，人们对梨树并不陌生，叶圆如大叶杨，干有粗皮外护，枝撑如伞，常是大片大片地种植。梨是我国原产果树之一，早在周朝即开始栽培，野生种类的称为"樆"，人工种植的称为"梨"。《庄子》中有关于梨的记载，"若将比予于文木邪？夫楂梨橘柚果蓏之属，实熟则剥，剥则辱。大枝折，小枝泄。此以其能苦其生者也。故不终其天年而中道夭，自掊击于世俗者也"。《西京杂记》曾记载上林苑梨的美名，计有紫梨、青梨、大谷梨、细叶梨、缥叶梨、金叶梨、瀚海梨、东王梨、紫条梨等十余种。梨皮薄香脆、肉白细嫩、汁多清香，颇受民众喜爱。孔融让梨的故事，千百年来一直传为佳话。

在有些落寞的北方早春，走进梨园，只见光秃秃的枝条上，一丛丛、一簇簇，或密或疏，一色的浅素嫩白，一色的淡若轻烟。千朵万朵梨花簇拥在一起，压枝欲低，白清如雪，玉骨冰肌，素洁淡雅，风姿绰约，大有"占断天下白，压尽人间花"的气势，展示着一种摄人心魄的灵动，渲染着一种亮丽妩媚的典雅。那些被包裹一个冬天的花蕾，选择在一个春日，悄悄撩开面纱，露出脸庞，有一丝羞怯，有一丝坚定，不杂一丝邪念。众多辛勤的蜜蜂徜徉在繁花丛中，嗡嗡地飞舞，为的是那丝丝甜蜜，真是美不胜收。

梨花白得清纯，白得玉洁，白得无瑕，如雪一般晶莹；

美而不娇，秀而不媚，倩而不俗，似玉一般纯洁，这引起了诗人们的遐想。

民间有谚：春二三月就是"神鬼天"。指的是气候的突然变化往往令人难测。"二月休把棉衣撇，三月还有梨花雪"，梨花与雪的相遇，在这样的季节并不罕见。"一夜春风绽落花，冰清玉洁引轻纱。淡痕邀得东风醉，化作婵娟入梦家"，"溪上谁家掩竹扉，鸟啼浑似惜春晖。日斜深巷无人迹，时见梨花片片飞"……我看到的是雪白的梨花花瓣，一片一片又一片在春风中优美地飘洒。

古人赋雪，常以梨花作喻。读古人梨花诗，便觉有一袭清凉怡人——"柳色黄金嫩，梨花白雪香。玉楼巢翡翠，金殿锁鸳鸯。选妓随雕辇，征歌出洞房。宫中谁第一，飞燕在昭阳"，"梨花有思缘和叶，一树江头恼杀君。最似孀闺少年妇，白妆素袖碧纱裙"，"冷艳全欺雪，余香乍入衣。春风且莫定，吹向玉阶飞"，"粉淡香清自一家，未容桃李占年华。常思南郑清明路，醉袖迎风雪一杈"，"芳春照流雪，深夕映繁星"，"梨花雪压枝，莺啭柳如丝"，"雪作肌肤玉作容，不将妖艳嫁东风"……最妙的当属岑参的"北风卷地白草折，胡天八月即飞雪。忽如一夜春风来，千树万树梨花开"，以雪喻花，以花喻雪，相得益彰。岑参两度出塞，久佐戎幕，六年边塞生活，天山雪，火山云，瀚海奇寒，黄沙入天，使岑参的诗歌境界空前开阔，雄奇瑰丽的浪漫色彩成为他边塞诗的基调。

我一直以为梨花无百花之香，而有梅花之形，但古人给我上了一课。李渔赞曰:"雪为天上之雪,梨花乃人间之雪;雪之所少者香,而梨花兼擅其美。"花开时节,千树万树的梨花在春风里荡漾,香气四溢。黄庭坚的诗可证明梨花花香四溢的盛景:"压沙寺后千株雪,长乐坊前十里香。寄语春风莫吹尽,夜深留与雪争光。"古人曾把雪与梅花作过对比,说"梅须逊雪三分白,雪却输梅一段香"。想来,如将梨花与雪、梅相比,梨花既不逊于雪之白,也不输于梅之香。

"年年负却花期!过春时,只合安排愁绪送春归。梅花雪,梨花月,总相思。自是春来不觉去偏知",月光下的梨花,让人内心分外静。梨花入月,月光化水,是流不尽的温柔。"旧山虽在不关身,且向长安过暮春。一棵梨花一溪月,不知今夜属何人。"在皎洁的月光之下,在潺潺小溪的伴奏之中,一树梨花像亭亭玉立的仙女,笑意朦胧。"梨花院落溶溶月,柳絮池塘淡淡风",院子里梨花盛开,月光如水;池塘边柳絮轻漾,春风和煦,是何等的良辰美景!"春游浩荡,是年年、寒食梨花时节。白锦无纹香烂漫,玉树琼葩堆雪。静夜沉沉,浮光霭霭,冷浸溶溶月。人间天上,烂银霞照通彻","云满衣裳月满身,轻盈归步过流尘。五更无限留连意,常恐风花又一春"——夜色朦胧,星月临空,梨花似月若云在春风中轻盈舞,偶有花瓣飘落,好似月光在闪烁,月色与梨花完全融合在一起了。这是一种多么美妙的境界,怎不令人叹为观止!"淡月照疏窗,铃语风初定。曲曲阑干梦亦迷,悄倚梨花影。旧事去如云,脉脉闲追省。香霭空蒙夜色深,露湿云鬟冷。"幽居在深深庭院的才女,眉眼间全是幽幽的惆怅。是什么样的情思让一个女子夜深了还独自在院子里沉吟?对于漂泊在外的人来说,梨花月越是空濛优美,归程无计的游子苦闷忧思更甚。"洛阳一别梨花新,黄鸟飞飞逢故人。携手当年共为乐,无惊蕙草惜残春。"在梨花盛开的季节,见到故乡好友,说说今年的梨花,是多么美妙的事情,也是多少人期盼的事情。

  月下的梨花让人沉静,雨中的梨花让人怜惜。梨花的别名叫玉雨花。雨中梨花,妩媚动人。春雨使万物复苏、梨花滚雪,梨花云雾般满树开着,明得如雪。"月胧胧,一树梨花细雨中",梨花带雨,楚楚动人,衬着清绿的雨后景致显得格外静美,也是风情万种、美不胜收。"粉痕白露春含泪,夜色笼烟月断魂。十里香云迷短梦,谁家细雨锁重门",梨花带雨悲而不伤,文征明写出了人间美色的极致,一滴滴,一点点,不需风吹,自然引出心湖里那一腔痴情。"冰雪肌肤香韵细,月明独倚阑干。游丝萦惹宿烟环。东风吹不散,应为护轻寒。素质不宜添彩色,定知造物非悭。杏花才思又凋残。玉容春寂寞,休向雨中看。"夜雨来,若有若无的丝丝细雨,一夜便摇落一地惨白。花落树下,那满径香雪,花瓣辗转成泥、入土。"金鸭香消欲断魂,梨花春雨掩重门。欲知别后相思意,回看罗衣积泪痕。"戴叔伦欣赏梨花之余,带着几分相思,更有几分春怨。

  "玉容寂寞泪阑干,梨花一枝春带雨。"在仙山上,杨贵妃听说唐玄宗的使者到来,潸然泪下,无比娇柔。这样的诗句让人记起京剧中的唱词："梨花开，春带雨。梨花落，春入泥。此生只为一人去，道他君王情也痴，情也痴。天生丽质，难自弃。天生丽质，难自弃。长恨一曲千古谜，长恨一曲千古思。"一个爱情悲剧，一直演绎着生死难猜的传奇。后人多沿用此，把雨中梨花比作美人垂泪，"院落沉沉晓，花开白雪香。一枝轻带雨，泪湿贵妃妆"。黄昏时雨打梨花，一位深怀相思之情的女子，孤寂心情四处弥漫："萋萋芳草忆王孙，柳外楼高空断魂，杜宇声声不忍闻。欲黄昏，雨打梨花深闭门。"离别在即，一腔相思的佳人独立夕阳，想到夜晚春寒，脸上挂满泪珠："夕阳人影小楼间。曲阑干。晚风寒。料得而今，前后望归鞍。寂寞梨花枝上雨，人不见，与谁弹。"

在《封神演义》第四回，纣王第一眼见到妲己，"乌云叠鬓，杏脸桃腮，浅淡春山，娇柔柳腰，真似海棠醉日、梨花带雨"，便立刻"魂游天外，魄散九霄，骨软筋酥，耳热眼跳，不知如何是好"。纣王阅尽无数春色，能让这样的暴君不知所措，可见"梨花带雨"的娇媚了。张爱玲曾这样质问胡兰成："你与我结婚时，婚帖上写现世安稳，你不给我安稳？"胡兰成答道："世景荒芜，已没有安稳。"难怪只能暗自神伤的张爱玲对胡兰成说："你到底是不肯。我想过，我倘使不得不离开你，亦不致寻短见，亦不能再爱别人，我将只是萎谢了。"世间纯情女子跟梨花，确有相似之处。

梨花不独白色。入宋后，有一种开红花的梨树。王安石有诗句云:"红梨无叶庇花身,黄菊芬香委路尘。岁晚苍官才自保,日高青女尚横陈。"这样的红梨花也有开重瓣花的,欧阳修曾对其书写下洋洋数十言诗:"红梨千叶爱者谁,白发郎官心好奇。徘徊绕树不忍折,一日千匝看无时……"在并州的司马光看到这样的梨花,却有了异样的感觉。"繁枝细叶互低昂,香敌酴醾艳海棠。应为穷边太寥落,并将春色付秾芳。蜀江新锦濯朝阳,楚国纤腰傅薄妆。何事白花零落早?同时不敢关芬芳。"这样香艳的诗句后面却透着一种小心翼翼的心态。"妻愁儿号强相逐,万险历尽方到并。"他远离政治中心东京开封府,两个儿子司马童与司马唐在并州夭折,眼里的世界自然都是灰色的,自然是"鹦鹉前头不敢言"了。

"是谁家庭院,寒食后,好花稠。况墙外秋千,书喧风管,夜灿星球。萧然独醒骚客,只江蓠汀若当肴羞。冰玉相看一笑,今年三月皇州。底须歌舞最高楼。兴味尽悠悠。有白雪精神,春风颜貌,绝世英游。从教对花无酒,这双眉、应不惹闲愁。那夏关西夫子,许来同醉香。"梨花开放在清明前后。"梨花淡白柳深青,柳絮飞时花满城。惆怅东栏一株雪,人生看得几清明。"这"一株雪"赋予梨花神韵,这"一株雪"如人生,繁华转眼即空。柳色青青,柳絮飘飞,如果没有那一树淡白梨花的映衬,如何见得春意之浓、春愁之深?梨花盛开之时,能在花树下走过,此生的遗憾事想必又少一件。

"梨花风起正清明,游子寻春半出城。日暮笙歌收拾去，万株杨柳属流莺。"清明时节，春暖花开，万物复苏，天清地明，正是春游踏青的好时节，可欣赏大自然的湖光山色、春光美景，开展各种文娱活动。

古时候，每逢梨花盛开，人们最爱在花荫下欢聚，雅称"为梨花洗妆，或至买树"。唐朝时，这一风俗十分盛行。洗妆自然是梳洗打扮或洗除妆饰了，为一种花举行这样的仪式足见古人的生活诗意与独出心裁。人们"洗妆"的还有梅花，苏东坡就说过："风清月落无人见，洗妆自趁霜钟早。"人们最爱用梨花作头饰，助兴的当然有酒。"共饮梨树下，梨花插满头。清香来玉树，白议泛金瓯……"，"爱一枝香雪，几暮雨，洗妆残……细倾玉瓶春酒，待月中、横笛倩云鬟。吹散碧桃千树，尽随流水人间"，是何等快意的场景。

与杨贵妃和李隆基连在一起的还有一个词：梨园。这梨园原不过是大唐皇家禁苑中一个果木园，与枣园、桑园、桃园、樱桃园并存。果木园中设有离宫别殿、酒亭球场等，是供帝后、皇戚、贵臣宴饮游乐的场所。但到李隆基时，这果木园就大不一样了。"玄宗既知音律，又酷爱法曲，选坐部伎子弟三百，教于梨园。声有误者，帝必觉而正之，号皇帝梨园弟子。宫女数百，亦为梨园弟子，居宜春北院，梨园法部，更置小部三十余人。"当时梨园的主要职责是训练乐器演奏人员，与专司礼乐的太常寺、充任串演歌舞散乐的内外教坊三足鼎立。除了请专门的人士来教习，梨园还请当时的名士编撰节目，李白、贺知章等人都为梨园编写过节目。

因成了乐舞伎演习歌舞戏曲的场所，后世遂将戏曲界习称为梨园，把戏曲演员称为梨园弟子，李隆基升格为戏曲界的鼻祖。"渔阳烽火照函关，玉辇匆匆下此山。一曲霓裳听不尽，至今遗恨水潺潺"，"玉女泉边翠藻多，石池涵影媚宫娥。可怜绣岭啼春鸟，犹是梨园弟子歌"……在轻歌曼舞、歌舞升平的背后，书写下多少历史教训？

不知为何，这样一种清丽脱俗的花，李汝珍却把它归为花中的"婢"类，让人一直耿耿于怀。

这有些像小说《洛丽塔》的命运。

《洛丽塔》写成于一九五四年，被美国的四家出版社拒绝出版。第二年，书稿流落到法国。在作者并不了解内情的情况下，由巴黎奥林匹亚出版社出版发行，却是以色情读物包装的。六个月之后，英国作家格林发现此书后，称之为欧洲当年最优秀的英文小说。此后《洛丽塔》流传全世界，先后三次被好莱坞搬上银幕。尽管半个世纪以来有关该书的争议绵绵不绝，但是仍然阻止不了西方权威文学界对其的好评，该书也位居二十世纪最优秀一百部英文小说的第五名。

"我一次又一次翻看我这些惨痛的记忆，不住自问，是否在那个遥远夏天的光辉中，我生命的罅隙就已经开始；或者对那孩子的过度欲望，只是我与生俱来的奇癖的首次显示？"这是《洛丽塔》中另一段唯美的叙述，一如作者的经历。纳波科夫一生转徙迁居，与蝴蝶的迁飞极其相似，而且像一般蝶类喜爱单独栖息一样，在婚前婚后一直保持独眠。

这有些像梨花的性格。"梨花如静女，寂寞出春暮。

春工惜天真，玉颊洗风露。素月淡相映，萧然见风度。恨无尘外人，为续雪香句。孤芳忌太洁，莫遣凡卉妒"，极言梨花孤洁不群的品格，其诗所体现的超尘拔俗的风度，被誉为"非食烟火人语"。

不知道纳波科夫有没有"洛丽塔"，他真实生活中的"洛丽塔"是否也像杨贵妃一样红颜薄命，"更落尽梨花，飞尽杨花，春也成憔悴"？

这些都不重要。好在的是梨花落时，东风强劲，那枝条上已绽开新绿。

梨花

花中丽人玉堂春

三月中旬，冬日的余寒尚烈，玉兰花竟静悄悄地开了，满树琼瑶，随风飘香。这样的一树白，这样的一树热烈，这样的一树希望，带给春归后的人们以最初的温暖。

"幽径无人独自芳，此恨凭谁诉。似共梅花语。尚有寻芳侣。着意闻时不肯香，香在无心处"，曹组的词虽然是写兰花的，但也道出了春花共同的秉性。白玉兰的花开来得静。一场雨来，一阵风吹，仿佛得到了上苍提前设的暗示，先是一个个尖尖的小花蕾，暗褐色，毛茸茸的，迫不及待钻出枝条，亭亭玉立，含苞待放。仿佛一夜之间，惊鸿一现，黄褐色的枝头上竟然满是这些花儿，繁茂着，极像停了一树的白鸽，让人惊艳，让人觉得不可思议，甚至叫人无所适从。有的花瓣向四面伸展，落落大方；有的花瓣似张亦合，风韵万千；含苞的骨朵，羞涩未尽，清香溢远。它们微紫而洁白，艳丽而不妖娆，与金色的晨光融为一体，是那么纯洁、那么娇柔、那么优雅。

"霓裳片片晚妆新，束素亭亭玉殿春。已向丹霞生浅晕，故将清露作芳尘。"晶莹皎洁的玉兰花迎风摇曳，饶有风姿,煞是好看。那白,没有拒人千里之外的冷,而是有微微的暖。绝不咄咄逼人,好像只是自己开给自己看的。玉兰花开,倘若说一树花朵是一树诗句并不算过分。

在北方这座城市的冬日,在上班的这条道路上,行道树杂七杂八,大多带着固有的漠然面具和逆来顺受的缄默表情。比较顺眼的队伍中就有这一排玉兰树。短粗而虬劲的枝条,抑扬顿挫地伸展着,在春日雨后初晴的蓝天下显得很有风致。很多时日,玉兰青涩的芽苞隐在冬日的凛冽里,一直鼓胀着、冲突着,企盼着满枝灿烂的那一刻。在春风尚未浩荡之时,希望的笔触漫漶开来,玉兰树已挂满花蕾,让人涌动奋然前进的激情。就这样走在料峭的风里,心情竟无端地有几分快活。

"如此高花白于雪,年年偏是斗风开。"这个时节,寒风未尽,寸草刚生。敢独占枝头,在看似粗糙的枯枝上能够开出那样的花朵,细腻、洁白、饱满,真是刚毅坚韧、特立独行,使人不得不频频回眸。难怪鲁迅先生会发出赞美之声:"血沃中原肥劲草,寒凝大地发春华。"

兰花叶、花、香独具"四清"(气清、色清、神清、韵清),被喻为"花中君子"。有气在,有活力;有色在,有魅力;有神气,有品位;有气韵,有风度。加上一个代表美好、高尚的字眼"玉",就成了另一种花的名字。白玉兰的名字是从诗里逸生出来的。"千花红紫艳阳看,素质摇光独立难。但有一枝堪比玉,何须九畹始征兰。"玉兰色如玉,香似兰。"君不见,同时素馨与茉莉,究竟带些脂粉气；又不见，钱塘欲语娇荷花，粗枝大叶忒铅华。何如个样隐君子，色香不俗真有味。根苗在处傲炎凉，敢与松柏争雪霜……"玉兰清新质朴、楚楚动人，与其他花卉相比较，自能衬托出它"隐君子"的风格。

春季开花的玉兰，主要有白玉兰、广玉兰和二乔玉兰。

作为观赏花木，广玉兰与白玉兰有许多不同。广玉兰是常绿乔木，五六月份花开绿叶间；白玉兰为落叶乔木，春季先开花，后开枝散叶。广玉兰的叶子厚硬、浓绿，好像被人费心涂了一层蜡，透着一种生机和活泼。比起白玉兰柔嫩的叶子，它更像是饱经沧桑的智者。

广玉兰的花苞看上去似裹着一层茸毛，淡幽幽的，略有点浅绿色，像一根根鼓起的蜡烛直直地立在绿叶中。广玉兰全然开放时像极了盛夏绽放的白荷花，无论是花色、花形还是花香。广玉兰的花期十分短暂，一旦饱满绽放，色泽就开始一天天变暗直至枯萎、凋谢。

这个二乔玉兰呢？是不是与三国的"二乔"有关呢？当然不是，而是白玉兰与辛夷的杂交品种。它又名苏郎玉兰、紫砂玉兰、朱砂玉兰，高者可达十五米，花如钟状，外面淡紫色，内面白色，芳香或有或无。

远远地可望见，繁树杂木之间，在枝柯交错处有一片彤云在浮游，如日出云霞般秀丽，那是开放的二乔玉兰。这一点有点像辛夷。不同的是二乔玉兰花盛开后，紫色逐渐消退，仍回归白玉色泽。

与辛夷同科同属的玉兰花，被称为"花中丽人"，别称木兰、木莲、白玉兰、玉堂春、应春花、女郎花。

中国种植玉兰的历史久远。在屈原的《离骚》中,就有"朝饮木兰之坠露兮,夕餐秋菊之落英"的佳句,赞美木兰高洁的品格。阿房宫"以木兰为梁,以磁石为门"。这里的木兰指的就是白玉兰。吴王阖闾,曾在浔阳江中陆洲上栽种许多木兰,用以建造宫殿,人称木兰洲。晚唐时,潮州刺史张博家中有几株名贵玉兰。玉兰盛开时,张博设宴邀请好友赏花,并要求来者即兴赋诗。诗人陆龟蒙姗姗来迟。张博罚他连饮几杯酒后,仍要他即兴作诗。陆龟蒙趁醉意写下《玉兰花》:"洞庭波浪渺无津,日日征帆送远人。九度木兰舟上望,不知元(原)是此花身。"这首诗在宋代姚宽《西溪丛语》中也有记载:"唐末,馆阁诸公泛舟,以木兰为题。忽一贫士登舟作诗云云。诸公大惊,物色之,乃义山之魂,时义山下世久矣。"说李商隐的亡魂还能赋诗,实在有点荒诞不经。

玉兰树寿命极长,可以活到上千年。商周时已有人工栽培,汉唐时用于林苑配景,后来人们多在亭、台、楼、阁前栽植。白玉兰花形极像莲花,盛开时花瓣向四方展伸,使庭院青白片片,白光耀眼,具有很高的观赏价值;再加上清香阵阵,沁人心脾,实为美化庭院之理想花卉。

据说,最早有意识移栽玉兰树的人是僧侣,玉兰的纯净素雅与佛教的清静寂灭之道浑然一体。在那庄重肃穆、香火缭绕的古刹寺庙,入口处或大院里,人们经常会见到玉兰树,树姿雄伟壮丽,枝繁叶茂,叶大阴浓,花大如荷,芳香馥郁。它不仅给游人带来凉爽与清香,同时给寺庙增添了几分神秘的色彩。

乾隆皇帝和他的母亲都非常喜欢玉兰树。他为母亲祝寿,在颐和园建清漪园,从全国各地搜罗了一批名贵的玉兰树,栽在清漪园乐寿堂周围,并建有玉兰堂,形成了著名的"玉香海"景观。花开时节,白玉兰如雪伏枝,洁白如玉,紫玉兰矜持高雅,深沉妩媚。两种花儿,白光耀眼,紫气缭绕,郁郁葱葱,为颐和园增添了无限春色。

"唧唧复唧唧,木兰当户织。不闻机杼声,唯闻女叹息","昨夜见军帖,可汗大点兵,军书十二卷,卷卷有爷名。阿爷无大儿,木兰无长兄。愿为市鞍马,从此替爷征"。木兰让人想起女扮男装、代父从军的花木兰,"同行十二年,不知木兰是女郎"。白居易把木兰花称为女郎花,"紫房日照胭脂拆,素艳风吹腻粉开。怪得独饶脂粉态,木兰曾作女郎来","腻如玉指涂朱粉,光似金刀剪紫霞。从此时时春梦里,应添一树女郎花"。林语堂笔下的姚木兰外柔内刚,持家有方,对长辈恭敬有加,对亲人谦恭和善,对丈夫深情相许,对恩人知恩图报。"夫天地者,万物之逆旅也;光阴者,百代之过客也。而浮生若梦,为欢几何。"为了报恩,她错过了心仪的恋人,可她宽容善良的天性为自己赢得了一生幸福。只不过后来,不知怎的就英雄气短儿女情长,"见说木兰征戍女,不知那作酒边花"。到后来,木兰变成玉兰,人们只注意到"独饶脂粉态",早忘了花木兰替父从军的英姿飒爽。

应春花的名字，是因其在春天应时节开放。这样的名字很让人喜欢，它和迎春花一起充当报春的使者。玉兰花开时，真称得上满庭芳："刻玉玲珑，吹兰芬馥，搓酥滴份丰姿。缟衣霜袂，赛过紫辛夷。自爱临风皎皎，笑溱洧、芍药纷遗。藐姑射，肌肤凝雪，烟雨画楼西。开齐，还也未，绵苞乍褪，鹤翅初披。称水晶帘映。云母屏依。绰约露含日，冰轮转、环参差。问琼英。返魂何处？清梦绕瑶池。"

仲春时节，一树树盛开的玉兰花身形婀娜，散发出玛瑙般的光芒。一簇簇洁白的玉兰花如同仙女从月宫下凡，翩翩起舞，时而聚拢成圈，时而四下散开，令人目不暇接。白玉兰花易开易落，"微风吹万舞，好雨尽千妆"，一番风雨可使白玉兰银妆尽卸，但数日晴和之后，白玉兰新蕾尽放，又独醉风情。"素面粉黛浓，玉盏擎碧空。何须琼浆液，醉倒赏花翁。"在春日玉兰花的海洋里，简直就分不清是花仙子降落人间，还是恍惚置身于春日仙境中？

白玉兰开花，有其独特的习性。它昼开夜闭，午后至黄昏前是花朵的盛放期，花朵怒放，状如玉蝶；清晨，花则闭合如百合状。"色如美玉丰神好，香与幽兰气味同。庭院笙歌初散后，亭亭一树月明中。"寂静的春夜里，月色溶溶，高逸名贵的玉兰花承受着月光的轻轻爱抚，散发着淡幽的清香。徜徉在这样的清香里，似有一种沉醉忘归的感觉。不知那个春风沉醉的晚上，郁达夫是否看到玉兰花开？

玉兰花期较短，只有半月左右。因此，古人赏玉兰讲究"便宜急急玩赏，玩得一日是一日，赏得一时是一时"，若"初开不玩而俟全开,全开不玩而俟盛开",结果便是恐"好事未行,而杀(煞)风景者至矣"。

唐元和十三年,白居易迁拜忠州刺史,溯江赴任。暮春时节,在忠州城北鸣玉溪畔,他发现一片繁茂的野生玉兰林,"大者高五丈,涉冬不凋,身如青杨,有白文(纹),叶如桂,厚大无脊,花如莲香"。他喜出望外,偕道士毋丘元玩赏,以诗助兴:"如折芙蓉栽旱地,似抛芍药挂高枝。云埋水隔无人识,唯有南宾太守知。"他曾想留住春光,把野生玉兰移入堂中,但终没有成功。为此,有些懊丧的白居易感叹道:"已愁花落荒岩底,复恨根生乱石间。几度欲移移不得,天教抛掷在深山。"

张爱玲眼里的玉兰花有些异样:"唯一的树木是高大的白玉兰,开着极大的花,像污秽的白手帕,又像废纸,抛在那里,被遗忘了,大白花一年开到头。从来没有那样邋遢丧气的花。"境由心造,十七岁的她被父亲殴打一顿,关在老宅子长达半年之久,悲愤抑郁之情无处发泄,窗前开得正盛的玉兰花便遭遇了无妄之灾。

历代诗人、画家,喜欢以玉兰为题咏之画之,歌赞它的洁白无瑕、应寒迎春、雍容端庄。查慎行写过《雪中玉兰花盛开》诗:"阆苑移根巧耐寒,此花端合雪中看。羽衣仙女纷纷下,齐戴华阳玉道冠。"古人早已将玉兰花比拟杨贵妃,文征明还与《霓裳羽衣曲》的掌故连起来。"绰约新妆玉有辉,素娥千队雪成围。我知姑射真仙子,天遣霓裳试羽衣。影落空阶初月冷,香生别院晚风微。玉环飞燕无相敌,笑比江梅不恨肥。"与杨贵妃和赵飞燕一样美丽,玉兰花开丰盈,完全有资格将消瘦的江梅比下去。因为江梅无论如何也开不出这样肥硕富态、花雅香幽的花朵来。难怪古代诗人皆以"玉雪霓裳"状其姿色,竞相题咏。

玉兰入画,花朵立在枝头的姿态带着一种端庄的雅气。奚冈的《海棠玉兰图》,以淡墨粗笔写玉兰枝条,花叶以没骨法画出,柔美空漾,工写兼顾。

齐白石爱画玉兰花。他在七十岁左右画的《玉兰》上题款:"不画此花将半年矣,胸中犹有好枝。"齐白石笔下的玉兰花总是给人以春风送暖的感觉。他七十四岁画的一幅《玉兰、海棠、牡丹》,玉兰高耸直上,牡丹、海棠红花绿叶衬着一树洁白的玉兰花,满幅生机。因玉兰花瓣厚,老人用秃笔蘸淡墨画出了花瓣厚重的质感。

明代文学家、画家沈周既写玉兰,也画玉兰。沈周用倒晕法画玉兰花,以淡青色烘染背景,运用留白法凸显花朵的洁白。他使用粗硬短促的线条画皴枝干,并以长弧线做出花瓣的柔嫩质感,显得清淡雅致并富有书法趣味。他还有一首《题玉兰》诗:"翠条多力引风长,点破银花玉雪香。韵友自知人意好,隔帘轻解白霓裳。"

古代宅院常种玉兰,象征"玉洁冰清"或"玉堂富贵"。《玉堂富贵,竹报平安》画,是以玉兰、海棠、牡丹、桂花、翠竹、兰花、芭蕉、梅花来表述的,也称"庭院名花八品"。这让人想起那个叫苏三的苦命女子,艺名也是玉堂春。苏三出场,竟然一开口便哭了出来:"苦也!玉堂春，含悲泪，忙往前进。想起了，当年事，好不伤情。过眼云烟化灰尘，到如今恍如隔世人。一可恨爹娘心太狠，他不该，将亲生女儿送娼门。青楼生涯非人过，受尽折磨痛苦深……"只是，此玉堂春不似彼玉堂春。

玉兰开放，朵朵向上，从来不低头，永远向着蓝天，一直到凋零。它不用任何掩饰和伪装，直面自然，不卑不亢，有一股凛然不可侵犯的气质。八大山人在亡国后，心情激愤，以明朝遗民自居，不肯与清合作，或僧或道，保持着独立的人格。他画白玉兰，往往只有寥寥几根劲挺的枝条，花朵的线条苦拙而有棱角，狞厉不屈，一扫柔媚丰腴的旧制。他的题画诗，语含讥讽，呈现一种狂傲之态。如《题画玉兰》："是笔摇春思，平明梦作花。判官把不定，金马落谁家？"汉代的金马门是学士待诏的地方，能"历金门上玉堂"是读书人的梦想。判官把不定谁能金榜题名，自然是在看"孔方兄"。这题画诗分明是在讥讽当时社会的不公和一些文人对高官厚禄的渴求。

玉兰花花瓣可供食用，肉质较厚，具有清香气味，可提制芳香浸膏。清代《花镜》上说："其瓣择洗清洁，拖面麻油煎食极佳，或蜜浸亦可。"玉兰片是用鲜嫩的冬笋或春笋经加工而成的干制品，形状和色泽很像玉兰花的花瓣，为春季油炸糕点。它口味清雅，脆而易化，为老人和儿童所喜爱。

白玉兰的花语：表露爱意、高洁、芬芳、纯洁、纯洁的爱，真挚。唐代诗人咏："晨夕目赏白玉兰，暮年老妪乃春时。"据说，若女性天天赏视玉兰，嗅着浓郁的芳香，可人老心童，留住岁月，青春永驻。玉兰花有着忠贞不渝爱情的寓意。每逢喜庆吉日，人们常以玉兰花馈赠，是表露爱意的使者。

　　白玉兰的奇特之处在于先花后叶，"花落从蒂中抽叶"。枝条吐出绿芽后，玉兰花就开始变老，叶子渐渐长出，花瓣已弱不禁风。"数朵微含，一枝乍秀，淡淡如菊，笑秾李夭桃，只解寻常装束。无言一笑，嫣然空谷。想采时，无数裙腰都绿。"一阵微风吹过，形似玉船的玉兰花瓣脱落枝头，飘落下来，好像飞舞的白色蝴蝶带着阅尽的沧桑在欢舞中飘然尘世。一场春雨袭来，玉兰花瓣也会轻轻飘落，静卧地上，恰似一位展示完美貌的佳丽已洗去铅华。

　　屠格涅夫说："人生的最美，就是一边走，一边捡拾散落在路旁的花朵，那么一生将美丽而芬芳。"人喜欢花，大概就是喜欢它的自由自在，喜欢它不失时令的信用，喜欢它生生不已的旺盛神气。看玉兰凋零的花瓣，想着那"迎春开趁早春时，粉腻香温玉斫姿。容易阶庭长得见，人从天上望琼枝"，再看一眼"深谷名花何处移，森森玉树媚清漪。国香漫拟猗兰操，秀色还同冰雪姿"的妖娆，就可稍稍领悟黛玉葬花的心思，感受到人生的美丽与芬芳。

花中丽人玉堂春

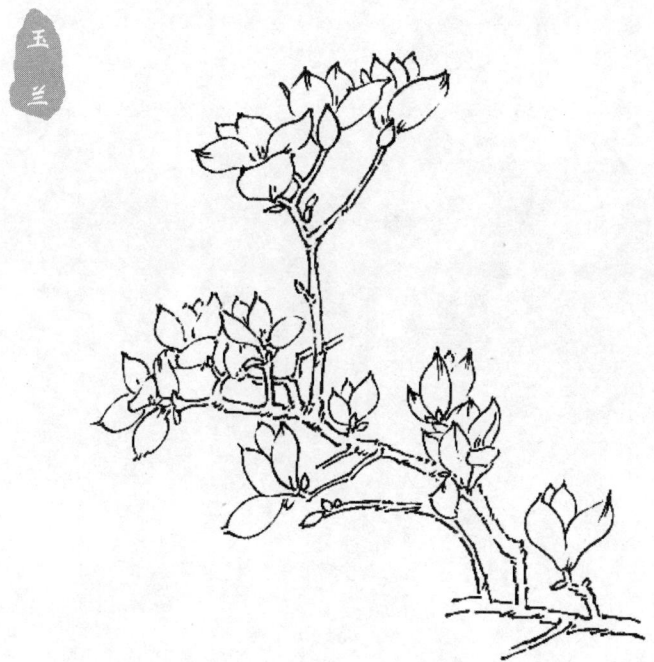

清明

桐花朵朵开向阳

这个季节已经能够看到桐花。

往往是在一场雨雪之后,重新温暖起来的阳光伴着春天的热情涌向大地时,暖湿的气息便唤醒了那些最早能够感知季节变迁的动植物。相比较杨柳而言,在整整一个冬日,枯寂在路旁、河边和田野里,桐树的反应显得有些迟钝。往往是杨柳的枝叶已在风中婆娑许久,它才将积蓄一个冬日的能量释放出来,释放成一朵朵花儿。

"清明寒食。过了空相忆。千里音书无处觅。渺渺乱芜摇碧。苍天雨细风斜。小楼燕子谁家。只道春寒都尽,一分犹在桐花。"首先出来展示身姿的是花蕾。不知从什么时候起,你突然会发现桐树原本光秃秃的树枝上,绽放出一束又一束菠萝状的花儿来,在风的鼓动下,在阳光的照顾下,慢慢地将整个树冠挤满、遮密。桐花的白色中,因又渗出些微紫色来,显得高雅而雍容,一下子让人们从中感受到春的美丽,有了轻松、蓬勃和喜悦的心情。

常见的桐树有两种:青桐、白桐。据说,只开花而不结实的是白桐。白桐木可以做乐器,筝、琵琶等乐器的琴身多用白桐木。如此一说，白桐似乎就是泡桐了。但泡桐怎么是白色的呢？泡桐又叫水桐，只要它的根须能喝到水，就可长大。泡桐的表皮经常是粗糙的，远不如经常沐浴的姑娘那般水灵。冬日里，泡桐树的表皮明显脱落，有的整体"春光乍露"，露出青绿色光滑细腻的内肤，斑驳陆离。

在诞生焦裕禄精神的兰考县，种植有大量的泡桐。这方土地厚重，昔日的盐碱沙土地长出的泡桐木质疏松度适中，具有不易变形、脱脂后透音性好的优点，被誉为"会呼吸的木材"，是制作古筝、琵琶等乐器音板的最佳材料。如今，全国百分之九十的民乐音板产自兰考。

青桐呢？应该不是我见过的青色幼桐，直挺挺的，给人干净超脱的印象。"一株青玉立，千叶绿云委。亭亭五丈馀，高意犹未已。山僧年九十，清净老不死。自云手中时，一棵青桐子。直从萌芽拔，高自毫末始。四面无附枝，中心有通理。寄言立身者，孤直当如此。"它高擎着翡翠般的绿伞，气势昂扬，一片葱郁。据说青桐开花后会结青色的果实，果实像青色毛桃，九月成熟，熟后剥去青壳，里面的果实可炒食，味道像菱角、芡实。这在中原地区少见。

印象中，经常有一种桐树：梧桐。梧桐树外表虽然极其普通，但在中国传统文化里却很高贵。梧桐的高贵从两千多年的《诗经》中来的。"凤凰鸣矣，于彼高冈。梧桐生矣，于彼朝阳。"凤凰在山冈上歌唱，梧桐在朝阳的山坡生长。梧桐枝叶茂盛，凤凰歌声悠扬，这是何等优美和谐的场景呀。尊贵灵秀的神鸟凤凰，与之匹配的是梧桐。凤凰"非梧桐不止，非练实不食，非醴泉不饮"。前秦国君苻坚在都城长安种下梧桐几十万棵，不知是否为求梧凤之鸣。"朝饮苍梧泉，夕栖碧海烟。宁知鸾凤意，远托椅桐前"，民间庭院，堂檐前多植梧桐，应的是"植下梧桐树，招来金凤凰"的俗语。

古书上说梧桐能"知闰"、"知秋"。说它每条枝上，平年生十二片叶，一边有六片叶，而在闰年则生十三片叶。我不知道有没有这种自然规律，宋代立秋这天倒是以梧桐落叶以寓报秋之意的。

梧桐最是有情之物。据说，梧桐是一雌一雄而生的，少了其中一棵，另一棵就无法存活。贺铸有首词："重过阊门万事非，同来何事不同归？梧桐半死清霜后，头白鸳鸯失伴飞。原上草，露初晞。旧栖新垅两依依。空床卧听南窗雨，谁复挑灯夜补衣！"初读时，并不知道有什么值得回味之处，后来才渐渐明白他是以梧桐喻白头鸳鸯，两者都应该双栖双宿，一个不可或缺。"眼想心思梦里惊，无人知我此时情。不如池上鸳鸯鸟，双宿双飞过一生"，是世间多少痴情人的梦。

"愿得一心人，白头不相离"，相传是卓文君《白头吟》中的句子；"桐花万里路，连朝语不息。心似双丝网，结结复依依"，是乐府诗《子夜歌》里的句子吧！张爱玲在与胡兰成当年的婚约里曾言：愿使岁月静好，现世安稳。胡兰成说，我也爱爱玲是桐花万里路、连朝语不息。可是纵使再懂得，他却从来并不给予满含爱意的答复。时局变化，胡兰成旧习不改，别筑香巢与其他女子温柔缱绻，又是"一树茂盛苍翠"。难怪，张爱玲要失语："你与我结婚时，婚帖上写现世安稳，你不给我安稳！"

焦仲卿与刘兰芝合葬后，其坟"东西植松柏，左右种梧桐。枝枝相覆盖，叶叶相交通。中有双飞鸟，自名为鸳鸯。仰头相向鸣，夜夜达五更。行人驻足听，寡妇起彷徨"。这爱情的永久要靠死亡来维护，未免有些凄然。但老百姓想到的或许只是它的高洁。

这梧桐，当然不是俗称的法国梧桐（也叫悬铃木），而是泡桐。我没有看到过法国梧桐的花，不知道其是否有花。泡桐质朴温和的气质似乎不太合适以速度、效率为代表的现代都市，它那种尘土般的粗犷味儿似乎更适宜广袤的乡村。泡桐花开，一树树泡桐花虽然不耀眼，却足以形成一种无言自威的气势。一簇簇白色微紫的花交相辉映，白色的花瓣朝外张开，喇叭样的花蕾拥挤着，逼进你的视觉范围。这时节，天气多阴晴不定，一阵疾风骤雨吹落而来，泡桐花瓣飘落，成堆成团，满地的紫与白在雨水的浸渍下，慢慢呈现出枯涩的黄，低到尘埃里，散落成尘埃，却难以再从尘埃里开出花来。

梧桐生命力旺盛，不论简陋的庭院抑或阔旷的田野，往往仅一块根就能发芽。春天，农家从集镇上买回树苗种上。翌年春日，将原先的梧桐苗本折断令其重新发芽。只有从老根上新发的梧桐苗长势才会茁壮。桐树生长得快，两三年就有成人手臂粗。桐树枝疏叶大，树冠开张，叶片被毛，分泌一种黏性物质,能吸附大量烟尘及有毒气体,是绿化及营造防护林的优良树种。

"梧桐柔木也。"这个柔字,最初的意思便是植物初生而嫩,古人把茅草初生的嫩芽称为柔荑,后多用来比喻女子白嫩的手。而对于木材而言,则是"凡木曲者可直,直者可曲,曰柔"。质地柔韧之木可以用来制琴瑟,陆机说:"激长歌於丹唇,发铿锵乎柔木。"

桐木柔滑,纹理较粗,又"吃钉"(钉子钉进去,木料不容易劈开),极少裂纹。民间种植桐树,为的是做风箱、箱子、窗扇等器物。顾名思义,风箱就是扇风的木头箱子,也有人把它叫"风匣"。民间灶旁大多有木制风箱。风箱要用材质较松的木材来做箱体,一般用桐木。桐木抗热性强,高温下不易变形,过去一直是农家做锅盖的首选。桐木洁净,无虫蛀,树皮光滑、耐水、耐腐,是制作棺木的上好材料之一。旧时,民间流传过"铜帮铁底柏木天"一说,其中的"铜帮"指的是梧桐木做的棺木帮衬。梧桐木质轻且耐摩擦,旧时也多用其制作木屐,民间习称"呱嗒板儿"。

贾思勰用了八个字来形容梧桐:华净妍雅,极为可爱。能把一种树夸得如女子一样美好,足见他对梧桐的喜爱程度。

喜欢梧桐的不止他一人。在《世说新语·赏誉》里有一段与桐树有关的话,十分有情趣。"王恭始与王建武甚有情,后遇袁悦之间,遂致疑隙。然每至兴会,故有相思。时恭尝行散至京口谢堂,于时清露晨流,新桐初引,恭目之曰:'王大故自濯濯。'"史书上说王恭"少有美誉,清操过人",他因为偶然的疑隙与友人疏远,但常常仍不免想念友人。一个春日,他见到清露下初生的桐树,觉得友人如目前的桐树明净清朗。这真可谓"相见亦无事,不见常思君"。

李渔在《闲情偶记》中说,梧桐一树是草木中一部编年史,梧桐有节可记,生一年记一年,树小而人与之小,树大而人随之大,观树即所以观身。梧桐喜欢阳光,喜欢温暖而潮湿的泥土。梧桐四五月发叶,叶片阔大,有成人手掌五指张开那么大。北方树木中,鲜有叶大超过梧桐叶的。梧桐喜阴润,夏日在树下凉纳阴,格外爽人。桐叶宽大,雨落梧桐是古人喜欢的景致。古人吟诗填词,谈及梧桐最多的不是梧桐雨就是梧桐叶。

古来梧桐雨,最是断肠物!不知怎的,这样诗意的树与雨的结合竟然有些凄然。就如同清和明,本身是极其清爽的,但一组合在一起就雨意纷飞了。记得年轻时(当然现在我也不老)我爱读宋词,喜欢千年前栖息在这座旧都里的人的词句,那时是这座城市的黄金时代。

雨敲梧桐,流溢飞溅的都是愁绪。梧桐雨,满是伤痕,幽怨哀伤,绝对的婉约派气质。如柳永的"水风轻、萍花渐老,月露冷、梧叶飘黄。遣情伤。故人何在,烟水茫茫",如姜夔的"芳莲坠粉,疏桐吹绿,庭院暗雨乍歇",如张镃的"月洗高梧,露溥幽草,宝钗楼外秋深",如王士祯的"凉夜沉沉花漏冻,欹枕无眠,渐觉荒鸡动。此际闲愁郎不共,月移窗罅春寒重。忆共锦衾无半缝,郎似桐花,妾似桐花凤。往事迢迢徒入梦，银筝断续连珠弄"……其中最为著名的莫过于李清照笔下的"梧桐更兼细雨，到黄昏、点点滴滴。这次第怎一个愁字了得"。梧桐雨，将淡淡的离愁透过桐叶的指缝倾洒下来，影影绰绰，无法逃避。春悲秋愁，梧桐最能解人意。最美的梧桐雨还是周紫芝那句"梧桐叶上三更雨，叶叶声声是别离"，由温庭筠的"梧桐树，三更雨。不道离情正苦。一叶叶，一声声。空阶滴到明"转来。雨落梧桐叶，先在宽大的叶片聚集，雨止后，点点凝集的雨滴仍从梧桐叶下滴出清凉雨意，真个是"如今风雨西楼夜，不听清歌也泪垂"。这样美丽而伤怀的意境，我在梦里见过、在诗中写过，可现实生活中却很少遇到。那些古典的情怀与故事距离我们太遥远。

  这个季节的雨自然不如秋日的缠绵，无黄昏更兼梧桐细雨的阴柔，要磅礴得多、气势得多。喜欢这样一句话：孤独是一个人的狂欢。虽然不是一个很内向的人，但我却非常乐意独处。因为在独处时，躯体就在这精神的狂欢中得到休憩，心灵就在思想的盛宴里得以滋养。独处的时候，雨是个调情的好东西，滴滴答答或者嘭嘭嗵嗵，一下一下就让人的心动起来。对于那些骨头里深藏着忧郁的人，借着雨丝的潮湿气能生出大片的凄凄惨惨来弥漫在整个心田，几乎令人窒息。想来黄昏时的李清照，正是看到雨中的梧桐才有点点滴滴愁绪在心头的。

  白朴的名作《梧桐雨》里有雨的描写："润蒙蒙杨柳雨，凄凄院宇侵帘幕。细丝丝梅子雨，装点江干满楼阁。杏花雨红湿栏杆，梨花雨玉容寂寞。荷花雨翠盖翩翩，豆花雨绿叶萧条。都不似你惊魂破梦，助恨添愁，彻夜连宵。莫不是水仙弄娇，蘸杨柳洒风飘？"这一折颇讲究词采，体现了白朴曲词"风骨磊石鬼，词源滂沛"的特色。只是不知道"在天愿作比翼鸟，在地愿为连理枝"的唐明皇与杨贵妃，缠绵在长生殿时可否想到马嵬坡的结局？

或许，梧桐雨更适宜夜的黑。黑如时光的沙漏，雨里留下的是些微回忆的亮光。雨夜梧桐容易让人想起南方的芭蕉，有人说，能够用来听雨声并被记入诗词的植物，好的是芭蕉和残荷。"残荷听雨，是夏末秋将至，天气转凉，多的是一份萧瑟凄凉。而芭蕉叶大，舒卷有致，承接的是春夏之雨，落上去的是自然界的天籁，灵动，清雅。"李煜的《长相思》中，有"帘外芭蕉三两窠。夜长人奈何"的句子。但也未必，梧桐也有如此韵味吧。雨夜中，那挺拔的梧桐又在思念谁呢？

这样的雨，似乎没有花儿更让人感觉生命的热烈与欢快。春天，梧桐花会开满一树，淡紫色的，花团锦簇。梧桐叶大，花亦大，喇叭形，花柄处稍弯，像喇叭被人踩了一脚。梧桐花厚，虽不是特别美，但却朦胧，"微月照桐花，月微花漠漠"。偶然抬头才晓得，这花儿开得繁盛却透着清淡气息，"叶新阴影细，露重枝条弱。夜久春恨多，风清暗香薄"。

梧桐花的花语据说是情窦初开，自然有着少女恬淡的气息。情窦初开，爱情萌动。有青涩，也有历练；有甜蜜，也有苦涩。即使最后不会有任何的结果,也是生命中重要的美好桥段。梧桐花开时,甚至刚淋过雨的晴空后,能看见几只雀儿立在枝头,人来而不惊,唧唧喳喳地呼朋引伴,啾啾鸟鸣穿透刚才湿重的雨意响起在人的耳畔,振动着人的耳膜,轻柔而细腻,仿佛在诉说着一种欣喜,那是阳光里的欣喜。

据说,桐花是可以吃的,我没有试过。据介绍,去掉桐花里面的花蕊,洗净后用开水焯一下,没有苦味,下到稀稀的面条里,味道香香的、软软的、筋筋的,像蘑菇,还有点腊肉味。桐花可以蒸着吃,将洗净的桐花和面拌在一起,放到锅里蒸熟,滴几滴香油,浇上些许蒜汁,既当菜又当饭,让人吃得津津有味。桐花鸡蛋饼,据说吃起来也挺不错的。也有人把桐花晒干,放到冬天和肉一起煮。

泡桐花是一味中药,可以治疗年轻人脸上易长的"青春痘"。春天,采摘一把鲜桐花,晚上睡觉时,先以温水洗脸,取桐花数枚,双手揉搓至出水,在患部反复涂擦,擦到无水时为止,第二天早上洗净脸。同法连用三天,一周后"青春痘"便会自然消失。可惜,我早已经打马越过"青春痘"时代。

"湛湛碧井水,其上有梧桐。春随井气生,白花飞蒙蒙。晓枝滴甘露,味落寒泉中。结实待瑞羽,岁晚半枯空。"桐花开四五天便凋落,花大,落地时扑扑有声。头上是碧绿大叶,地上铺散着白粉残花,景致也美。有一句民谚:梧桐花不落干地。梧桐花落时,一定会有一场雨陪伴。梧桐花落,春雨洒落,看似互不相干,先人们经过缜密观察加上奇思妙想，就这样把它们联系在一起了，极其神奇。

"雨余烟腻暖香浮，影暗斜阳古驿楼。丹凤总巢阿阁去，紫花空映楚云愁。堪怜翠盖奇于画，更惜芳庭冷似秋。长日老春看落尽，野禽闲哢碧悠悠。"这是诗人的骚情。在乡下，这花不大受人关注关注。桐花的是孩子，那是孩子才会有的是惬意。花开时节，孩子抬头看那些喇叭花，仿佛能听得懂那神秘细微的声音。泡桐花落地的声音颇有趣，尤其是有雨的清晨，"啪啪啪……"，泡桐花落地的声音，细细碎碎，有清纯之韵。

这时，孩子们总会欣欣然地跳入雨中，捡拾被雨打落的梧桐花，放入嘴中贪婪地吸着花蜜。这些飘落的花朵成了他们的玩具。在桐花未衰之前，用力在喇叭口一踩，花的内部受力膨胀爆破就会发出"啪啪"的响声。收集梧桐花的另一个用途就是做"佛珠"。把花骨朵去掉，只留下如小钟般的末端，取一根细细的丝线一个个地串起来。之后把它挂在脖子上，小孩子盘腿席地而坐，一个个拨弄个来回玩得不亦乐乎。

"桐花万里丹山路，雏凤清于老凤声。"桐树先花后叶，有"花如后发始年丰"的诗句。梧桐所有的花脱落后，桐树叶子就疯长起来。夏天，在梧桐树的阴影下，人们谈古论今。我爱听那风吹梧桐的婆娑声，看那阳光穿越的斑驳模样。或在它亭亭如盖的树荫庇护下，与小伙伴不厌其烦地玩游戏。纳凉的夜晚，席地而坐，听大人讲那些充满神秘和恐怖的故事，就看见那梧桐叶在月光下婆娑。

到了秋天，秋风秋雨愁煞人，梧桐一年的使命就要完成，一片片黄叶渐渐飘下。在秋风萧瑟的日子里，我爱踩着它厚厚的落叶，听那轻轻的咯吱声，看着那阔大叶子清晰的脉络，觉得自己的心情亦像它一样一直交错延伸到生活的最边缘。

梧桐树萧萧地摇曳，宛若童年与故乡在窗外伫立……

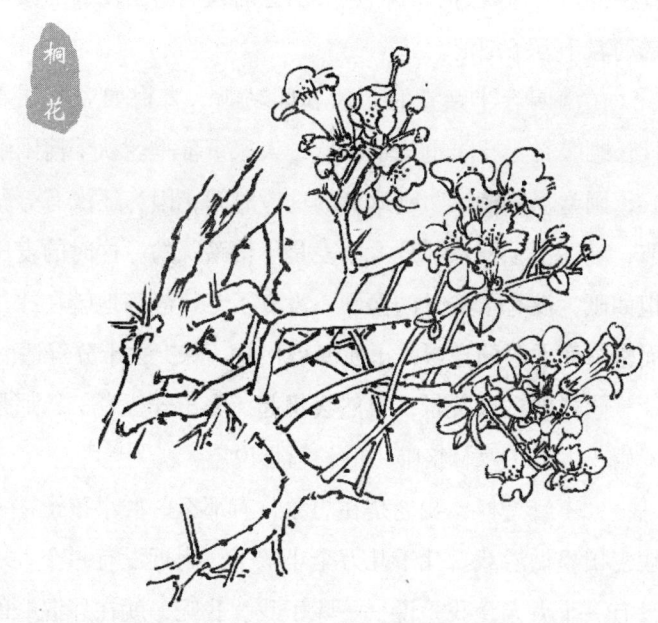

月明清香麦花雪

麦子会开花吗？印象极其淡薄。印象深刻的倒是春日的麦田。

冬去春来，软黄的阳光之下，北方的田野里恣肆生长的就是麦田。麦们经过一冬的休整彻底摆脱萎靡状态，纷纷挺直腰杆。有风吹过，它们点头示意向人们露出友好的微笑，蠕动着千万条细浪。

"南园春半踏青时，风和闻马嘶。青梅如豆柳如眉，日长蝴蝶飞。花露重，草烟低，人家帘幕垂。秋千慵困解罗衣，画堂双燕栖。"刚返青的这段时间，因为还没有分蘖拔节，破坏不了根系部分，小麦是不怕踏踩的。这时的麦田平坦如砥，没有了冬日的僵硬，没有了冬日静静地躺在冰雪下面嫩绿而柔弱的身影，土质变得松软，踩上去十分舒适。

这样的良辰美景，自然会想起《麦田守望者》，那是杰罗姆·大卫·塞林格唯一的长篇小说。

"不管怎样，我老是在想象，有那么一群小孩子在一大块麦田里做游戏。几千几万个小孩子，附近没有一个人——没有一个大人，我是说——除了我。我呢，就在那混账的悬崖边。我的职务是在那儿守望,要是有哪个孩子往悬崖边奔来,我就把他捉住——我是说孩子们都在狂奔,也不知道自己是在往哪儿跑。我得从什么地方出来,把他们捉住。我整天就干这样的事。我只想当个麦田里的守望者。"这样的情景我也曾经上演过,纵情融入大自然:在田间地头奔跑、追逐、打闹、放风筝,累了找块松软的土地,席地而坐,侃侃而谈,尽情体味春天的美妙。这样的感觉真好。

这时的麦田有春阳的抚摸,有春风的温存,有春雨的细致,还有些自由挥洒的心情。这样的麦田里,一个人静静地坐在绿浪之中,可以自顾自地遐想;可以躺在麦田里看风筝,看风筝迎着风在欢畅淋漓地跑,看不远处白白的云,看风筝背后蓝蓝的天,欣赏蓝天里各种悠然向上的姿态;可以想象自己是一棵麦苗,也可以想象自己是一粒花苞,一天到晚无忧无虑地开放……处在这样的环境里,心里最柔软的那一点好像复活了。

但仍有小小的疑问:麦子会开花吗?

麦子是开花的。要不在《四时田园杂兴》里,范成大怎么会说"梅子金黄杏子肥,麦花雪白菜花稀。日长篱落无人过,唯有蜻蜓蛱蝶飞"?要不白居易怎么会在《村夜》里说"霜草苍苍虫切切,村南村北行人绝。独处门前望田野,月明荞麦花如雪"?

四月的麦地很漂亮,麦苗们细直的茎,窄长的叶,全身散发着晶莹剔透之感。尤其是那素净优雅身姿犹如青玉,婉若绿琮,青麦苗一片连着一片。麦花像雪那样,洁白纯净,覆盖在绿色的叶子上,在轻风的吹拂下像成群的白蝴蝶在麦茎上翻飞舞动。只是开遍整个原野的麦花,你几乎不能分辨个体的形状,就那么短暂地呈现白茫茫的一片。只有等到麦花谢了,才会有漫天的花絮吹拂在天际,极其壮观。甚至在不经意中,一阵风轻轻吹来,它们便会消失得无影无踪,麦地又恢复成一片绿色的海。

麦花仅仅是雪白的吗?不完全是。这要看麦子的种类,麦子有好多种,如小麦、大麦、燕麦等等。

翻读古代典籍,我一直对小麦的名字感到奇怪:来。它从哪里来的呢?据说,小麦原产地在西亚、北非地区两河流域的新月沃地,这里是一条弧形的狭长地带,犹如一弯新月。这里土壤肥沃,萌发了古农业文明,也是两河文明的发源地。中国发现小麦的最早遗址是在新疆的孔雀河流域,也就是我们常说的楼兰。西域,楼兰,因为距离的遥远,因为历史的厚重,充满神秘色彩。早在两世纪以前,楼兰就是西域一个著名的"城郭之国"。它东通敦煌,西北到焉耆、尉犁,西南到若羌、且末。古代"丝绸之路"的南、北两道,从这里分道。我国内地的丝绸、茶叶,西域的马、葡萄、珠宝,最早都是通过楼兰进行交易的。当时楼兰城内商铺连片,佛寺香火缭绕。大漠古道,驼铃声悠扬。络绎不绝的使团、僧侣、商队游客在此驻足打尖,在此寻梦天堂,游戏人间。它是汉晋时期的屯戍要地,也是西域长史府的处所。公元四世纪后,楼兰国突然销声匿迹,几乎没有目前任何可以确定的原因便成为风沙的领地、死亡的王国。高僧法显西行取经时,此地"上无飞鸟,下无走兽,遍及望目,唯以死人枯骨为标志耳"。

在罗布泊的一角,有楼兰的小河墓地,人们发现了那个公主的干尸,那个神秘微笑了几千年的干尸,也发现了一些食物标本,它们是炭化的糜子、大麦和小麦。在标本鉴定时,人们发现了一朵小麦花,为目前世界上保存得最古老最完好的。这让人很是纳闷,经历了几千年那么小的花儿是怎么保存下来的呢?

中国内地发现出土的小麦标本,在三千多年前商代中期和晚期,但当时种植小麦不是很普遍。中国人普遍种植小麦还是汉代以后。特别关键的一点是,战国时期发明的石转盘在汉代得到推广,使小麦可以磨成面粉。这时的人们仅仅把磨碎的麦子煮成饭。对于麦饭,颜师古曾有这样的注解:"麦饭,磨麦合皮而炊之也……麦饭、豆羹皆野人农夫之食耳。"既然是"野人农夫之食",当然是低等而粗劣的。虽然陆游有"日长处处莺声美,岁乐家家麦饭香"的诗句,但不难想象那时的麦饭并不可口。朱熹到女婿家,女婿和女儿招待他的只是一锅葱汤及半锅麦饭。女婿沈蔡一再向他表示歉意,朱熹却即兴吟了一首诗:"葱汤麦饭两相宜,葱补丹田麦疗饥。莫谓此中滋味薄,前村还有未炊时。"古人讲"民以食为天",对芸芸众生来讲,吃饭是天字号的头等大事。没有更好的食品,朱熹也只能苦中作乐了,这与是否提倡简朴家风无关。如今,麦饭是陕西的一种特色小吃,是用各种菜蔬和以干面粉蒸而食之,据说饭菜两宜。这近乎我们日常所言的蒸菜。

农作史证明，麦类植物原为野生，后被人工培育。在种植顺序上，是先有大麦后有小麦。"思文后稷，克配彼天。立我烝民，莫匪尔极。贻我来牟，帝命率育。无此疆尔界，陈常于时夏。"天帝给后稷来牟的种子，让他教民"播时百谷"，在中原大地引种。从此，这一作物不再有彼此疆界，推广开来。早期的来牟是对麦类植物的统称。"来，周所受瑞麦。来牟也，二麦一锋，象其芒束之形。天所来也，故为行来之来。"因大麦的颖果排列为明显的两列（改进种为四列），而小麦则锋列不明显，故当时中原华夏人将初传入的小麦写作"来"，既象形又取义，表明是一种外来的大麦种。这一点同时证明小麦是在大麦的基础上进化而来的。

大麦在古代叫牟麦、䅟麦、饭麦，也叫旷。大麦是有稃大麦和裸大麦的总称。一般有稃大麦称皮大麦，其特征是稃壳和籽粒粘连；裸大麦的稃壳和籽粒分离，称裸麦，青藏高原称青稞，长江流域称元麦，华北称米麦等。古代欧洲人吃的麦子主要是大麦，到十六世纪后被小麦代替。现在，大麦是做啤酒的主要原料。生产啤酒可以用多种粮食，但以大麦为最理想。啤酒的特殊芳味和爽快的苦味是大麦芽加啤酒花所造成的。

在当今所有粮食作物中，野生与培植共存的物种为数不多，青稞是其中之一，也是麦类作物中含葡聚糖最高的农作物。青藏高原的青稞是中原大麦的祖先。历经千百年之后，人们惊异地发现，在海拔四千二百米以上的地区，几乎现存的培植品种都无法成活,只有青稞还在顽强地成长、抽穗扬花,为人们提供宝贵的食粮,为此赢得青藏人民的尊崇。"人间有了青稞粮,日子过得真甜美。一日三餐不愁吃,顿顿还有青稞酒。人人感谢云雀鸟,万众珍爱青稞粒。"糌粑是藏族民间传统食品,是将青稞晒干炒熟后经过水磨加工而成的,营养丰富、携带方便。纯粹的青稞精糌粑为上品,一般是过节或招待客人食用。青稞酒,藏语叫做"羌",也是用青稞制成的,是青藏人民最喜欢喝的酒。

让人感到有些诗意的是燕麦。燕麦又名雀麦、野麦、莜麦、铃铛麦、玉麦,一般分为带稃型和裸粒型两大类。世界其他各国栽培的燕麦以带稃型为主,常称为皮燕麦。我国栽培的燕麦以裸粒型为主,常称裸燕麦。燕麦的花萼也是种子的外壳,裂开的样子很像小燕子的尾巴。燕麦为一年生草本植物,叶子细长而尖,花小,呈淡绿色,一个整穗由三四个或五六个向下垂着的小铃铃似的小麦穗组成。燕麦开花很有时序,必定是在雨燕迁徙归来的时节。燕麦成熟后,风一吹,小铃铃摩肩碰撞发出唰唰唰的响声,像是在给农民报喜,也在互传信息。但在中原地区,很多农户是把燕麦当做杂草的。他们起早贪黑屈膝蹲在地里,移动着蜷缩的双腿,双手不停地拨拉着一棵棵麦苗,用锃亮的铲子将麦苗中间的燕麦、杂草连根铲掉。

虽然如此,燕麦却是不可忽视的。燕麦营养丰富,在禾谷类作物中蛋白质含量最高,且含有人体必需的八种氨基酸,其组成也较平衡。它含糖分少、蛋白多,是糖尿病患者喜爱的食品。因脂肪中含有较多的亚油酸，也是老年人常用的疗效食品。超市里的纯燕麦片保留整棵燕麦的口感，吃起来轻微嘎吱嘎吱的声音令人很有饱足感。据说前苏联的黑面包就是燕麦面面包，黑面包是俄罗斯人餐桌上的主食，乍看起来颜色像高粱面窝头。因为含有大量的麸皮，黑面包既富有营养，又易于消化。

莜麦是燕麦之一，学名裸燕麦、油麦。莜麦的最大特色是它独特的"三生三熟"吃法，所谓"三生三熟"，是从生莜麦到做成能吃的莜面制品，要经历三次生三次熟的过程。一方水土养育一方人。在晋西北，在长期生活实践中，群众摸索出花样繁多的莜面吃法。他们在面板上把面和好后，将一小块面搓成一小片，再卷成小卷，形似一个个小猫耳朵，就是"猫耳朵窝窝"；将荞面加水成面团状，放在锅铲里，薄薄的一层，用一根筷子一条一条拨到汤锅里煮，就是"拨鱼鱼"，又称溜尖或剔尖儿，筷子下去要"稳、准、狠"，这样飞奔出去的面两头尖尖，形似小鱼，进入热水后如鱼儿在水中一样欢快；"拨鱼鱼"与小米粥同煮又成了"鱼钻沙"，形象生动，有苦中作乐的甘甜；用熟山药泥和莜面混合，可制成"山药饼"；将生山药蛋磨成糊状，和莜面可挂成"圪蛋子"，就是圆球形、块状或团状的细线；用莜面包上野菜做成菜角，将莜面炒熟后加糖或加盐可成炒面……让我感兴趣的是谷垒，所谓谷垒，是把面粉和菜类拌合在一起，菜多面少，成颗粒状，垒在一起蒸熟。这是山西典型的菜饭合一食品，以面的品种分，有小米谷垒、白面谷垒、高粱面谷垒、玉米面谷垒、莜面谷垒等数种。从这一点看，真的是生活处处有诗意。

除了供人们食用外，燕麦被称为"奶牛的细粮"，有奶牛饲用价值高、采食率高的优点，在奶牛不产奶或低产时可以替代苜蓿。

出现在古诗词中的，还有另一种植物——荞麦，又名花麦、三角麦、乌麦德等，分为苦荞、甜荞、翅荞、米荞。荞麦不是麦类植物，而是与何首乌、大黄等同属蓼科，为一年生草本植物，这一点从它的模样可以看出。荞有五色：茎红、叶绿、花白、籽黑、实黄。它的茎紫红色，叶互生，三角形，开小白花。它们跟大麦、小麦是那样不同，大麦、小麦像是高秆植物，而荞麦是矮小的，几乎贴着地面，而且丛生着枝叶，更像是一株株野生灌木。

荞麦的种植历史久远，在两千五百多年前的《神农书》里，荞就被列入"八谷"之一。有一则谜语："头戴珍珠花，身穿紫罗纱，出门二三月，霜打就归家。"说的就是荞麦。荞麦生长期比较短，一般情况下七十多天就能成熟，一些早熟品种五十多天即可收获。荞麦的普遍种植在唐代以后，贾思勰《齐民要术》中就有荞麦的种植技术。古时候，官员们晚上举行连歌会，会后喝酒吃荞麦食品，叫做"小风流"。有人认为他们吃的可能是荞麦炒面或疙瘩汤。

在孙思邈的《备急千金方》中，荞麦被列入救饥作物的名单。在青黄不接的年代，其貌不扬的荞麦让人们暂时忘却饥饿与匮乏。这让人想到它的另一个名字：苦荞。荞麦虽为作物，却不在"五谷"之列，且食之有股苦涩滋味。但正是它的苦让人们的记忆悠长。秦始皇称苦荞具有"仙丹之灵气，老参之功力"；日本人称苦荞为"长生不老的保健食品"，是"二十一世纪人类自己能种植的灵丹妙药"；韩国人称苦荞为"神仙的粮食"，相互馈赠苦荞食品一度为韩国上层显贵最时尚的礼仪；德国人称苦荞是东方高原生长的一种神秘植物，是东方草药中尚不多为人知的一颗璀璨星辰，有"东方神草"美誉。荞麦不仅可以食用，荞麦皮也是做枕芯的最好原料。用荞麦皮做的枕头，清热明目，柔软舒适，令人感觉非常惬意。

民谚称："立秋荞麦白露花，寒露荞麦收到家。"荞麦开花是在凉爽的季节。最初只是星星点点的白花，像寥落的晨星，接着开得满田皆是，像初冬的第一场雪。仔细看去，荞麦花花蕊里还带着一点紫、一点粉红。正如杨万里在《秋晓出郊》诗中所言，"初日新寒正晓霞，残山剩水稍人家。霜红半脸金樱子，雪白一川荞麦花"。宋太宗淳化二年，王禹偁被贬为商州团练副使，宦游异乡，抱负难展。他在上任途中看到类似家乡的景象，感慨连连："马穿山径菊初黄，信马悠悠野兴长。万壑有声含晚籁，数峰无语立斜阳。棠梨叶落胭脂色，荞麦花开白雪香。何事吟余忽惆怅，村桥原树似吾乡。"对于游子而言，在与不在故乡，有没有明月，都是次要的，要的是那一种家的感觉，要的就是那一种暖的感觉。从古至今，人们对荞麦花有着深厚的感情。

大概很少有人会去注意一株麦子是怎样开花的，麦子的花朵是何等模样。阳光下的蓝天、绿野，白雪般的麦花虽如海，却不会引发人无限的遐思。麦花不富贵，不艳丽，更不娇嫩，平平淡淡，简简单单，是世界上短寿命的花之一，三十分钟就凋谢，有的甚至仅开放五分钟。但即便是淡淡清香，它也能借助阳光的力量让预期的丰收袅袅而来。"锦里烟尘外，江村八九家。圆荷浮小叶，细麦落轻花。卜宅从兹老，为农去国赊。远惭句漏令，不得问丹砂。"就如同那位"麦田守望者"一样，有一颗纯洁善良的童心，追求美好生活和崇高理想，追求内心的温暖、安全、自由和幸福，又何必在意守望的是什么呢？

"轻化细细复猗猗，何止青荧秀两枝。万顷雪光抽夏日，一天翠浪弄秋时。暖风覆野看摇燕，晨气笼晴想韵鹂。有实可祈催食麨，昼长村疃不攒眉。"天气越来越暖和，田野里所有生命都在蓬勃地生长。麦子鼓鼓的花苞里抽出带着细细青芒的青穗。谁能想到，正是这微不足道的麦花孕育了饱满的麦粒，送来了农人的希望和田野的丰收。

"丈人家是好亲戚，麦子是好粮食。"这句老俗语道出了麦子的不同凡响。麦花开了，庄户人家尽情地呼吸着麦花甜蜜的气息，脸上洋溢着喜悦。他们知道今年的麦子又要丰收了。

238 花信：中国人的浪漫季

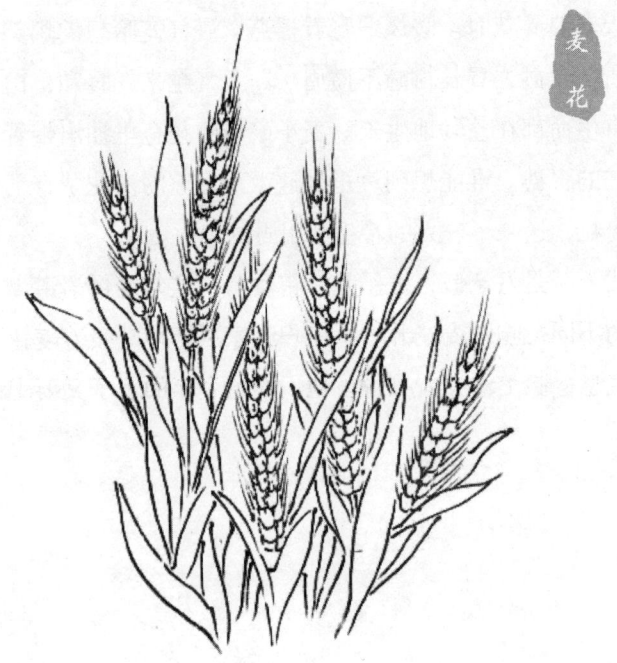

麦花

风吹柳花一路香

有"东风第一枝"美誉的不仅仅有梅,还有"报春使者"柳树。柳树兼有优美的身姿,向来惹人喜欢。

"柳,柳,柳/江南酒/不知君记否/村前后/溪左右/故乡处处有。"在中国农村,柳树是最不缺少的。田野里,院落前,池塘旁,河堤上,大道边……到处可以看到它们的靓影,枝条纤细,碧玉妆成,临风摇曳,婀娜多姿,春天"碧玉妆成一树高,万条垂下绿丝绦",夏日"柳渐成荫万缕斜",秋季"叶叶含烟树树垂",冬来"袅袅千丝带雪飞"。

让我感觉疑惑的是,杨柳为何自古而今一直并称,难道仅仅就是《诗经》里说的"昔我往矣,杨柳依依;今我来思,雨雪霏霏"吗?出门时是"长条垂拂地,轻花上逐风。露沾疑染绿,叶小未障空"的春天,回来已经是"岁暮阴阳催短景,天涯霜雪霁寒宵。五更鼓角声悲壮,三峡星河影动摇"的冬天。在这一年当中,他的所见所历所闻一切已经不重要了,尽在不言中。它像一幅画,把一个旅人的心情表达得淋漓尽致。

对于杨树，茅盾先生曾这样描述过："那是力争上游的一种树，笔直的干，笔直的枝。它的干通常是丈把高，像加过人工似的，一丈以内绝无旁枝。它所有的丫枝一律向上，而且紧紧靠拢，也像加过人工似的，成为一束，绝不旁逸斜出。"可见杨树高大、枝挺，是绝无"依依"、"袅袅"之态的。明代文震亨在《长物志》里说"顺插为杨，倒插为柳"，真不知他是从何说起的。植物因插的顺序不同而发生化学变化，这显然是错的。《本草纲目》里说的"杨枝硬而扬起，故谓之杨。柳枝弱而垂流，故谓之柳。盖一类二种也"，也让人想不通。

杨树的叶子呈圆卵形，柳树的叶子狭长，两头尖。在武侠小说里，有种独门暗器叫柳叶镖，常会爆发出无穷的杀伤力。世界上历史最悠久及最受医疗界重视的著名医学期刊就叫《柳叶刀》，想来也是威力无比。

至于柳叶眉，则是巾帼们的最爱。柳叶眉，顾名思义，眉毛两头尖，呈柳叶型。"依旧桃花面，频低柳叶眉。半羞还欢喜，欲去又依依"，据说生有柳叶眉的女子，都是善良无比、心肠特软的温柔佳人。《儿女英雄传》中说："配着她那柳叶眉儿，杏子眼儿，玉柱般鼻子儿，樱桃般口儿，再加上鬓角边那两点朱砂痣，和腮颊上那两点酒窝儿，益发显得红白鲜明。"这样无形的温柔杀伤力，一般男儿怎能抵挡得了？

还有柳腰，是说女子身材苗条，腰肢柔软得像柳条。"柳腰入户风斜倚，榆荚堆墙水半淹"，"杏脸香销玉妆台,柳腰宽褪罗裙带",别有一番袅袅婷婷的风范。在《儿女英雄传》中,"旗装打扮的妇女走道儿却合那汉装的探雁脖儿,摆柳腰儿,低眼皮儿,瞅脚尖儿走的走法不同"。

杨柳名字的来历,有人归功于荒淫无道的杨广。相传他东游江都时,征选百名美女为其拉纤。时值盛暑,翰林学士虞世基献计,把垂柳栽于汴渠两堤,"一则树根四散,鞠护河堤;二乃牵舟之人护其阴;三则牵舟之羊食其叶"。杨广闻言大喜,当即降旨让沿岸郡县连夜栽种柳树。"天子先栽,然后百姓栽。栽毕,帝御笔写赐垂柳姓杨,曰杨柳也。"这接近无稽之谈,不见方志,时间也不比《诗经》的句子出现得早,恐怕只是小说家之言。

有人提出另一种说法,在现代植物分类学意义上,杨类植物在我国古代被称作"白杨"、"青杨"、"天杨"、"莘杨"等。在我国古代典籍中,"杨"是蒲柳,这更加令人糊涂。蒲柳是河滩上常见的一种植物,植物学上的名字叫水杨。蒲柳不像树而像灌木,一丛丛地生成一堆,一根根往上长,很不美观。这样的植物与婀娜多姿的柳树并列在一起,反倒折煞了柳的好名声。何况"风云才子冶游思,蒲柳老人惆怅心",人们常以蒲柳比喻未老先衰或衰弱的身体,也用来暗喻韶华易逝、容颜易老,如"松柏之姿,经霜犹茂;臣蒲柳之质,望秋先零。受命之异也",又怎会用来比喻柳呢?柳,这具有多重文化意义的植物怎么会羸弱?

不用"打破砂锅问到底",知道杨柳单指柳树、杨花单指柳花便是。柳树的品种极多,若以风姿论,当以垂柳为胜,"更须临池种之,柔条拂水,弄绿搓黄,大有逸致"。清人李渔在《闲情偶记》里说:"柳贵乎垂,不垂则无柳;柳贵乎长,不长则无婀娜之致。"

冬去春来,万物复苏。大地一派生机盎然,有很多诗化的意象:暖阳淡云,浅草细水,杏雨梨云,莺歌燕舞……杨柳堆烟,春天里最柔软的时光就在这细柳的柔软中。

"不知细叶谁裁出,二月春风似剪刀。"这样的比喻真是神来之笔。看到新柳,心间真的有一种温暖的诗意在流淌。正如林徽因写的那样:"雪化后那片鹅黄,你像;新鲜初放芽的绿,你是;柔嫩喜悦,水光浮动着你梦期待中白莲。你是一树一树的花开,是燕在梁间呢喃……"

乡间孩子这时惦记的是柳笛儿。此时的柳条,皮儿既薄又韧,最适合做柳笛儿。用小刀割下几根柳条,用手把柳条旋拧几下,将柳条的外皮拧脱,抽去条干,将柳条的外皮剪成需要的长度,再在外皮一端削去表面糙皮,留下淡青的"哨口",一个柳笛儿就做成功了,捏扁即可吹奏。春天绿色的音符便从笛音里袅袅地走了出来,无论声调粗细,不管是否有韵,声声倾诉着对乡土的深深眷恋……

其实,不用拧柳笛儿,只用手指轻轻地从绿色的枝条上抚过,你便会惊讶地发现有一枚绒绒的柳花,软软地卧在叶片之间。柳花的样子看上去就像一只硕大的毛毛虫,刚在春风里睡醒。"雀啄江头黄柳花",过路的鸟雀被柳色映花了眼,索性把柳花当成肥肥的毛毛虫欢喜地啄食。让人怀疑的是有那么笨的鸟雀吗?十有八九是鸟雀们在啄着柳花玩儿呢。就如同孩子有天生的好奇心，看到新奇的东西总要试探着靠近抚摸一下。"柳老春深日又斜，任他飞向别人家。谁能更学孩童戏，寻逐春风捉柳花"，"日常睡起无情思，闲看儿童捉柳花"，小孩子没有大人无聊散淡的心态，面对草木吐绿的勃勃生机，内心充满了活力和欢欣。

"春风不解禁杨花，蒙蒙乱扑行人面"，"嫩水浴凫芳草短，淡烟飞燕落花天。绿杨也识春来暖，一夜东风脱却绵"。天生姿态袅娜的柳花从鹅黄茸茸的羞涩初绽，到青翠欲滴的生机勃勃，最后是柳絮纷飞的扑朔迷离，这就是一生。常见人把柳絮当成是柳花，其实柳絮是柳树的种子。"三月尽是头白日，与春老别更依依。凭莺为向杨花道，绊惹春风莫放归。"柳絮成熟后，轻飘如棉，随风飞舞。柳絮逐风而生，在土地上落脚，在水岸边扎根。

古人认为柳花落到水里会变成另外一种东西。"浮云柳絮无根蒂，天地阔远随飞扬"，"扬子江头杨柳青，杨花愁煞渡江人"，"你休得假惺惺，杨花水性无凭准"，从明无名氏《小孙屠》那里，杨花和流水连在一起扮演了一个极不光彩的角色，被人们用来形容作风轻浮、感情不专的女子，像流水那样易变，像杨花那样轻飘。其实，柳花何罪之有要背负这样无辜而沉重的包袱？它只不过是要为自己的后代争得更多的生存机会。难道这也成了使它蒙羞的理由？

诗人们不管是柳花还是柳絮，只顾把它们写入诗中。你看，"江上柳如烟"，"庭院深深深几许，杨柳堆烟，帘幕无重数"，"袅袅古堤边，青青一树烟。若为丝不断，留取系郎船"，"春色撩人，爱花风如扇，柳烟成阵"，偷走迷离的柳花，偷走绵绵不断的情，自然是"行遇处，辨不出紫陌红尘"；"春愁如柳絮"、"柳絮池塘淡淡风"，那是借风偷走纷飞的柳絮，偷走团团的愁绪，自然是"柳烟轻，花露重，恩难任"。

"池上无风有落晖，杨花晴后自飞飞。为将纤质凌清镜，湿却无穷不得归。"春日，微风轻拂，柳絮满天飞舞；夕阳西下，诗人坐在池塘边，看着柳絮飘落在水中，独自享受大自然给生活带来的快意。

"草长莺飞二月天，拂堤杨柳醉青烟"，"含烟惹雾每依依，万绪千条拂落晖。为报行人休尽折，半留相送半迎归"，诗人不论是流连于故乡的柳林里，还是漫步在异地的柳堤上，无不陶醉在春色之中，尽情享受春日的温馨。"烟花三月下扬州"，这"烟花"指的也是柳絮吧？要知道扬州有"绿杨城郭"的美誉呢。

让人没想到的是，作为一代豪放派词宗的苏轼也写过不少细腻婉约之作，《水龙吟·次韵章质夫杨花词》便是吟咏柳花的："似花还似非花，也无人惜从教坠。抛家傍路，思量却是，无情有思。萦损柔肠，困酣娇眼，欲开还闭。梦随风万里，寻郎去处，又还被、莺呼起。不恨此花飞尽，恨西园、落红难缀。晓来雨过，遗踪何在？一池萍碎。春色三分，二分尘土，一分流水。细看来，不是杨花，点点是离人泪。"这篇惜花辞章堪称此类词中上品。

写柳花的诗，最喜欢的是李白的《金陵酒肆留别》：

"风吹柳花满店香,吴姬压酒劝客尝。金陵子弟来相送,欲行不行各尽觞。请君试问东流水,别意与之谁短长?"读起来风流可爱,就连小小的柳花因吴姬娇媚的情意也变得可堪赏玩起来,自然是酒不醉人人自醉,既不用抽刀断水也不用借酒消愁。

朱自清在他的名作《梅雨潭》里说:"那溅着的水花,晶莹而多芒;远望去,像一朵朵小小的白梅,微雨似的纷纷落着。据说,这就是梅雨潭之所以得名了。但我觉得像杨花,格外确切些。轻风起来时,点点随风飘散,那更像是杨花了。"雪花与柳絮在形态上有着许多相似之处。记得小时候,柳絮飘飞的季节,最爱玩的一种游戏便是四处追逐这些飘飞的柳絮,把一团轻柔的柳絮托于手中,轻轻吹口气,看它在空中快乐地飞舞。

据《世说新语》记载:"谢太傅寒雪日内集,与儿女讲论文义。俄而雪骤,公欣然曰:'白雪纷纷何所似?'兄子胡儿曰:'撒盐空中差可拟。'兄女曰:'未若柳絮因风起。'公大笑乐。"把漫天的飞雪比作柳絮,谢道韫的这一妙喻不但让叔叔谢安开怀大笑,更令后人称赞不已。东坡的"柳絮才高不道盐"就是指那些有卓越文学才能的女子。

自古以来,我国人民爱柳植柳成为习俗。陶渊明在门前种下五棵旱柳,自号"五柳先生"。世称"柳河东"的柳宗元吟出"柳州柳刺史,种柳柳江边"的诗句。

欧阳修在扬州出任太守职时,修建"平山堂",亲手在堂前栽植杨柳数株。离任时,他诗兴勃发,写下一首《朝中措》赠与新任太守刘原甫："平山栏槛倚晴空，山色有无中。手种堂前垂柳，别来几度春风？文章太守，挥毫万字，一饮千钟。行乐直须年少，尊前看取衰翁。"

苏东坡在杭州为官时，带领民众疏浚西湖，筑堤蓄水，并"植芙蓉，杨柳其上，望之如画图"。据说"西湖柳亦佳，颇涉脂粉气"，不知苏东坡因柳增了几多风流佳话？

清朝同治年间，左宗棠率兵来到西北大漠，深感气候干燥，遂令在大道旁遍栽杨树、柳树和沙枣树，形成连绵数千里的塞外奇观，绿如帷幄。"大将筹边未肯还，湖湘子弟满天山。新栽杨柳三千里，引得春风度玉关。"至今，在嘉峪关关城附近，仍有一棵根深叶茂、浓阴遮地的柳树，人称"左公柳"。

但在民间，有"前不栽桑，后不栽柳，当院不栽鬼拍手"的说法。人们认为"桑"连着"丧"，宅前栽桑会"丧"事在前；柳树不结籽，在房后植柳就会没有男孩后代；"后溜（柳）"会跑光财气；杨树遇风，叶子哗哗啦啦地响，像是鬼在拍手。

柳是离情的载体。"上马不捉鞭，反拗杨柳枝。下马吹横笛，愁杀行客儿"，这样的句子，用心念一念都忍不住要落泪。"青青一树伤心色，曾入几人离恨中。为近都门多送别，长条折尽减春风"，"柳映江潭底有情，望中频遣客心惊"……唐朝时，人们出京城长安东行，第一大站是临潼。灞上在长安和临潼之间，灞桥跨在灞河上，桥边有茶馆，有柳树。古代交通不方便，远行走水路居多，而水边多植柳树,折柳条最方便。柳丝象征着情意绵绵,用速长的柳树送朋友意味着双方的友谊无论漂泊何方都能枝繁叶茂。何况,柳与"留"谐音。

杨巨源总结得最好:"杨柳含烟灞岸春,年年攀折为行人。好风倘借低枝便,莫遣清丝扫路尘。"天长日久,灞桥被人们改为"情尽桥"、"断肠桥"。李益出身"门族清华",而且"少有才思,丽词佳句,时谓无双"。胡应麟甚至认为,"七言绝,开元之下,便当以李益为第一"。步入官场之前,李益"思得佳偶,博求名妓"。霍小玉是大唐西市的歌女,两人一见钟情,春宵恨短。他们虽相爱,却为李家所不容。虽然曾有"明春三月,迎娶佳人,郑县团聚,永不分离"的誓约,但后来,大历四年登进士第的李益另娶,绝望的霍小玉含恨而亡。死讯传出后,长安街头传出这样的诗句:"一代名花付落茵,痴心枉自恋诗人。何如嫁与黄衫客,白马芳郊共踏春。"这个爱情故事被晚唐小说家蒋防写进《霍小玉传》。"所恨年年赠离别",是在叹息心爱之人不能厮守、同赏芳时。

柳是绵绵的爱意。"月上柳梢头,人约黄昏后","系春心情短柳丝长,隔花阴人远天涯近","章台柳,章台柳!昔日青青今在否?纵使长条似旧垂,也应攀折他人手","春思春愁一万枝,远村遥岸寄相思","清江一曲柳千条,二十年前旧板桥。曾与美人桥上别,恨无消息到今朝"……万千柳丝,漫天飞絮,与有情人那剪不断、理还乱的相思离恨,诗人们委婉地把相思怨恨的万般情愁寄托给千条柳丝。"天若有情天亦老,摇摇幽恨难禁。惆怅旧欢如梦,觉来无处追寻。"早在北魏时,就有传为胡太后所作的杨花词:"阳春二三月,杨柳齐作花。春风一夜入闺闼,杨花飘荡落南家。含情出户脚无力,拾得杨花泪沾臆。秋去春还双燕子,愿衔杨花入巢里。"周邦彦在《兰陵王·柳》词中,更有"长亭路,年去岁来,应折柔条过千尺"的感慨!友人之间的别离已极凄苦,情人之间的别离则更加断肠。"多情自古伤离别,更哪堪冷落清秋节!今宵酒醒何处?杨柳岸、晓风残月。"柳色青青,可所爱之人却不在身侧,试问"便纵有千种风情,更与何人说"?

柳是思乡的寄托。"谁家玉笛暗飞声,散入春风满洛城。此夜曲中闻折柳,何人不起故园情","西城杨柳弄春柔。动离忧,泪难收。犹记多情,曾为系归舟","巫山巫峡长,垂柳复垂杨。同心且同折,故人怀故乡。山似莲花艳,流如明月光。寒夜猿声彻,游子泪沾裳","岁岁逢春春可怜,争禁三起又三眠。丝丝愁绪随风乱,濯濯丰姿著雨妍。古渡欲牵游子棹,离亭留赠旅人鞭。一声长笛河槁晚,回首苍茫几树烟"……在游子的心里,故乡永远不会遥远,故乡就是他们最初和最终的爱恋。鸟恋旧林,鱼思故渊。人一旦离开故土,怀乡之情便会相伴今生。"冉冉老将至,何时返故乡……狐死归首丘,故乡安可忘。"中华民族视乡土为生息之地,对故乡山水的眷恋,对故乡亲人的思念,对孩提时的憧憬,都已化为珍贵的记忆,一经触动,思绪便会喷涌而出,也就成了文学创作的源泉。

"杨柳青青着地垂,杨花漫漫搅天飞。柳条折尽花飞尽,借问行人归不归?"风吹柳花一路香,我会记住这明媚的季节,在风中,在梦中回到柳条般柔软的故乡。

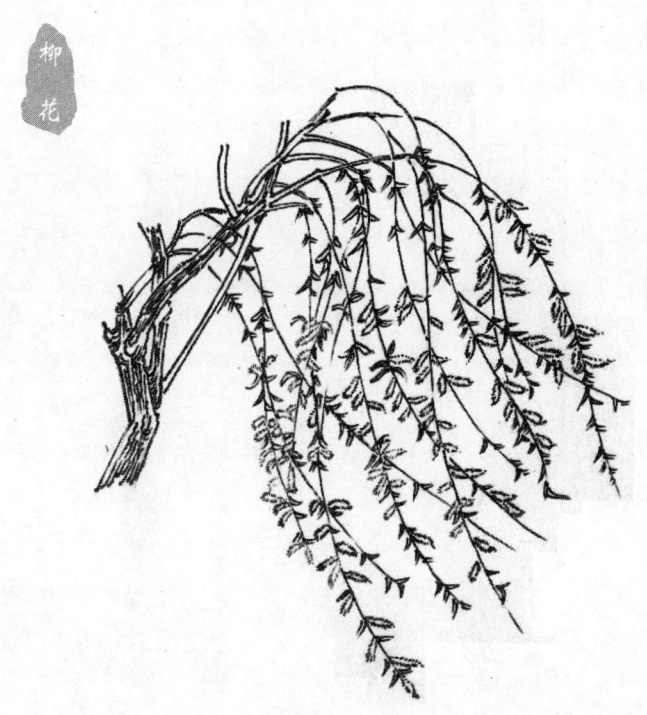
柳花

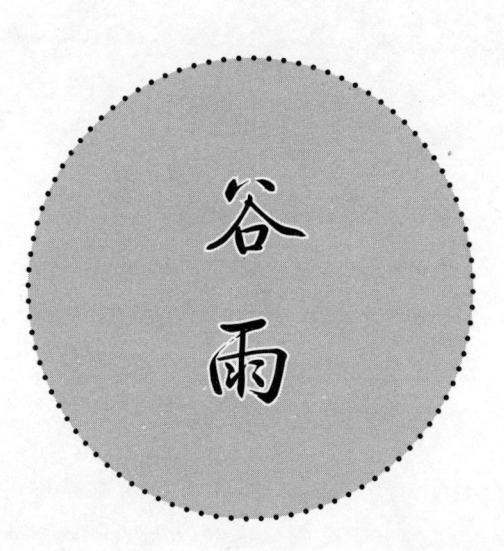

唯有牡丹真国色

转眼间已经是谷雨节气,春天的最后一个节气。暮春时节,花事将阑。一场春雨过后,空气里花儿的芬芳弥漫,泥土的清香四溢。

这些天,我一直沉浸在唐朝的历史中,沉浸在它的大气,沉浸在它的豪迈,沉浸在它的诡异,也沉浸在它的瑰丽。很偶然地就看到了谷雨的花。

谷雨的花是属于牡丹的。"国色天香绝世姿,开逢谷雨得春迟。"谷雨时节,牡丹花怒放,因此牡丹花也叫谷雨花,它是花卉中唯一的以节气命名的花。"春来谁作韶华主,总领群芳是牡丹。"艳态纷呈的牡丹丛中,一株株枝叶扶疏的花枝上盛开着花瓣重叠、花朵硕大的牡丹花,给人一种庄重素雅、雍容华贵的感觉。恍惚中,"绣罗衣裳照暮春,蹙金孔雀银麒麟"。仿佛模糊了时空,"态浓意远淑且真,肌理细腻骨肉匀"的大唐丽人,从花丛深处袅袅婷婷地向你走来。

牡丹与芍药是同宗。牡丹别名"木芍药",属木本植物;芍药为草本植物,又称"没骨牡丹"。牡丹的叶子是有齿的掌状；芍药的叶子椭圆形，无齿。"牡丹第一，芍药第二"，古人评牡丹为"花王"、芍药为"花相"，并称为"花中二绝"。

最初是没有牡丹这个名字的，秦汉以前无考，统一的名字为芍药。早在两千多年前，在灿烂的《诗经》里，芍药华丽的芳香就开始流溢："维士与女，伊其相谑，赠之以芍药。"我们似乎可以看到在窈窕的春风里，一对对青年男女两情依依，执手相望，互赠芍药，作为定情礼物。这种事情想象一下也是美好的。

芍药的花容如此绰约美好，以致当时有《芍药花颂》、《芍药花赋》等作品赞美它，而牡丹却芳影难觅。牡丹的"木芍药"别名也是因"其花可爱如芍药，宿枝如木"。

"扬州芍药冠天下"，"年年高会维阳，看家夸绝艳，人诧奇芳，结蕊当屏，联葩就幄，红遮绿绕华堂。花面映交相，更萦秉观洧，幽意难忘。罢酒风亭，梦魂惊，恐在仙乡"……这样的情景在唐宋一直盛行。南宋淳熙丙申冬至日，二十一岁的姜夔路过扬州，看到二十四桥的冷月和桥边的红芍药，写下一阕千古流芳的《扬州慢》。"二十四桥仍在，波心荡，冷月无声。念桥边红药，年年知为谁生"，从此成为人们吟诵不倦、引用不厌的绝句。

对牡丹的名字，李时珍解释说，"虽结籽而根上生苗，故谓'牡'（意谓可无性繁殖），其花红故谓'丹'"。一般认为，自谢康乐始言"永嘉水际竹间多牡丹"。在《刘宾客嘉话录》中，也有"北齐杨子华有画牡丹，则此花之从来旧矣"的说法。

牡丹的别名极多，如花后、贵客、洛阳花、雄红、赏客、醒酒花、京花等等，不胜枚举。让我匪夷所思的是这两个名字：鼠姑和鹿韭。鼠姑、鹿韭的名字，均见于《本草纲目》，不知是因疏忽还是约定俗成，李时珍"未详其义"。

鼠姑本是一种昆虫，又名地虱婆、土猫、鼠妇、地鸡等，长不盈半寸，身体扁长如舟，胸部分七节，每节有足一对，体背呈深褐色或灰褐色，有许多浅色花纹，在房屋周围潮湿且有腐烂植物的地方可捕获。很显然，牡丹的名字与这等小虫无甚干系。难道牡丹会与老鼠有什么关系吗？也看不出来。尽管有"行歇每依鸦舅影，挑频时见鼠姑心"、"谷雨花枝号鼠姑，戏拈彤管画成图"之类的诗句，但这是吟咏牡丹的。

鹿韭呢？当然不会是鹿喜欢吃的韭菜。鹿角倒与牡丹的枝有些像。想不出来这个名字的由来，寻不到古人奇思妙想的源头，只好喟叹古人超强的想象力。

"绝代只西子，众芳唯牡丹。"牡丹花朵硕大，花色艳丽，香味纯正，花形端庄优美，花姿雍容华贵，深受众人喜爱。在民间，一直视其为富裕、幸福、美好之象征。这样的季节，饱赏着那香气宜人、娇艳欲滴的秀色，不禁心旷神怡，久久不忍离去。

国色天香一词最初来源于唐文宗李昂和画家程修己的对话。

李昂是个很值得琢磨的人。他虽然当皇帝不怎么样，但却很喜欢读书,也喜欢和他认为有学问的大臣谈天论地。有一次,李昂在同大臣们说话时,特意举起衣袖说道:"你们看,这件衣服已经洗过三次。"众人都赞美李昂有俭朴的美德,唯独大书法家、翰林学士柳公权沉默不语。李昂问是什么缘故,柳公权说:"陛下身穿三浣衣,保持俭朴之风,固然值得赞美;但您是天下的君主,您的主要职责应该是提拔有才有德之人,罢黜无才无德之徒……"听了柳公权的一席话后,李昂频频点头,便任命他为谏议大夫。此后,柳公权常常被李昂找来,一谈就是很长时间。有时候,两人在夜里闲聊,不知不觉中蜡烛都燃尽了。苏轼在《戏足柳公权联句》中说:"人皆苦炎热,我爱夏日长。熏风自南来,殿阁生微凉。一为居所移,苦乐永相忘。愿言均此施,清阴分四方。"

一次,他问程修己:"前朝刘禹锡的诗句'唯有牡丹真国色,花开时节动京师'很有名,如今谁的牡丹诗写得最好?"程修己说:"中书舍人李正封的诗句'国色朝酣酒,天香夜染衣'最好。"李昂赞叹不已。这就是牡丹被称为"国色天香"的来历。想象一下,早晨天际刚被红霞染遍,大型聚会就开始了。大家举杯畅吟,不知不觉间夜幕降临,华灯初上,人们的衣服被各色酒香、花香沉浸,这是多么美的意境……

"自李唐来,世人甚爱牡丹。"牡丹应该是大唐的国花。唐代经贞观、开元盛世,创造了空前繁华。唐人以胖为美,而牡丹雍容华贵、花朵硕大,与人们的审美观相同。

于是，作为富贵荣华的象征，牡丹自然就倾倒众生成为"百花之王"。爱牡丹、剪牡丹、惜牡丹，"家家习为俗，人人迷不悟"。

"何人不爱牡丹花，占断城中好物华。疑是洛川神女作，千娇万态破朝霞。"牡丹的花蕊为黄色，花瓣常见的有深红、浅红、黑（紫红）、白等几种颜色。舒元舆在《牡丹赋》中说："赤者如日，白者如月，淡者如赭，殷者如血。"唐朝人把红牡丹描绘为赤日、红霞、烛炬、丹砂、彩凤、霞冠、红艳袅烟和涂抹胭脂的香腮，把白牡丹比作月光、白云、薄霜、白雪、白龙、银器、白玉、裁云、缀霜和素华映月。

开元年间，"有木芍药植于沉香亭前，其花一日忽开一枝两头，朝则深红，午则深碧，暮则深黄，夜则粉白，昼夜之内，香艳各异"。这样的牡丹很是神奇。

牡丹最名贵的品种，要属魏紫和姚黄。欧阳修在《洛阳牡丹记》记载："姚黄者，千叶黄花，出于民姚氏家。此花之出，于今未十年……魏家花者，千叶肉红花，出于魏相（仁溥）家。"难怪杨万里会这样说："人间何曾识姚魏，相公新移洛中裔。呼酒先招野客看，不醉花前为谁醉！"

"尊前拟把归期说，欲语春容先惨咽。人间自是有情痴，此恨不关风与月。离歌且莫翻新阕，一曲能教肠寸结。直须看尽洛阳花，始共春风容易别。"牡丹越寒冬开花，不到花期不会绽放，所谓"物生有候，葭动以时，苟非其时，虽十尧不能冬生一穗"。这被演绎成牡丹刚直不阿的傲骨。

据说，武则天钟情牡丹三十年不移，冬则围布幔以避严霜，夏则遮凉篷以避烈日。一个大雪纷飞的日子，武则天乘酒兴写下诏书："明朝游上苑，火急报春知。花须连夜发，莫待晓风吹。"百花慑于此命纷纷绽开，唯独牡丹抗旨不开。武则天龙颜大怒，将牡丹贬至洛阳。谁知牡丹到洛阳后才昂首怒放。武则天闻讯后，下令将其烧死。牡丹枝干虽被烧焦，然而翌年春天，花儿却愈发鲜艳。因此，洛阳牡丹又称"焦骨牡丹"。

白居易因上表请求严惩刺死武元衡的凶手得罪权贵，被贬为江州司马，便借牡丹抒发心情，"始知无正色，爱憎随人情。岂惟花独尔，理与人事并"，"白花冷淡无人爱，亦占芳名道牡丹。应似东宫白赞善，被人还唤作朝官"。

水中看花，雾里望月。牡丹和其他花儿一样，在未开、初开、盛开、将残、已衰，拂晓、清晨、日午、薄暮、入夜，雨中、雾后、风前、月下……不同的时间里，不同的气象条件下，都会有不同的风姿和神韵。谷雨时节多雨，雨水湿润的牡丹花，鲜艳欲滴。它的美是惊艳的，是动人心魄的大美。"东风未放晓泥干，红药花开不奈寒。待得天晴花已老，不如携手雨中看"，"明日雨当止，晨光在松枝。清寒入花骨，肃肃初自持。午景发秾丽，一笑当及时。依然暮还敛，亦自惜幽姿"……在霏霏细雨中撑一把伞，看那一抹翠绿中红霞点点，人花共赏，各揣各自的心事琢磨，也不失为人生的一大乐事。

开元年间，唐宫廷刚刚看重牡丹，得到红、紫、浅红、通白四个品种。李隆基命人将这些牡丹移植在兴庆池东沉香亭边。花事正繁，李隆基乘照夜白宝马，杨玉环乘步辇相随，前往沉香亭畔观赏牡丹。为讨得杨贵妃"回眸一笑百媚生"，李隆基下诏特选梨园弟子中的优秀歌手唱歌。大音乐家李龟年手捧檀板刚要唱歌，李隆基说："赏名花，对妃子，焉用旧乐词为？"他命李龟年持御用金花笺，宣召翰林学士李白进宫，让他立刻写出《清平调》三章。李白略一沉思，即提笔一挥而就。《清平调》三章是："云想衣裳花想容，春风拂槛露华浓。若非群玉山头见，会向瑶台月下逢。一枝红艳露凝香。云雨巫山枉断肠。借问汉宫谁得似，可怜飞燕倚新妆。名花倾国两相欢，长得君王带笑看。解释春风无限恨，沉香亭北倚阑干。"李白将牡丹与杨贵妃之美刻画得淋漓尽致、无与伦比。

"有人说你娇媚，娇媚的生命哪有这样丰满；有人说你富贵，哪知道你曾历尽贫寒……"牡丹千姿百态，繁丽脱俗，生机勃勃，纵情恣肆地释放着美丽，那种全情投入、轰轰烈烈的姿态让人感动，更让人心动。如今洛阳、菏泽的牡丹甲天下。但在唐朝，洛阳的牡丹远没有长安的繁盛。令狐楚在外为官十年才调回长安，家中牡丹含苞待放时又被调到洛阳。他在《赴东都别牡丹》诗中说："十年不见小庭花，紫萼临开又别家。上马出门回首望，何时更得到京华。"这是对宦海沉浮的感慨，包含着对长安牡丹的眷恋，也有在洛阳难以看到牡丹的遗憾。

在长安的牡丹开放差不多一个半世纪内，东南地区尚无牡丹，但不少人已经向往在长安看牡丹。张祜在《京城寓怀》里说，"三十年持一钓竿，偶随书荐入长安"，自己进京不是为了科举功名，而是"唯待春风看牡丹"。

"花开花落二十日，一城之人皆若狂。"每逢暮春三月，长安人争先恐后地去观赏牡丹。古人称之为"看花局"，"京国花卉之晨，尤以牡丹为上。至于佛宇道观，游览者罕不经历"，"京城贵游尚牡丹三十余年矣。每春暮，车马若狂，以不耽玩为耻"。长安人赏牡丹，或乘车，或骑马，或乘软舆，或徒步奔走，熙来攘往，热闹非凡。白居易的"帝城春欲暮，喧喧车马度。共道牡丹时，相随买花去。贵贱无常价，酬直看花数。灼灼百朵红，戋戋五束素"，惟妙惟肖地描绘了当时的景象。

在当时，如果谁不喜欢牡丹会被认为是一种羞耻。国子学助教李绅拒绝看花。韩弘初到长安，命除掉宅中牡丹。对于这种行为，人们感到惋惜。白居易因此劝李绅说："香胜烧兰红胜霞，城中最数令公家。人人散后君须看，归到江南无此花。"

"客言近岁花特异，往往变出呈新枝。洛人惊夸立名字，买种不复论家资……"当时长安牡丹价格昂贵，"数十千钱买一棵"，顶得上十户中等人家的赋税量。有的牡丹甚至可以卖到几万两银子一株。慈恩寺"有殷红牡丹一窠，婆娑几及千朵"，是一位老僧花二十年时间培育出来的。这丛红牡丹被人强行掘走，以"金三十两、蜀茶二斤以为酬赠"。到了唐末，牡丹依然很珍贵。朱全忠洛阳宅院的牡丹开谢都要登记在册。新及第进士许昼醉酒后，私摘朱全忠家十余朵牡丹，并辱骂朱全忠。朱全忠"命械昼而献"，许昼吓得"亡命河北，莫知所止"。

"洛阳地脉花最宜，牡丹尤为天下奇。"宋朝，牡丹栽培中心已从长安移至洛阳。从唐时开始，洛阳就有牡丹花会，规模很大。"洛阳之俗，大抵好花。春时，城中无贵贱皆插花，虽负担者亦然。花开时，士庶竞为游遨，往往于古寺废宅有池台处为市井，张幄帘，笙歌之声相闻，最盛于月陂堤、张家园、棠棣场、长寿寺东街与郭令宅，至花落乃罢"，这是欧阳修记录的盛况。当时洛阳以天王院花园的牡丹最为著名。诗人邵雍吟道，"洛阳人惯见奇葩，桃李花开未当花。须是牡丹花盛发，满城方始乐无涯"，"桃李花开人不窥，花时须是牡丹时。牡丹花发酒增价，夜半游人犹未归"。老百姓甚至认为"天下有九福，洛阳为花福"，不舍得错过赏花期。

"牡丹又欲试春妆，忙得闲人也作忙。"花香飘过，文人骚客自然诗意大发，佳句连篇：欧阳修的"蟾精雪魄孕云来，春入香腴一夜开。宿露枝头藏玉块，暖气庭面倒银杯"，春色无限；韦庄的"闺中莫妒新妆妇，陌上须惭傅粉郎"，美到极致；孙鲂的"闲年对坐浑成偶，醉后抛眠恐负伊"，如痴如醉；薛能的"只欲栏边安枕席，夜深闲共说相思"，温柔缠绵……据统计唐代单以牡丹为题材的诗歌，《全唐诗》收有近一百一十首；以牡丹为题的赋，《全唐文》收有舒元舆、李德裕的两篇。此外，牡丹还进入音乐、美术领域，被谱成歌曲，绘成图画。

"寂寞深闺，柔肠一寸愁千缕。惜春春去，几点催花雨。"春天是短暂的，给人们以无限留恋和淡淡忧伤。岁月递嬗，花开花谢属于自然规律。"惆怅阶前红牡丹，晚来唯有两枝残。明朝风起应吹尽，夜惜衰红把火看。"为了这最后的花红，诗人只好点起火把，在夜里惜别观赏，韵味悠长。其实，感叹红颜褪去的人们并不知道花儿的心事。牡丹一夜间繁华落尽，像个素面的女子。"晚丛白露夕，衰叶凉风朝。红艳久已歇，碧芳今亦销。幽人坐相对，心事共萧条。"秋天来了，只剩下牡丹残枝在西风中摇曳，作者坐在牡丹枝旁，一边想着过去，一边盼着来年。在这里，人和自然融为一个共同的境界，构成了和谐的关系。

同样伤感的还有李昂。"甘露之变"后，自称"受制于家奴"的李昂，虽然愤慨至极但无可奈何。一次，他见到牡丹，不觉咏出"拆者如语，含者如咽，俯者如愁，仰者如悦"，忽然想起这是舒元舆《牡丹赋》里的句子。想到因为"甘露之变"，舒元舆已被宦官仇士良、鱼弘志杀害，李昂不觉"泣下沾衣"。此时他的心里已不仅仅是"泪眼问花花不语，落红飞过秋千去"了。

这位窝囊皇帝，被后人评价为"有帝王之德而无才"，去世时仅32岁。

唯有牡丹真国色 263

开到酴醾花事了

佛是会笑的。

在不少寺院里,经常可以见到笑逐颜开的佛像。在山东诸城龙兴寺,有一尊圆雕卢舍那佛像,为全国截至目前发现的同类最大佛像,被誉为"中国第一笑佛"。此尊北朝时期的佛像,额际宽平,面部方圆清秀,鼻梁平挺,双耳垂阔,完全符合"唇厚、鼻隆、颐丰、挺然有丈夫相"的佛像造型标准。更令人称奇的是此佛像有一双丹凤眼,柔顺亮丽,嘴角含笑上扬,眉毛舒展外扬,呈现出一种不可言喻的微笑,宁静自然而又似若有所思,是"在宁静的含笑中,体现形象的内心美"。

我们平时见到的笑佛,是弥勒佛。弥勒佛在佛教的正式称呼为弥勒菩萨未来佛。其常见的形象是:盘腿打坐,袒胸露腹,左手捻珠,右臂垂腹,两眼平视,双耳垂肩,笑容可掬。弥勒佛目前的形象据说来自于布袋和尚。布袋和尚名契此,为唐末至五代时明州奉化僧人,号长汀子。"弥勒真弥勒,分身百千亿。时时示世人,世人总不识。"传说布袋和尚身材矮胖,满脸欢喜,平日以杖肩荷布袋,云游四方,以禅机点化世人，让众生离苦得乐。

在北京潭柘寺，一尊大肚弥勒佛像前有一联："大肚能容，容天下难容之事；开口便笑，笑世间可笑之人。"在峨眉山灵光寺的弥勒佛像前也有一联："开口便笑，笑古笑今凡事付之一笑；大肚能容，容天容地与己何以不容。"一尊佛看破红尘，容天下难容之事，笑世间可笑之人；一尊佛无可奈何地笑，容下的却是满腹苦涩。看来人的品质有高下，佛的境界也是不一样的。在山东省济南市南郊千佛山，也有一尊笑佛像，其前有一联："笑到几时方合口；坐来天日不开怀。"此联用语自然幽默，似脱口而出却十分工整巧妙。那么，这尊笑佛为何只"笑"而"不开怀"呢？不必追问，佛家自有佛家的悟，也自有佛家的道理。

记得有一道菜叫"佛跳墙"。"佛跳墙"原名"坛烧八宝"、"满坛香"，也叫"福寿全"，取"吉祥如意、福寿双全"之意。此菜始创于清朝初期，是闽菜的"首席菜"，因用料讲究、制法独特、滋味香浓而驰名中外。"佛跳墙"这个雅号与文人墨客有关。当年，在福州的"聚春园"酒楼，一些文人墨客品尝此菜后赞不绝口，免不了要赋诗助兴。其中一位秀才赋诗曰："坛启荤香飘四邻，佛闻弃禅跳墙来。"佛教有"五戒"、"十善"清规戒律，食素，不吃荤腥。想想看，菜肴飘出的香味能令佛家蠢动凡尘之念，弃佛门多年修行，该有多大的诱惑力？此诗一出惊四座，从此"佛跳墙"成为此菜的正名。在去台湾之前，以写《雅舍谈吃》出名的梁实秋不知有此菜。到了台湾后，别人向他介绍正宗的"佛跳墙"做法,他实在想象不出来,只好按印象中的"坛子肉"做法来做。

让人感觉奇怪的是,有一种花儿,竟然叫"佛见笑"。什么样的花儿能让佛家望花而笑呢?要知道他们一向是大彻大悟、无欲无求的。我们多见的是佛拈花一笑。这是禅宗"不立文字,以心传心"的第一个典故,包含两层意思,一是指透彻禅理,二是指心意相通。"世尊在灵山会上,拈花示众,是时众皆默然,唯迦叶尊者破颜微笑。"佛祖释迦牟尼当即宣布,把平素所用的金缕袈裟和钵盂授予摩诃迦叶。中国禅宗因此把摩诃迦叶列为"西天第一代祖师"。

这种花儿的名字叫酴醾。这与笑有关的花儿,暮春时节,清香宜人,令人心醉。酴醾花大多花白如雪,正如蒲道源所言,"玉蕊珑璁,绕篱盈树知谁种?碧云堆重,化作飞琼洞。句挽春衫,袅袅珠缨弄。风微动。行人飞鞚,更着清香送"。

酴醾是蔷薇科悬钩子蔷薇的雅称,与花形小而簇生的蔷薇有众多相同之处。这两种花儿同属蔷薇科落叶灌木,小叶呈倒卵形或椭圆形,叶片边缘锯齿状,细枝长,有皮刺,极易混识。

清人陈淏子在《花镜》中说,酴醾"花有三种,大朵千瓣,色白而香,每一颖著三叶如品字。青跗红萼,及大放,则纯白。有蜜色者,不及黄蔷薇,枝梗多刺而香。又有红者,俗呼番酴醾,亦不香"。可见,酴醾花别于蔷薇之处是花单生,花朵大且重瓣,有香气。

人们依照酴醾花的形、色、姿、香及花期，给予它"倒挂刺"、"百宜枝"、"雪梅墩"、"琼绶带"、"白蔓君"、"沉香密友"、"傅粉绿衣郎"等多种别称。园艺工作者常将玫瑰、月季、蔷薇、酴醾栽植到同一花圃中。因花期不同、花形有别、花色各异，它们彼此争奇斗艳，令观者大饱眼福。

酴醾最早的名字名"荼蘼"。荼，是一种苦菜，也指茅草的白花。蘼呢？是绿丝藻类，有古书也指一种多年生草本植物的苗。这种草本植物叶似芹，秋季开白花，有香气，根茎可入药，以产于四川者为佳，故又名川芎。作为食物，荼当然是极为低贱的。难怪邶国那位被丈夫抛弃的妇女要用"谁谓荼苦，其甘如荠"来比喻自己的不幸命运。同样，郑地出东门的男子虽然发现面前的女子多得如茅草花，但是却没有自己中意的心上人。"虽则如荼，匪我思且"，这种对心上人的忠贞感情也着实煎熬人。

"谁谓荼苦，其甘如荠"，《诗·邶风·谷风》中这句话，让人记忆深刻，如今多用来说苦中作乐。这需要一种境界，但对于花儿而言只能说是寻常之物。

人们记载中的酴醾多与食物有关，这其中一个便是酒。《群芳谱》上说，"色黄如酒，固（故）加酉字作'酴醾'"。你看，酴醾两个字都由"酉"字旁组成的，自然酒香四溢。

最早出现酴醾酒的文学作品是西汉杨雄的《蜀都赋》。年轻时的杨子云曾一度钦慕屈原和司马相如的辞赋。他以司马相如的赋为范本,写了不少华丽的辞赋,传至京师后一时间"洛阳纸贵",人们争相传阅,他也因此得到重用。虽然此后的他认为辞赋不过是"童子雕虫篆刻"、"壮夫不为也",但已经抵达目的地的他还会在乎是否"悔其少作"吗?

杨雄在《蜀都赋》中说:"蒻酱酴清。"酴清是一种酒,现在人们多认为是酴醿酒。但这种酒到底是什么样子的,说法不一:一说是不去滓的麦酒,一说是经过多次酿造而成的米酒,一说是用酴醿花熏香或浸渍的酒。汉晋时的酴清是一种酒液较清、色泽鲜亮的米酒,因其酒色类似酴醿花而得名。"蜀人多以酴醿花作酒,未得其妙。又以竹叶、竹蜜贮筠管中合酿之,十余日开来,香闻一室,味极甘美,气更清凉。至今蜀人传其法,号'开襟酒'。"酒能够令人"开襟",自然有一定的诱惑力。后来,人们使用酴醿花作为香料,配制美酒,同样称为酴醿酒。《太平寰宇记》有这样的记载:"酴醿花,成都出,有三种,一名白玉碗,一名出炉银,一名云南红,香色甚美,蜀人取以造酒。"不过,自从人们将荼蘼称作酴醿后,花酒同名,它们的面目的确有些混淆不清。

"红粉当垆弱柳垂,金花腊酒解酴醿。笙歌日暮能留客,醉杀长安轻薄儿。"在唐朝,饮酴醿酒是件十分体面的事。唐代《景龙文馆记》记载说,"唐制,召侍臣、学士食樱桃,饮酴醿酒"。到宋代,酿酴醿酒一时风行,"京师贵家多以酴醿渍酒,独有芬香而已"。宋朝文人饮此酒更是寻常事。杨万里感谢张功父送酴醾酒,说"碎接玉花泛春酒,一饮一石更五斗"。黄庭坚观赏主簿家酴醾后,言"风流彻骨成春酒,梦寐宜人入枕囊"。范镇举办的"飞英会"更有派头,"前有酴醾架,高广可容数十客,每春季,花繁盛时,燕(宴)客于其下。约曰:'有飞花堕酒中者,为余浮一大白'"。可以想象,文人墨客雅集,花香环抱,吟诗作画,何等风流?难怪梅尧臣看酴醾时,会发出"簇簇霜苞密,层层玉叶同。谁将作美酒,醉月看生东"的邀请,与白居易的"晚来天欲雪,能饮一杯无"有同样的意趣。

在中国的食谱中,酴醾不仅可以入酒,还可以煮粥。宋代林洪《山家清供》有"酴醾粥"一方:"其花发,采花片用甘草汤焯,候粥熟,同煮;又采木香嫩叶,就元汤焯,以麻油、盐齑为菜茹。"木香与酴醾同为蔷薇属,花朵成片,如繁星浮绿云,香气清新,闻之令人神清气爽。暮春时,约上三五好友,在酴醾花前以酴醾花片熬粥,木香嫩叶制菜,再配上酴醾酒,举杯吟诗,送春归去,好不风雅!

"酴醾不争春,寂寞开最晚。"酴醾开花一般于春末夏初。在暮春时节,"春风无力百花残",它嫣然盛开,因而被看做是殿春之花,所以又名"独步春"。

牡丹、酴醾、杨梅、枇杷,都在春末夏初时节开花或结果,如遵信守诺的好朋友,古人把它们称作"执友"。"斗雪轻微吐粉蕤,同开结约是酴醾。玉英递韵埋深叶,檀蕊分姿袅别枝。无力可延春色住,有方曾著药名遗。花空风转薰弦院,红柱棚欹莸乱垂。"这样的诗情画意让草木也多了不少人情味。

　　古人对酴醾情有独钟。"雨过无桃李，唯余雪覆墙。青天映妙质，白日照繁香。影动春微透，花寒韵更长。风流到樽酒，犹足诗兴狂"，这是陈与义称赞酴醾花的神采风韵；"仰架遥看时见些，登楼下瞰脱然佳。酴醾蝴蝶浑无辨，飞去方知不是花"，杨万里登上披仙阁观酴醾花时，舒畅的心情溢于言表；"青蛟蜕骨万条长，玉架盘云护晓窗。外面看来些子叶，中间著得许多香。一枝缟色分明好，百卉含羞不敢芳。飞杀衔花双海燕，被渠勾引一春忙"，刘克庄极富情致，叶花并赞，都不冷落；"夭红琐碎竞春娇，后出何妨便夺标。云鹤嬉晴来万只，玉龙惊震上千条。蓐收晃荡风前仗，蕣绿飘翻月下绡。曾向琼林亭畔见，天涯相遇一魂销"，晁补之的诗凌丽奇卓，超逸绝尘，令人浮想联翩；"独倚阑干昼日长，纷纷蜂蝶斗轻狂。一天飞絮东风恶，满路桃花春水香。当此际，意偏长，萋萋芳草傍池塘。千钟尚欲偕春醉，幸有酴醾与海棠"，嫣然雅致的朱淑真，幽居深阁，扶栏凝望，黯然神伤……其实，人生苦短岁月长，许多忧伤难以排遣，跨不过时序中的节点，满目大好春光又有何益呢？

　　在历代众多吟咏酴醾的词中，韩元吉的《临江仙》倒是全无脂粉气："不恨绿阴桃李过，酴醾正向人开。一尊清夜月徘徊。花如人意好，月为此花来。未信人间香有许，却疑同住瑶台。纷纷残雪堕深杯。直教攀折尽，犹胜酒醒回。"的确是"犹胜酒醒回"，难怪苏辙看酴醾花开后要说"归来酒客今无几,三嗅馨香懒举杯"。

让人们记住酴醿的似乎更在于王淇的那首诗:"一从梅粉褪残妆,涂抹新红上海棠。开到酴醿花事了,丝丝天棘出莓墙。"

酴醿的花语叫做"末路之美"。什么是末路?指最后一段路程。对于春天而言,这晚开的花儿的确称得上那尾尖上的一点点辉煌,迈过这个门槛将是"绿肥红瘦"的时段。

"绿暗藏城市,清香扑酒樽。淡烟疏雨冷黄昏。零落酴醿花片损春痕。"这样的感觉不独毛滂一人所有。在《红楼梦》第六十三回中,十二钗问卜花名签,陪伴宝玉作完红楼一梦的麝月抽到"酴醿——韶华胜极"的花签,背后的诗句即是"开到酴醿花事了"。"韶华"是指人的青春年华,"胜极必落"则预示美好时光马上过去。宝玉觉得不吉利,所以把花签藏起来不让大家看。但命运的恶又岂是能够藏起来的?"韶华将尽,三分流水二分尘。"接下去的岁月是可以想见的落寞和败谢。宝玉出家,干脆连宝钗、麝月一并弃去。这落寞和败谢,小到一个人的命运,大到一个家族没落,甚至一个王朝的衰败。须知,世间所有繁华都抵不过时光的力量。

当然,这样的解释有些附会。其实,每一部作品其实是不可解的,每一次解读都只不过是解读者的心曲。

宋绍兴三十年正月,陆游离开福州,准备经浙江永嘉回故乡山阴,途经东阳时,恰逢酴醿正开。一路花香,恰似故土迎接游子还乡的礼物驱散了他心中的一切离愁。他写下了

《东阳观酴醾》:"福州正月把离杯,已见酴醾压架开。吴地春寒花渐晚,北归一路摘香来。"尽管此时的他尚不知晓日后的暴风雨来得更猛烈,他遭受的打击更大。

在《望江南·闺情》里,张先把女子渴慕佳期的惆怅心情描摹得淋漓尽致:"香闺内,空自想佳期。独步花阴情绪乱,漫将珠泪两行垂。胜会在何时?厌厌病,此夕最难持。一点芳心无托处,酴醾架上月迟迟。惆怅有谁知。"这位因写"心中事,眼中泪,意中人"出名的词人,写出这样的词句,想来不仅仅为男女之情吧。这工巧语言背后的真相是什么呢?

一个春末,刘光祖独自走出柴门,站在门前的酴醾架下良久,然后低吟道:"扫径花零,闭门春晚。恨长无奈东风短。起来消息探酴醾,雪条玉蕊都开遍。晚月魂清,夕阳香远。故山别后谁拘管。多情于此更情多,一枝嗅罢还重拈。"他回不到故山故水,无法与旧人往情相聚,留下的只是"夕阳香远"的遗憾。

佛经上说:"一切有为法,尽是因缘合和。缘起时起,缘尽还无,不外如是。"但佛能真正懂得这世间的缘吗?缘,妙不可言。在岁月的流逝中,生命的伤痕不能痊愈,于是便有人期待来生。可是真的有来生吗?

有一种说法,酴醾开在遗忘前生的彼岸。在佛教中,彼岸花,花开在彼岸,花开时看不到叶子,有叶子时看不到花,花叶两不相见,生生相错。传说中,此花是接引之花,红艳而惨烈,如血般盛放,远远看上去就像一片地毯,因其红得似火,因而被喻为"火照之路"。

据说,此花花香有魔力,能唤起死者生前的记忆,但只能留在彼岸。留在彼岸,永不相见,这样的记忆留给谁呢?即使有这样的花朵,又能有什么用途?

王菲曾经有一首歌《开到荼蘼》:"世上真是有太多太多魔力,太少的道理而太多太多游戏也只是为了好奇,没有什么歇斯底里,我一个一个人,谁比谁美丽,一个一个人,谁比谁甜蜜,谁给我全世界,我都会怀疑,心花怒放,却开到荼蘼……"我们常说心事荼蘼。多少繁华与美丽在世态炎凉之后,满是落寞的滋味。还有什么比看尽繁华的生命本身更荒凉落寞?想起不得不挥别的、不得不亲手断送的,内心没有他念,只有无比强大的苍凉感。

开到荼蘼花事了,尘烟过,知多少,只有自己能回答。

还是不问的好。暮春时节,极想仿效一下古人,对着荼蘼吟几句赞美的诗,饮一杯荼蘼酒,送春归去。可是,诗句易得,又到哪里寻找荼蘼酒呢?有些小郁闷,不只是伤春。

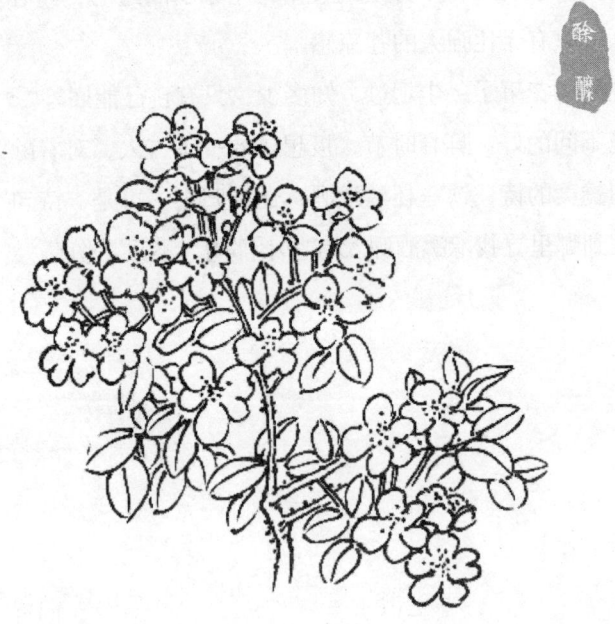

年年春后楝花风

仿佛听谁说过的，对于女人而言，入夏或浅秋都是好的。岂止是女人呢？大自然的入夏和浅秋都是生命力极其旺盛的时节，现在就是这个季节。今年的天气没个定数，温度上蹿下跳，冷热不定，让人摸不着头脑。春意姗姗来迟，夏日的气息自然来得也有些迟。好在的是过了"五一"，如同这个季节蓬勃的植物一样，太阳的温度就开始蓬勃起来，蓬勃得有些肆意。

"人间四月芳菲尽。"这个季节，先前轮番上阵的花们大多已经卸去浓妆，完成了自己的历史使命。那天从卧龙街上走过，不经意间却看到楝树开出红紫色花朵，一串一串，极繁密，散发出阵阵扑鼻的清香。这些楝花是我去年初夏曾经见到过的红紫模样。这红紫色的花开在寂寞的酴醾之后，没有"向岁晚，搀占花魁"梅花的骄傲，更无国色天香牡丹的荣华，虽然看似有花儿的名分，却黯淡得鲜为人知，只有承受寂寞的份儿。

仿佛说起花儿，总是散发着一种美感。就如同人们看到一对男女，年龄相仿，坐在一起就立刻成了一个话题的中心，是带着些眼光之外故事的话题。曾经，我远远地看着那些楝树，试图尝试着寻些故事，但似乎是徒劳的。

清代康熙年间，江宁织造曹玺在庭院内植楝，并以楝为名，修建"楝亭"。他的儿子曹寅，以楝亭为字，曾著有《楝亭诗文集》。曹雪芹在年少时，曾在江宁织造府生活过，从祖父的藏书中吸收了丰富的文化营养，后来创作了文学巨著《红楼梦》。但硬要说《红楼梦》与楝树有关，恐怕天下的红学家会把我唾死的。

农历"四月八"是传说中的佛诞日。那一日，释迦牟尼在无忧树下降生。据说，在豫东乡下，每到这天早晨，新婚夫妇就要光着身子起床，手执长杆去敲打院中的楝树。因楝树花多、籽多，打树便可多子多福。打楝花时，嘴还不能闲着，要边打边唱"四月八打楝花，来年生个胖娃娃"。这个习俗很是有趣，不知道如今是否还在继续。问题是在春末夏初，人们怎么光着身子出门呢？

我还看到过一种说法："四月八打楝花，男十七女十八。"据说，楝花是治一种男女病的药。用来治这病的楝花不能随便采摘，需要一男一女进行合作。而且，小伙子要十七岁，大姑娘要十八岁。只有这样一起去采的楝花，才可以药用。这样的风俗和说法大概与说粽子和屈原的关系差不多，姑且听之，虽然也有趣。

没有故事这可以理解，比如秀色可餐这个词，不是所有的女人都适合的，花儿也一样。日本的清少纳言偏爱紫色，这位平安王朝时期的绝世才女说："树木的样子虽然是难看，楝树的花却是很有意思的。像是枯槁的花似的，开着很别致的花，而且一定开在端午节前后，这也是很有意思的事。"楝花有什么意思，是指它的情趣，还是会选择时机？我看不出，但不否认楝花的别致。

"小雨轻风落楝花，细红如雪点平沙。"虽然故事找不到，但古人赞美的诗词还是能轻而易举地寻到的。楝花虽不像银杏、古柏，因稀珍而让人趋之若鹜；也不如梅花、牡丹，因名贵而让人吟咏，但依然有人喜欢。温庭筠曾作五言律诗《苦楝花》："院里莺歌歇，墙头舞蝶孤。天香薰羽葆，宫紫晕流苏。晻暧迷青琐，氤氲向画图。只应春惜别，留与博山炉。"诗中，楝花的色、香、形，都化作惜春的幻觉。梅尧臣赞云："紫丝晕粉缀鲜花，绿罗布叶攒飞霞。莺舌未调香萼醉，柔风细吹铜梗斜。金鞍结束果下马，低枝不碍无阑遮。长陵小市见阿姊，浓熏馥郁升钿车。莫轻贫贱出闾巷，迎入汉宫人自夸。"他说楝花密密麻麻、翠叶婆娑，像绿云上飘逸的紫霞，不要看楝花出身低微，宫中人也喜欢！这一点让人怀疑，难道宫中也种植大量楝树？

说不准。楝树是否适宜做行道树，我不知道，在这座城市的其他地方也少见。但在我上班的途中，转过卧龙街，从与自由路的交叉口向东，可以发现有几棵楝树。它们的树冠近乎平顶，树皮暗褐色，树干布满浅浅的纵向裂痕。

印象中，楝树更适宜生长的地方似乎在乡村。在乡下屋前房后、沟边路旁，似乎到处有它的身影。它不择土地的贫瘠与肥沃，不计较阳光与雨雪，永远一副默默承受的神态，宠辱不惊。

　　人挪活，树挪死。树木也和人一样，离开生它养它的土地，存活起来便十分艰辛。那么这些楝树呢？是谁当初把它们植在这里的？只记得在秋风劲吹下，它的果实一颗颗掉在地上，在泥土里慢慢烂去果肉，一根根小芽就从核中萌发出来，长成一棵棵小树苗。有鸟儿把这些果实带走，吹落在哪里，就在哪里扎根生长……记得小时候，这个春秋季风沙肆虐的城市，常见的树是黑槐树。

　　它们开花在每年农历三四月间。这时节，喝了春水缓过劲来的楝树，舒展开青绿的叶片，有涂蜡似的光亮，托起一片如云的绿荫。这时节，春天的百花大多已经开过；曾经漫野的油菜花，青翠的角荚，累累地缀在葳蕤的叶上，硕胖喜人；正在抽穗、分蘖的麦子即将展示丰收的金黄，布谷鸟已发出催收的叫声。此刻，在绿荫丛中，楝花一朵挨着一朵，像一团东来的紫气，让人从内心欢喜不已。

　　楝树花开似乎一直是一种静态，安静地开在枝头，也似乎是不经意的。它一直在顽强地开着，直到满树是花，人们这时才发现它的存在。其间有淡淡的忧郁，然而不掩其花之繁。楝花花枝细小，花蕾羸弱，花瓣细碎，开起来总是一簇一簇。花从枝杈间射出，长成一簇簇的花序，每朵花有五片淡紫红色的花瓣，将绛紫的花蕊围在里面。楝树花的芯最是特别，是一个深紫色的长筒状的东西，这长筒里面是淡黄色的，这淡黄色围成一个圆圈，看起来就好像一朵花。

　　楝树不同于一般的行道树，它总想挺直身子，让楝花在高高的树上,在细碎的绿叶间,不忙不乱地绽放。楝花的花形细小,中间有郁紫的花丝,围成圆筒状,裹着数簇金黄色的花蕊,开得极其内敛。这般的模样没有一点大家风范,连小家碧玉也谈不上,自然要被牡丹们耻笑的。

有没有风范不打紧,楝花好像并不在乎这些。楝花开得盛,是喜欢热闹聚众的性子,看上去一捧一捧的,但每一朵花儿都是内敛青涩的样子。远远看去,它们紫气迷离,好似带着一层薄薄的水韵。我曾经在一篇文章里说,楝有紫气红尘。它们的确是"发花如海棠,一蓓数朵,满树可观",与"绿阴罗布,滴翠流青"的叶们和平共处,共荣共存。

有没有红尘暂且不说,但楝花的红紫色即便隔了很远的距离,也能够认出来。或许有人会问,这个季节,大道两旁花木繁多,姹紫嫣红,满目春色,哪能够一眼就认出来是楝花?但那已经是昔日的风景。此时,只有它们风姿绰约,没有谁压过它们的风头。想想也不容易,只有春到尽头,这花儿才能慢慢开,繁茂丰盛,一穗一穗地垂下来,狭长的花瓣,瘦瘦的五瓣合成一朵,依着清风白日,静静挺在绿叶之间。

人在楝树下走,会闻见一种特殊的味道,清淡微苦,涩涩香气,丝丝缕缕流淌在空气中,一点一滴从半空润下来。这香气在谢逸的《千秋岁》里,描绘得很是仔细:"楝花飘砌,簌簌清香细。梅雨过,萍风起。情随湘水远,梦绕吴山翠。琴书倦,鹧鸪唤起南窗睡。密意无人寄,幽恨凭谁洗?修竹畔,疏帘里。歌余尘拂扇,舞罢风掀袂。人散后,一钩新月天如水。"

因为这气味,让人不由自主地想到它的另一个名字:苦楝。我认为楝花的名字也是女性的,让人搞不懂的是这般水性的名字为何经常与那个苦字相连。有人说,前面之所以加个苦字,取的是谐音,就像"苦恋树",苦苦地依恋给人一种唯美的感觉。苦楝谐音苦恋,这听起来就像是老套的故事情节。难道倾心相爱的人只能隔山隔水,苦苦地煎熬般恋着?我一度相信这是诗人们的杜撰。世上难解相思苦,为何要攀这生命短暂的花呢?一花一世界,抛开紫色的楝花,相思就"行不得也哥哥"吗?

其实不然。何谓楝?南宋罗愿在其著《尔雅翼》中说,"叶可炼物,故为之楝",其"子如小铃,故亦曰金铃子"。《淮南子》上有"七月官库,其树楝"的记载。《草花谱》也有"苦楝发花如海棠"的记载。这般的来历实在与爱情有些距离。好在的是它的清淡、微苦,还有些青涩,就如同爱情的味道。

有这样一首民谣:"蚕豆开花是黑芯,楝树开花苦透了心。"楝花花开花落,就像过眼烟云。紫陌红尘,人生苦短,即便开花也是在苦中浸泡的,尽管透着一股暗香。人间皆知相思苦,爱别离,求不得,怎么不苦呢?在有情人的心中,两情相悦的往情旧事,无论经过多少岁月,翻出来依然闪亮丰厚、馨香扑鼻。浸在淡苦的香气当中,就像是拥住所有的旧日时光。拥住的旧日时光是照亮生命的光和暖,是在最灰暗的日子里让人依然怀着希望的信念,是此生最珍贵纯粹的爱……

　　楝花的花期很短，而且花开于生叶之前，总是花刚开，叶就已经相伴着长出来。花落后，地上是一片残云，树上是青青的楝果。楝树初生的果实青青圆圆的，小冬枣般个头，一串一串的，在椭圆状卵形复叶的掩映下，丰硕而青涩。青碧圆溜的楝果成熟后，累累满树，形似枣，但却是吉祥的黄色，和转黄的叶子一起构成一派金秋佳景。

　　深秋入冬，楝树抛尽树叶的灰褐色枝丫，有些寂寞地伸向天空，像张开的手指，最显眼的是挂满枝梢的楝果。这些桂圆大小的金黄果总会吸引成群的白头翁、蜡嘴鸟、灰椋鸟、喜鹊、伯劳、乌鸫等鸟儿来觅食，叽叽喳喳，热闹非凡。灰喜鹊等鸟儿饱食楝树果之后，会呼啦啦地排成一条长线，向远处边飞去，呈现出一幅翩翩飞舞的图景。有时候，它们也会停于枝干上，或单只，或结对，或成群，与满树果实构成一幅生动的画面，也为严寒增添一分活力。本来，草木无所谓悲欢，无所谓离合，洗净铅华自是朴素至美。

　　在乡村，几棵楝树连成一片就形成一个巨大的伞盖，把整个院子都荫蔽起来。酷暑醺热，有风儿吹来，楝树叶动影摇，万般动感尽在其中。酷暑里，楝树底下最热闹。由于阴凉，风吹过的时候，树下分外舒服，自然成了孩子们天然的游乐园，丢石子，掷瓦片，玩蚂蚁，在树下、草缝里逮蚂蚱，用扫帚拍蜻蜓……孩子们或许认为世界似乎就该是这个样子，孩子们的欢乐劲儿也快乐着大人们的心。

　　爬树大概属于孩子们的天性，而爬得最多的大概就是楝树。小孩子双臂抱树，腿夹着树干，只几下就爬到树杈处。楝树易攀爬，树冠平整便于攀坐。爬楝树的目的大多是为摘楝果和楝花。刚长出来的楝果圆溜溜的，比较光滑，可以当弹弓或者"楝子枪"的子弹，是男孩打仗的好武器，可以打天上的鸟或地上的鸡，可以玩"丢窑儿"游戏，甚至用线串起来当佛珠挂在脖子里玩。除了打仗，大一些的男孩子还会把楝果当青枣来哄骗更小的孩子，小孩子刚咬一口就哭得一口吐出来，哭着跑去找大人告状。这自然是恶作剧了。楝花呢，自然是女孩子的最爱，花样年华，一切都如梦似幻。

　　有时候，孩子们会在树上发现"老水牛"（天牛）、"花蹦蹦"（斑衣蜡蝉）之类的昆虫，更多了一番乐趣。天牛蓝斑黑底，触角修长，身披黑硬铠甲，铠甲下长着一对翅膀，看似威武漂亮其实有些笨头笨脑。往往孩子去捉它时，手几乎碰到它身上，它仍不张开翅膀飞走，总是等捉到后才慌了神。"花蹦蹦"名副其实，长得漂亮的是它的翅膀。里层翅膀红黑相间，上面印染着黑点以及白色的图案；外层翅膀半透明，黑点随意分布，就像穿着一件罗裙。它除了在空中飞，其他的活动方式就是蹦。捉它时，要悄悄走过去，一只手掌扣起来猛地往下一落，它惊觉后会往前一蹦。一击不中，孩子们会接二连三地扣。如果它不飞走，会一蹦一蹦地前行，那样子煞是有趣。

　　在西方的神话中，当上帝和女神饮用仙酒时，不慎有几滴仙酒飘落到楝树上，赋予楝树许多有益于人类的特性。因此，楝树被视为"健康及其赐予者之树"。楝树最为科学家所推崇的就是它的驱虫、杀虫功能。据说，早在几个世纪前，印度人就使用楝树的细枝刷牙，用楝树叶汁涂抹皮肤。美国农业部赞誉它为"可解决全球难题之树"。

它的诸多诱人而神奇之处，我看不出来。印象中，楝树很少生虫子，在树下不用担心虫子落到头上，可放心摆个饭桌在其树下吃饭。夏天是毛毛虫最多的季节，有的幼虫身上有很多有毒的刚毛，人如果碰到皮肤会红肿，特别是榆树上的毛毛虫很令人讨厌，但在楝树下却找不到。由于没有虫子的捣乱，从长出叶片一直到叶落，楝树叶子片片如初。

据说，苦楝的花、果实、根皮均可入药。"俗人五月五日取楝叶佩之，云祛恶也。"东汉光武帝建武年间，人们认为祭祀之物"以楝树叶塞其上，以五彩丝缚之"可防蛟龙。后来，人们端午做粽子就加上五色丝和楝叶。

楝树可以分泌一种杀虫素，害虫一般不敢生在其上。而楝树也就靠着这种功能才得以在害虫泛滥的季节不受伤害。在同事家里曾看到一只楝木凳子，没有油漆，白色的木质早已被时光摩挲成发亮的淡黄，却依然不虫不蛀、稳固结实。

楝花开时，风虽然还有些凉，但阳光的暖热已开始明显，草木水汽蒸腾，是氤氲着的初夏气息。放眼四野，天地葱郁，花花世界，绿意盎然。楝花开罢，整个春天的花事就要结束了，夏天就该正式登场。所以，何梦桂在《再和昭德孙燕子韵》里说："处处社时茅屋雨，年年春后楝花风。"

春天即将谢幕，热烈的夏即将来临，伤春、惜春之类感叹接踵而至。"岁月如飞刀，刀刀催人老。"时光如流水，你伤感也好，不伤感也罢，春光终要离你而去，从一个结束到一个开始。这个季节，给人更多的是生命的轮回，是宇宙间神奇的变幻。楝花的花开花落就像过眼烟云，这又何尝不像人的命运？紫陌红尘，人生苦短，即便开花，也是在苦中浸泡的，尽管透着一股暗香。

"绿树菲菲紫白香，犹堪缠黍吊沉湘。江南四月无风信，青草前头蝶思狂。"二十四番花信风一一吹过。在春夏之交，我几乎每天都在苦楝树下走过，当然与爱情无关。在我上班的途中，红紫色的楝花微笑着，对所有固守爱与信念的生灵，无论此时此地是否有人经过。虽然，它们也有一地紫尘落地的时辰。就如同来来往往的风，不要问向哪一个方向吹去，只要记得有一场风就行了。

楝花的风，就在初夏的日子里。

年年春后楝花风　285

棟花

参考书目

[1] 司马光.资治通鉴[M].北京:中华书局,2009.

[2] 吴自牧.梦粱录[M].杭州:浙江人民出版社,1984.

[3] 唐圭璋.全宋词[M].北京:中华书局,1999.

[4] 张璋,黄畬.全唐五代词[M].上海:上海古籍出版社,1986.

[5] 彭定求等.全唐诗[M].北京:中华书局,2008.

[6] 钟敬文.中国民俗史[M].北京:人民文学出版社,2008.

[7] 蘅塘退士.唐诗三百首[M].北京:人民文学出版社,2011.

[8] 上彊村民.宋词三百首[M].长春:时代文艺出版社,2011.

[9] 黄秉泽.元曲三百首[M].武汉:湖北辞书出版社,2007.

[10] 洪迈.国学经典:容斋随笔[M].长春:吉林大学出版社,2011.

[11] 苇岸.大地上的事情[M].北京:中国对外翻译出版公司,1995.

[12] 苏轼.苏东坡全集[M].北京:北京燕山出版社,2009.

[13] 潘荣陛.帝京岁时纪胜[M].北京:北京古籍出版社，2001.

[14] 李时珍.本草纲目[M].北京:中医古籍出版社，1997.

[15] 袁枚.随园食单[M].北京:中信出版社，2008.

[16] 法布尔.昆虫记[M].长春:吉林大学出版社，2010.

[17] 郭茂倩.乐府诗集（傅增湘藏宋本）[M].北京:人民文学出版社，2010.

[18] 周振甫.诗经译注——中国古典名著译注丛书[M].北京:中华书局，2002.

[19] 金开诚.国学经典诵读[M].杭州:浙江人民出版社，2011.

[20] 张潮.幽梦影[M].北京:中国青年出版社，2008.

[21] 王国维.人间词话[M].南京:凤凰出版社，2009.

[22] 袁枚.随园诗话[M].南京:凤凰出版社，2009.

[23] 欧阳修.放翁诗话[M].南京:凤凰出版社，2009.

[24] 释文莹，严羽.玉壶清话　沧浪诗话[M].南京:凤凰出版社，2009.

[25] 段成式.酉阳杂俎[M].上海:上海古籍出版社，2012.

[26] 蒲松龄.聊斋志异[M].上海:上海古籍出版社，2004.

[27] 李渔.闲情偶寄[M].上海:上海古籍出版社，2004.

[28] 周简段.神州铁闻录[M].北京:新星出版社，2008.

[29] 陈俊愉，程绪珂.中国花经[M].上海:上海文化出版社，1990.

[30] 吴其浚.植物名实图考[M].杭州:浙江人民美术出版社，2014.

[31] 汪灏.御定广群芳谱[M].长春:吉林出版社，2005.

[32] 曹雪芹.红楼梦[M].北京:人民文学出版社，1996.

[33] 孟元老.东京梦华录[M].郑州:中州古籍出版社，2010.

[34] 周密.武林旧事——中华经典随笔[M].北京:中华书局，2007.

[35] 褚人获，李梦生.历代笔记小说大观：坚瓠集[M].上海:上海古籍出版社，2012.

[36] 贾思勰，石声汉.齐民要术今释[M].北京:中华书局，2009.

[37] 李濂.汴京遗迹志[M].北京:中华书局，1999.

[38] 施耐庵.水浒传[M].北京:人民文学出版社，2005.

[39] 许慎.说文解字[M].北京:中华书局，2004.

[40] 徐珂.清稗类钞[M].北京:中华书局，2003.

[41] 苏颖.《本草图经》研究[M].北京:人民卫生出版社，2012.

[42] 程俊英.诗经译注[M].上海:上海古籍出版社，2006.

[43] 张谦德，袁宏道.中华生活经典：瓶花谱·瓶史[M].北京:中华书局，2012.

[44] 陶毂，吴淑.清异录　江淮异人录[M].上海:上海古籍出版社，2012.

[45] 杨慎，王仲镛.升庵诗话笺证[M].上海:上海古籍出版社，1987.

[46] 朱淑真.朱淑真集[M].上海:上海古籍出版社，1986.